Mina Wolf
Wo ich bin ist vorne

W0403652

PIPER

Zu diesem Buch

Laura, Standesbeamtin aus Leidenschaft, hat gerade ihr letztes Pärchen für den heutigen Tag verheiratet. Da entdeckt sie vor dem Standesamt einen Mann, der dem frisch angetrauten Ehepaar eine Visitenkarte in die Hand drückt und aufmunternd auf die Schultern klopft. Da betreibt tatsächlich ein Scheidungsanwalt vor ihrem Standesamt Eigenwerbung! Wütend stellt sie Paul zur Rede und muss wider Willen erkennen, dass er nicht nur eine große Portion Dreistigkeit, sondern auch jede Menge Charme besitzt. Doch als Lauras Schwester sich scheiden lässt und ausgerechnet Paul deren Ex-Mann vertritt, ist es aus mit den romantischen Gefühlen. Oder?

Mina Wolf ist gebürtige Münchnerin, hat nach dem Abitur Kommunikationsdesign studiert und als Jungredakteurin bei einem Frauenmagazin gearbeitet. Inzwischen lebt sie mit ihren zwei Hunden, einem Pfau und einigen Hühnern auf einem kleinen Hof bei Immenstadt, schreibt Bücher und malt. »Wo ich bin ist vorne« ist nach »Kann denn Lüge Sünde sein?« ihr zweiter Roman.

Mina Wolf

Wo ich bin ist vorne

Roman

Piper München Zürich

Mehr über unsere Autoren und Bücher:
www.piper.de

Von Mina Wolf liegen bei Piper vor:
Kann denn Lüge Sünde sein?
Wo ich bin ist vorne

FSC
www.fsc.org
MIX
Papier aus verantwortungsvollen Quellen
FSC® C083411

Originalausgabe
März 2012

Umschlagkonzept: semper smile, München
Umschlaggestaltung: Cornelia Niere mit Bettina Steenbeeke
Umschlagmotive: Nuno Silva / iStockphoto (links), James Steidl / Shutterstock Images (rechts)
Satz: Satz für Satz. Barbara Reischmann, Leutkirch
Gesetzt aus der Trump Mediäval
Papier: Munken Print von Arctic Paper Munkedals AB, Schweden
Druck und Bindung: CPI – Clausen & Bosse, Leck
Printed in Germany ISBN 978-3-492-27373-2

Für Charlotte,
eine Frau mit starkem Charakter,
der ich meine beste Freundin, meinen Mann
und so auch meine Tochter zu verdanken habe.
Du fehlst.

Falls Gott die Welt geschaffen hat,
war seine Hauptsorge sicher nicht,
sie so zu machen,
dass wir sie verstehen können.
(Albert Einstein)

Teil mit mir deinen Frieden,
wenn auch nur geborgt.
Ich will nicht deine Liebe,
ich will nur dein Wort.

»Guten Morgen, Herr Müller.«

»Morg'n.«

»Wunderschöner Tag heute, finden Sie nicht auch?«

»Hm.«

»Viel Spaß bei der Arbeit wünsche ich Ihnen.«

»Hm.«

Es gibt ja Leute, die halten ihr Leben für das Langweiligste der ganzen Welt. Beispielsweise mein Kollege Herr Müller, der jeden Morgen seinen eintönigen Job an der Anmeldung in unserem Verwaltungsgebäude antritt, wo er keinen zum Reden hat außer seinen suizidgefährdeten Benjamini, der für jeden einzelnen Besucher demonstrativ ein Blatt mehr von sich wirft. Nach Feierabend fährt er in seinem Opel Corsa heim, schlüpft dort in seine bequeme Cordhose und dreht dann mit seinem Dackel Waldi eine Runde um den Block, um danach den Abend mit der *Tagesschau* und ein paar belegten Broten ausklingen zu lassen. Highlight der Woche ist vielleicht mal ein Kegelabend im Wirtshaus mit Herrn Meier vom Reihenhaus nebenan und dessen Schwager Heinrich, der nicht zielen kann und immer nur der Bedienung in ihr ausladendes Dirndl glotzt, während Herr Meier bei Herrn Müller über seine Frau lästert, die ihm daheim das Nacktsitzen auf der Couch verbietet. So ein Leben ist nicht gerade gezeichnet von Gefühlschaos und Adrenalinschüben.

Ich schließe mich da aus. Ich halte mein Leben für durchaus abwechslungsreich; jemand hat sich bei der

Kreation meines Alltags viel Mühe gegeben. Denn ich, Laura Lowe (mit »o«, nicht mit »ö«), bin achtundzwanzig Jahre alt, Sternzeichen Schütze (und dafür gar nicht so typisch neugierig, wie immer alle sagen!), habe eine große Schwester mit einem übertriebenen Hygienetick, einen schwulen Freund namens Attila (dazu komme ich später), eine kleinwüchsige beste Freundin, die trotz ihrer 1,30 Meter Körpergröße mehr Präsenz hat als jeder hochgewachsene Hüne, und einen Job, um den mich viele Frauen beneiden, denn er ist wohl der romantischste der Welt. Ich bin Standesbeamtin. Tag für Tag geleite ich vermeintlich glückliche Pärchen in den Hafen der Ehe; ich bekomme also jede Woche atemlos gehauchte Liebesschwüre zu hören, auch wenn sie (leider) nicht an mich gerichtet sind und die Luft um einen herum förmlich rosarot flirrt. Zumindest freitags und samstags. Montags habe ich frei, und von Dienstag bis Donnerstag muss ich Bürokram erledigen. Man sieht: Auch im Traumjob bleibt regelmäßig die Romantik auf der Strecke. Und ich bin wirklich seeehr romantisch, weshalb mich meine liebenswerte Schwester auch oftmals mit »Kitschkuh« betitelt. Doch ich finde, die Welt ist schon düster genug, da braucht man hin und wieder eine ordentliche Ladung Zuckerguss. Und aus diesem Grund gebe ich auch offen zu, mir Rosemunde-Pilcher- und Inga-Lindström-Filme nicht wie andere Frauen »nur wegen der schönen Landschaften« anzuschauen, dass ich gerne Herzschmerz-Romane lese, um dabei eine Packung Pralinen zu verdrücken, oder mich von Candle-Light-Dinnern, Rosensträußen oder klischeelastigen Picknicken im Grünen verführen lasse. Aber warum auch nicht? Wenn mir eine Tür vor der Nase zuschlägt, nur weil man(n) sie achtlos hinter sich zufallen lässt und auf meinen empörten Gesichtsausdruck mit einem »Ich dachte, du bist emanzipiert?« kontert, dann werde ich stinkig.

Klar bin ich emanzipiert. Ich kann mir selbstständig die Bücherregale für meine Liebesschmonzetten zusammenbauen, dass selbst Bob der Baumeister vor Neid erblassen würde. Ich kann meinen DVD-Recorder programmieren, damit er mir während meiner Arbeitszeiten all meine Lieblingsserien aufzeichnet. Und ich kann mit wenigen Zügen mit den größten Autos einparken, als hätte ich persönlich den Rückwärtsgang und die Seitenspiegel erfunden. Aber trotzdem entbehrt es nicht eines gewissen Reizes, wenn Männer unsere Eigenständigkeit akzeptieren *und* uns weiterhin wie eine Dame behandeln. Wenn sie uns den Schreibtischstuhl zurechtrücken, bevor wir ihnen an ihrem PC die Festplatte defragmentieren. *Das* hat Stil! Ist das etwa zu viel verlangt?

»Laura?«

»Hm?« Mein Kollege Steffen steckt den Kopf durch meine Bürotür und unterbricht meine Grübeleien über den Mangel an männlichem Frauenverständnis.

»Da draußen sitzt das zukünftige Ehepaar Lüdenscheidt und meint, dass sie beide einen Termin bei dir hätten??!«

»Was?« Ich klappe meinen Terminplaner auf und blättere rasch zum heutigen Datum. Tatsächlich! Schon vor einer Viertelstunde hätten sie ihre Eheanmeldung bei mir gehabt. Wie peinlich! »Ähm, schick sie mir doch bitte schnell rein, ja?«

Steffen, der meine verpeilte Art inzwischen kennt, grinst wissend und verschwindet dann zurück in den Gang, wo ich Stühle über den Linoleumboden rutschen höre, gefolgt von einem »Frau Lowe ist jetzt für Sie da. Bitte dort hinein«. Abermals geht die Tür auf, und herein kommt ein Pärchen um die vierzig. Ich stehe auf und schüttele ihnen die Hände.

»Bitte verzeihen Sie die Verzögerung; ich hatte gerade

noch ein dringendes Telefonat. Terminverschiebung und so; wieder mal hat ein Bräutigam kalte Füße bekommen.« Die beiden setzen sich, und die Frau wirft ihrem Zukünftigen bei meinen Worten einen warnenden Blick zu, der ihn den Kopf zwischen die Schultern einziehen lässt. Oh oh, das war vielleicht nicht die richtige Entschuldigung. »Also, ähm …« Ich beginne, in den Unterlagen vor mir herumzublättern. »Sie möchten sich also zur Eheschließung anmelden? Haben Sie die von uns angeforderten Personalien dabei?« Ich kopiere Personalausweise sowie beglaubigte Auszüge aus dem Geburtenregister und hefte Formulare ab. Dann dürfen sich die beiden noch ein gemeinsames Stammbuch aussuchen, und anschließend wird der Kalender nach einem für alle annehmbaren Hochzeitstermin abgeklopft.

»Möchten Sie lieber an einem Freitag oder Samstag heiraten? Sie bekommen dafür einen Tag Sonderurlaub; die Arbeit sollte Ihre Entscheidung also nicht weiter beeinflussen. Wie wäre es gleich nächsten Monat? Am 13. Mai hätte ich sogar noch einen Termin frei; das ist der beliebteste Monat bei Hochzeitspaaren.«

Die zukünftige Braut sieht ihren Verlobten in froher Erwartung an, doch der beginnt unruhig auf seinem Stuhl herumzurutschen.

»Ist Ihnen dieses Datum nicht recht, Herr Lüdenscheidt?«, hake ich vorsichtig nach, und der Blick seiner Frau huscht unruhig zwischen mir und ihm hin und her.

»Ähm, also …«

»Das ist doch ein prima Termin, Dieter.« In der Luft hängt ein unsichtbares »Oder?«, das ihn davor warnt, eine falsche Antwort zu geben.

»Aber da hat meine Mutter ihren siebzigsten Geburtstag«, wagt Dieter einzuwenden und versucht den todbringenden Blicken seiner Zukünftigen auszuweichen.

»Aber deine Mutter hat doch jedes Jahr Geburtstag,

heiraten tun wir dagegen nur einmal«, erinnert sie ihn in betont liebevollem Tonfall.

»Marianne, aber es ist der siebzigste! Und du weißt, dass Mutter …«

»Aber, Schnuppel, du wirst doch deine Mutter nicht über unsere Hochzeit stellen wollen.« Sie wirft mir ein honigsüßes Lächeln zu, bevor sie ihn mit zusammengekniffenen Lippen und unheilverkündendem Blick abwartend ansieht. Herr Lüdenscheidt wischt sich die Hände an seiner Faltenhose ab und schaut mich hilfesuchend über die Weite meines Schreibtisches hinweg an.

»Ja also, wir hätten da auch noch den 3. Juni«, werfe ich schnell ein. »Der ist sowieso viel besser; im Mai geht man zwischen den ganzen anderen Paaren und Feierlichkeiten völlig unter!«

»Oh, da haben Sie recht.« Die zukünftige Braut denkt kurz nach. »Das wäre doch ein guter Termin, der 3. Juni, oder?« Der schwitzende Mann vor mir atmet erleichtert aus, froh, diese Klippe des Verderbens gerade noch umschifft zu haben. »Ja, mein Bärchen. Das wäre der perfekte Termin für uns.« Freudestrahlend macht sie eine Notiz in ihren Rosina-Wachtmeister-Taschenkalender.

When I counted up my demons,
saw there was one for every day.
With the good ones on my shoulders
I drove the other ones away.

Es gibt ja so viele Dinge, die man tun kann, wenn man eigentlich seinen Haushalt erledigen sollte. Auf dem Fensterbrett sitzen und den Bauarbeitern auf der gegenüberliegenden Straßenseite bei der Arbeit zusehen zum Beispiel. Oder über so wichtige Dinge sinnieren wie »Warum haftet Teflon an der Pfanne?«, »Warum tragen Kamikaze-Piloten einen Helm?« oder »Was zählen Schafe, wenn sie einschlafen wollen?«. Es ist April, draußen ist es zum ersten Mal so richtig warm, und Bäume und Sträucher sind wieder schön grün. Jedes Jahr im Frühling stelle ich fest, dass ich geborener Kaltblüter bin, denn ich erwache immer erst bei den ersten kräftigen Sonnenstrahlen wieder zum Leben, die auf meine Haut fallen. Und jetzt gerade scheint die Sonne sooo schön auf meinen Fensterplatz und brutzelt mich. Mindestens medium.

Das Telefon klingelt. Und klingelt. Und klingelt. Mensch, wo hab ich denn …? Immer dieser Mist mit dieser leidigen Sucherei! Früher, mit einem Schnurtelefon, wäre mir das erspart geblieben! Ich stehe mitten in meinem Flur und lausche dem nachdrücklichen Ring-Ring, welches irgendwie merkwürdig gedämpft klingt. Es wird doch nicht etwa … Ich hebe einen Stapel Bügelwäsche aus dem Korb, der im Esszimmer auf einem Stuhl steht, und tatsächlich, da ist es ja. Also, wer das da wieder hingelegt hat …?

»Hallo?«

»Laura?«

»Ja?« Wer sonst, hier in meiner Singlebude?

»Gut. Was machst du?« Es ist Franzi, meine beste Freundin. Manchmal glaube ich, sie ist noch mehr als das, nämlich mein Gewissen. Und das hat gerade wieder Wind davon bekommen, dass ich meinen Haushalt vernachlässige und Däumchen drehe.

»Och, ich hab gerade eine kleine Pause gemacht und frische Luft am Fenster geschnappt.«

»Wovon?«

»Was wovon?«

»Die Pause.«

»Ähm, von dem Stress, in den ich gerate, wenn ich mir meine Geschirr- und Wäscheberge genauer ansehe.« Franzi lacht.

»Lass mich raten, du sitzt wieder auf deinem Fensterbrett rum, rauchst und denkst über völlig sinnlose Sachen nach?«

»Ich hab Bauarbeiter angeguckt.«

»Ja, das ist wirklich entspannend. Gut, dass du das Fenster dabei offen hattest, sonst hättest du sie vor lauter Streifen ja gar nicht sehen können.«

»Haha.« Ich öffne meinen Kühlschrank und fahnde nach einem Joghurt. Ein Blick in meine Besteckschublade lässt mich feststellen, dass ich keine Löffel mehr habe, weder groß noch klein. Kurz spiele ich mit dem Gedanken, ihn mit einer Gabel zu essen, dann stelle ich ihn zurück in den Kühlschrank. Franzi hört das Klappen der Tür.

»Lass mich raten, du hast auch schon keine sauberen Löffel mehr?«

»Ich muss wirklich langsam anfangen, auf einen Geschirrspüler zu sparen«, seufze ich.

»Na ja, du kannst ja so lange mit mir vorliebnehmen. Bis gleich.«

Eine halbe Stunde später steht meine beste Freundin in meiner Küche, zieht sich ihren hölzernen Tritt unter der Spüle hervor und beginnt, mein schmutziges Geschirr vorzusortieren.

»Hör auf, du musst das nicht tun!«

»'türlich muss ich das nicht.«

»Ich hab immer ein ganz schlechtes Gewissen, wenn du meine liegengebliebene Hausarbeit für mich machst. Als wärst du mein Heinzelmännchen.« Franzi, die über meinen Scherz hinsichtlich ihrer geringen Körpergröße grinsen muss, lässt sich nicht beirren und klappert munter mit Tellern und Tassen weiter.

»Erstens kannst du ruhig ein schlechtes Gewissen haben. Zweitens mache ich ja nicht alles, du könntest beispielsweise schon mal Musik auflegen und hier bei mir anfangen, deine Blusen zu bügeln. Und drittens könnte es dein Gewissen ja eventuell beruhigen, wenn du mir nachher deine tollen Nudeln mit Gorgonzolasauce machst.«

»Okay, ist gebongt.« Ich krame in meinen CDs, klappe mein Bügelbrett auf, und nur wenig später stehen wir beide in meiner Küche, im Hintergrund gelegentliches Klappern des Geschirrs oder Zischgeräusche meines Bügeleisens, und sind in ungeheuer wichtige Unterhaltungen vertieft.

»Was ist eigentlich letztens aus deinem Date mit diesem Oliver geworden?«, frage ich und versuche angestrengt, die Falten auf der vor mir liegenden Tunika zu glätten.

»Ach, hör mir bloß mit dem auf«, antwortet Franzi. »Der hat mich behandelt, als wäre ich zwölf Jahre alt. Ich meine, nur weil ich so klein wie ein Kind bin, muss man ja nicht so mit mir umgehen, oder?«

»Auf keinen Fall.«

»Und warum wollte der sich dann überhaupt mit mir verabreden? Ich meine, der hat doch schon beim ersten

Mal, als wir uns getroffen haben, feststellen können, dass ich so klein bin. Oder hat der etwa nur ein geeignetes Standgebläse in mir gesehen?«

Ich zucke mit den Schultern.

»Kann gut sein«, erwidere ich vorsichtig.

»Ich habe es echt so satt.« Etwas zu hart stellt sie eine Tasse in das Abtropfgitter, und es gibt ein kurzes Donk. Verlegen hält sie mir den Henkel entgegen.

»Ups.«

»Ja, ups. Mensch, Franzi! Das war eine meiner Lieblingstassen!«

»Ich kleb ihn wieder an.«

»Da bin ich ja gespannt.« Ich rolle mit den Augen und widme mich dann wieder dem Kampf mit den zerknitterten Textilien, deren Berg sich immer noch meiner Zimmerdecke entgegenreckt. »Du findest bestimmt auch irgendwann jemanden, der es wirklich ernst mit dir meint und dich so liebt, wie du es verdient hast«, knüpfe ich dann wieder an unser Thema an.

»Daran glaube ich so langsam nicht mehr, sorry.«

»Doch, irgendwo da draußen wa…«

»Mann, Laura, deine Romantikthesen musst du ja vertreten, immerhin ist das dein Job! Aber vielleicht musst du langsam auch mal einsehen, dass das Leben kein Walt-Disney-Film ist!«

»Pah!« Dann eben nicht.

»Macht doch nichts. Ich kann genauso gut als dein Heinzelmännchen alt werden«, fügt Franzi schließlich in versöhnlicherem Tonfall an. »Für ein paar Zigaretten und ab und zu mal einen Teller Pasta mach ich den Job gerne.«

»Heinzelweibchen meinst du wohl«, grinse ich und ziehe den Stecker meines Bügeleisens aus der Steckdose. »Ich finde, jetzt ist es ordentlich genug hier, sonst fühl ich mich am Ende gar nicht mehr heimisch in meiner eigenen Wohnung. Ich mach uns lieber was Leckeres zu essen.«

Once in a while
two people meet
seemingly for no reason.
They just pass on the street,
suddenly thunder showers everywhere.
Who can explain the thunder and rain,
but there's something in the air.

»Die Liebe ist manchmal das Traurigste, oft das Schönste, aber immer das Wichtigste im Leben. In dieses möchte ich Sie beide nun entlassen, gemeinsam, als Ehepaar. Alles Gute wünsche ich Ihnen!« Ich strecke den beiden jungen Menschen vor mir meine Hand entgegen, und sie ergreifen und schütteln sie enthusiastisch.

»Das war wirklich schön!«, schnieft die Braut und wischt mit einem Finger vorsichtig unter ihren Augen entlang, um ihr Make-up nicht zu verschmieren. »Vielen Dank!«

»Nichts zu danken. Es war mir eine Freude«, antworte ich und raffe meine Dokumente zusammen, die vor mir auf dem schweren Schreibtisch aus dunklem Ebenholz liegen, denn dies war gerade mein letztes Pärchen für den heutigen Tag, und mein Feierabend beginnt genau in diesen Minuten. Ich reihe mich in die Schlange der zum Ausgang strömenden Hochzeitsgesellschaft ein und betrachte die strahlenden Gesichter um mich herum. Gibt es etwas Schöneres auf der Welt, als mit seinem Beruf andere Menschen glücklich machen zu können?

Ich liebe meinen Job, es gibt nichts, was ich lieber täte (na ja, außer wenn ich gerade Todesfälle zu beurkunden habe), und es ist jeden Tag aufs Neue ein einzigartiges

Gefühl, »im Dienste der Liebe« unterwegs sein zu dürfen, wie es immer so schön heißt. Und es stimmt, ich bin von der einzigen großen Liebe im Leben, die bis in alle Ewigkeit hält, wirklich überzeugt. Ich glaube fest daran, dass irgendwo jemand ganz Bestimmtes auf einen wartet, der für einen gemacht ist und den man irgendwann trifft, es Zoooom macht und man weiß: »Genau der ist es!« Und mit ihm zusammen wird man glücklich, und wenn sie nicht gestorben sind, dann leben sie noch heute. Happy End. Ja, so eine bin ich. Aber damit kann ich leben, und vielleicht mache ich gerade deswegen auch meinen Job so gut. Zumindest glaube ich das zu tun, jeden Tag, wenn ich in leuchtende, feucht schimmernde Augen und auf fest ineinander verschlungene Hände blicke. Und auch jetzt, wo die Hochzeitsgäste aus dem Portal des Standesamtes treten und dem strahlenden Brautpaar die Hände schütteln und ihnen zu ihrem Glück gratulieren, fühlt sich das absolut richtig an. Ich bin mir ziemlich sicher, das ist er, der Sinn des Lebens. Meinen Sinn habe ich leider noch nicht gefunden, der sitzt noch irgendwo mit (hoffentlich) dunklen Locken, grünen Augen und einem Grübchen im Kinn in irgendeinem Café, die schmalen Hände um einen dampfenden Kaffeebecher geschlungen, und liest den Kulturteil der Lokalzeitung, um danach mit seinem Collie im Grünen Gassi zu gehen und von der Frau seines Lebens (also mir) zu träumen und sich zu fragen, wann sie ihm wohl über den Weg laufen wird. Leider weiß ich das auch nicht so genau, aber ich hoffe, dass es bald passieren wird, denn immerhin gehe ich straight auf die berühmt-berüchtigte Dreißig zu und habe es langsam satt, ständig von einer Beziehung zur nächsten zu stolpern und für die Männerwelt nicht mehr als eine nette Beschäftigung für zwischendurch darzustellen. Seit meinem sechzehnten Lebensjahr bin ich regelmäßig an Männer geraten, die entweder völlig verarmt, psychisch angeknackst oder (wie sich oftmals erst später herausstellte) bereits verheiratet waren. Ein Exemplar meiner Verflossenen war sogar alles auf einmal. Ich bin eigentlich nie aus Regen oder Traufe herausgekommen. Einmal war ich nur die Geliebte, als es im heimischen Ehebett nicht mehr richtig lief, ein anderes Mal war ich das Versuchskaninchen, damit man(n) sich letztendlich sicher sein konnte, doch tatsächlich eher auf das eigene Geschlecht zu stehen. Ich war für einen eine günstige Haushaltskraft, die ihm blind vor Liebe jede Woche seine Studentenbude auf Vordermann gebracht und die fremden BHs in der Sofaritze geflissentlich ignoriert hat, oder der leichtgläubige Betthase, der auf Abruf bereitstand und sich nicht beschwerte, wenn der angebetete Businessman nach dem Sex statt zu kuscheln lieber Aktienindexe studierte und ich an dieser Stelle lernen musste, dass der Dax kein Kosewort eines niedlichen kleinen Pelztieres war, das er für mich ausgewählt hatte. Kurz: Mein Sinn für Romantik hat mich ein fürs andere Mal zum kompletten Idioten gemacht. Aber trotzdem habe ich meinen Glauben an die große Liebe nie verloren. Wahrscheinlich hat meine beste Freundin wirklich recht: Ich bin ein hoffnungsloser Fall.

Meine Gedanken werden unterbrochen, denn angesichts eines Mannes, der mir vorher nicht unter den Hochzeitsgästen aufgefallen ist, ergreift mich ein komisches Gefühl. Ich hatte meinen Blick über die kleine Gesellschaft vor mir schweifen lassen, als mir jetzt der verwirrte Gesichtsausdruck des Brautpaares ins Auge sticht, das gerade von einem Kerl in dunkelblauen Jeans, strahlend weißem Polohemd und ebensolchen teuer aussehenden Turnschuhen in Beschlag genommen und unter einem Redeschwall begraben wird. Argwöhnisch nähere ich mich der Szenerie und stelle mich dann unauffällig in die Nähe der drei, um etwas von ihrem Gespräch aufschnappen zu können.

»Ja, also, wissen Sie …«, stammelt der Bräutigam gerade und wechselt einen hilflosen Blick mit seiner frisch angetrauten Frau.

»Wir haben ja gerade erst geheiratet«, stottert diese und umklammert die Hand ihres Mannes noch etwas fester. Irgendwie gefällt mir das ganz und gar nicht, was ich da sehen und hören muss. Und ich bin mir ganz sicher: Dieser Typ war vorhin noch nicht da!

»Kann ich behilflich sein?«, frage ich betont höflich und stelle mich nun ungefragt dazu. Das Brautpaar blickt mich mit einer Mischung aus Erleichterung und Verwirrung an, und der fremde Mann schiebt sich seine Designersonnenbrille in die gegelten blonden Haare, um mich von Kopf bis Fuß mustern zu können.

»Ja, Sie können mir gern Ihre Telefonnummer geben, dann können wir beide heute Abend schick essen gehen, wenn Sie noch nichts vorhaben«, schlägt er vor und grinst, wobei er eine Reihe anscheinend gebleichter Zähne entblößt. So weiße Zähne hat kein Mensch von Natur aus, es sieht ja wohl ein Blinder, dass da nachgeholfen worden ist, denke ich und räuspere mich.

»Tut mir leid, ich bin hier nicht das Callgirl, sondern die Standesbeamtin und würde gerne wissen, was Sie hier eigentlich treiben?!«

»Das ist aber schade. Muss man als Standesbeamtin nicht auch hin und wieder etwas essen?«, entgegnet er scheinheilig und zwinkert dem Brautpaar zu, das sich allerdings nur mit hochgezogenen Augenbrauen anschaut und das Ganze für einen schlechten Scherz zu halten scheint. Ich inzwischen auch.

»Wenn Sie hier nicht zur Hochzeitsgesellschaft dazugehören, würde ich Sie jetzt bitten, zu gehen und die Feierlichkeiten nicht weiter zu stören.«

»Ich störe doch niemanden! Ich bin gerade zufällig vorbeigekommen und dachte, ich stelle mich bei den Herrschaften nur eben kurz vor.« Er holt ein in der Sonne blitzendes Etui aus seiner Hosentasche und zieht eine Visitenkarte daraus hervor. »Wer von Ihnen verdient denn besser? Demjenigen würde ich diese hier gerne aushändigen.« Abwartend sieht er von einem zum anderen, anschließend drückt er dem verdatterten Bräutigam die Karte in die Hand und klopft erst ihm und dann seiner Braut aufmunternd auf die Schulter. »Jetzt mag für Sie noch alles in rosa Zuckerwatte sein, aber warten Sie mal bis nächstes Jahr um diese Zeit: Dann meckert sie täglich über Ihre herumliegenden Socken und fängt wegen Ihrer Zahnpastaspritzer am Badezimmerspiegel am Sonntagmorgen hysterisch zu schreien an. Und irgendwann wird sich der Alltag bei Ihnen einnisten. Sie werden nicht mehr jeden Morgen ins Bad schleichen, um mit Mundwasser zu gurgeln, bevor Ihre Liebste wach wird, und sie wird sich irgendwann ganz ungeniert vor Ihren Augen die Beine rasieren und sich die Hornhaut von den Füßen raspeln. Glauben Sie mir, dann werden Sie an diesen Tag zurückdenken und dankbar sein, dass Sie mich getroffen haben!« Mir bleibt der Mund offen stehen. Es braucht viel, um mich sprachlos zu machen, aber dieser Kerl hat es soeben auf Anhieb geschafft.

»Also, Leute, einen schönen Tag Ihnen allen noch, danke für Ihre Aufmerksamkeit und immer dran denken: Alles hat ein Ende, nur die Wurst hat zwei, oder wie heißt es so schön?« Der Fremde nickt jedem von uns freundlich zu, bevor er sich fröhlich pfeifend entfernt. Fassungslos und immer noch nicht in der Lage, die Worte in meinem Kopf zu einem anständigen Satz aneinanderzureihen, reiße ich dem Bräutigam die Visitenkarte aus der Hand und starre auf die silbernen, in sich verschlungenen und schnörkeligen Buchstaben:

Paul Mölling
– Rechtsanwalt –
Tätigkeitsschwerpunkte:
Familien- und Unterhaltsrecht sowie
Vermögensauseinandersetzungen

Ich drehe die Karte um, lasse meinen Blick kurz über die angegebene Adresse seiner Kanzlei in München-Schwabing gleiten und sehe dann suchend auf – vor Zorn bebend. Wo ist dieser Kerl hin? Da hinten, er steht bei einer der Cateringangestellten und nimmt sich gerade mit purer Selbstverständlichkeit ein Glas Sekt von einem der Silbertabletts. Wie unter Flammen stürme ich auf ihn zu, so schnell es die Absätze meiner neuen High Heels eben erlauben, und baue mich neben ihm auf.

»Sagen Sie mal, sonst geht es Ihnen gut?«, keife ich.

»Ja, ich kann nicht klagen. Und Ihnen?« Er nimmt ein zweites Sektglas vom Tablett und hält es mir auffordernd hin. »Auch einen Schluck?«

»Sie können doch nicht einfach hier auftauchen und frisch vermählten Pärchen am schönsten Tag ihres Lebens schon Prognosen für die Dauer ihrer Ehe erstellen!«

»Ach was, der schönste Tag ihres Lebens wird der, an dem sie das ganze Elend dann endlich hinter sich lassen und wieder eine eigene Persönlichkeit sein dürfen! Glauben Sie mir, eine Scheidung kann ein echter Segen sein – sogar viel wahrscheinlicher als eine Hochzeit! Cheers!« Er prostet mir zu und nimmt dann einen großen Schluck aus dem langstieligen Glas in seiner Hand. Ich kann es in meinem Inneren förmlich knacken hören, als die ersten Sicherungen durchbrennen. Ruckartig entreiße ich ihm den Sekt, stelle ihn auf das Tablett zurück und packe ihn grob am Ellenbogen, um ihn hinter mir her zu schleifen.

»Jetzt hören Sie mir mal gut zu: Sie haben hier überhaupt nichts zu suchen, und außerdem gibt Ihnen niemand das Recht, einfach so in eine fremde Hochzeit zu platzen! Zerstören Sie das Leben anderer – aber nicht das meiner Brautpaare und vor allem nicht vor meinem Standesamt! Haben Sie mich verstanden?« Meine Stimme überschlägt sich und bekommt einen schrillen Unterton, so wie ich es eigentlich hasse, was aber leider unvermeidlich ist, wenn ich mich zu sehr aufrege. »Suchen Sie sich Ihre Betthasen und Ihre Mandanten woanders!« Ich schnappe nach Luft, um endlich wieder Sauerstoff in meine Lungen zu kriegen, und streiche mir eine Haarsträhne aus dem Gesicht, die sich während meines ausladenden Gestikulierens aus meinem Pferdeschwanz gelöst hat. Nachdenklich betrachtet er mich, und ich stelle fest, dass seine Augen grün sind. So wie mein Sinn des Lebens sie eigentlich haben sollte. Aber der sollte ja dunkle Locken statt einer blonden Wuschelfrisur haben und außerdem Anstand und Respekt und überhaupt alles, was diesem dreisten Typen hier eindeutig zu fehlen scheint!

»Was ist?«, blaffe ich ihn an, da ich mich unter seinen Blicken zunehmend unwohl fühle und außerdem immer noch auf eine Reaktion auf meine Ausführungen warte.

»Wollen Sie heute Abend sicher nicht mit mir essen gehen?«, versucht er es erneut, und wieder klappt mir angesichts dieser unerwarteten Frage die Kinnlade herunter.

»Ist das alles, was Sie dazu zu sagen haben?«

»Hm, ja, eigentlich schon.«

»Dann tun Sie mir einen Gefallen und machen sich jetzt am besten einfach vom Acker! Sie haben hier schon genug Unruhe gestiftet!«, zische ich und linse zu der Hochzeitsgesellschaft hinüber, die uns die ganze Zeit über interessiert beobachtet und den eigentlichen Grund ihrer Zusammenkunft völlig vergessen zu haben scheint. Ich stöhne. »Sie machen mit Ihrer Aufführung hier gerade alles kaputt! Warum konnten Sie denn nicht einfach weitergehen und mussten sich unbedingt einmischen?«

Mein Gegenüber hat sich von mir abgewendet und geht nun auf einen silbernen Mercedes zu, der (natürlich) im Halteverbot steht. Er drückt auf einen Knopf seines Autoschlüssels, und die Lichter des Sportwagens blinken auf, als würde dieser seinen Besitzer grüßen.

»Sind Sie verrückt?«, ruft mein Streitpartner zu mir herüber, öffnet die Fahrertür und lässt sich ins Innere sinken. »Jedes Ihrer Pärchen stellt eine potenzielle Rate für meinen Aston Martin dar, den ich mir bestellt habe.« Kaum dass er das gesagt hat, startet er den röhrenden Motor und rauscht davon. Verblüfft und kurz vor der endgültigen Explosion stehe ich auf dem Bürgersteig, starre in die von ihm hinterlassene Abgaswolke und bohre meine Fingernägel in meine Handinnenflächen. Jetzt erst stelle ich fest, dass es um mich herum gespenstisch still geworden ist. Ich drehe mich um und starre in geschätzte dreißig Augenpaare, die mich neugierig mustern. Als sie meinen Blick bemerken, hört man das zischende Geräusch des vor Spannung angehaltenen und nun entweichenden Atems, und sofort sind alle Gäste inklusive des Brautpaares wieder angeregt in irgendwelche Gespräche vertieft, so als wäre nie etwas geschehen.

Tja, anscheinend fällt die Phase der Verdrängung nicht allen so einfach. Ich jedenfalls sitze jetzt trotz des bereits fortgeschrittenen Abends auf meiner Couch, eine Packung Schokolade in der Hand, und muss immer noch an dieses seltsame Schauspiel vom zurückliegenden Nachmittag denken. Und nach wie vor kann ich das Blut vor Wut in meinen Ohren rauschen hören und spüre es förmlich Blasen schlagen, so hoch kocht es. Ich weiß nicht, warum, aber so wie andere zum Tier werden, wenn jemand ihre Freunde oder ihre Familie belästigt, so fühle ich mich, wenn es darum geht, meine Brautpaare zu verteidigen. Irgendwie fühle ich mich für sie verantwortlich. Für sie und ihr zukünftiges Glück. Ja, vielleicht ist es sogar das. Ich habe das Gefühl, ich allein wäre für ihren weiteren Lebensweg und dessen gemeinsamen sorglosen Verlauf verantwortlich. Ist das nicht verrückt? Förmlich wahnsinnig? Wie kann eine einzige Person, vor allem eine Fremde, eine Außenstehende, wie ich es bin, für das Glück anderer Leute verantwortlich sein? Darum muss sich immer noch jeder selbst kümmern, da kann niemand eingreifen, den Betreffenden an die Hand nehmen und ihn – schwups! – glücklich machen. Was für eine irrsinnige Idee, ich könnte darauf Einfluss nehmen. Und was für eine Bürde – kein Wunder, dass ich so viele Spleene habe und in so vielen Dingen so komisch bin. Das kann ja kein normaler Mensch aushalten.

Ich breche ein Stück von meiner Schokolade ab, aber anstatt es mir in den Mund zu stecken, drehe und wende ich es in meinen Fingern und betrachte die Krümel auf der Oberfläche.

Trotzdem, auch wenn ich es vielleicht etwas übertreibe mit meinem Beschützerinstinkt und meinem erhöhten Harmoniebedürfnis – das, was dieser Typ da heute gebracht hat, war ja wohl unterste Schublade, denke ich. Da wäre doch wohl jeder andere auch sauer geworden! Wieder spüre ich Ärger in mir aufwallen, und ich schiebe mir die Schokolade in den Mund und beiße gleich darauf noch ein großes Stück von der Tafel ab. Einfach so in eine Hochzeit zu platzen und dort Eigenwerbung zu betreiben! Das allein ist ja schon dreist, aber auch noch als Scheidungsanwalt? Und dann diese arrogante Art und dieses affektierte Getue! Als wäre er Brad Pitt oder sonst wer! Was denkt der, wer er eigentlich ist? Das ist doch mit Sicherheit so einer, der jeden Morgen sein Spiegelbild küsst und sich für den intelligentesten und schönsten Mann der Welt hält. Und dann dieses Geflirte! Der hält sich wohl für unwiderstehlich mit seinem gebleichten Grinsen und seiner Bonzenkarre. Aber damit kriegt er höchstens achtzehnjährige Quietschmäuschen rum, die noch keine Ahnung von den wirklich wichtigen Ambitionen eines möglichen Partners haben und sich von Äußerlichkeiten und Bankkonto blenden lassen. Bei mir kann er *so* auf jeden Fall nicht landen. *Ich* habe schließlich gewisse Ansprüche. (Die sich hoffentlich bald als erfüllbar erweisen werden ... *seufz*)

Na ja, aber eigentlich muss ich darüber ja gar nicht weiter nachdenken. Ich werde diesen Kerl nie wiedersehen, und selbst wenn, kann er mir gestohlen bleiben.

I really wish that you were smaller,
not just small but really really short.
So I could put you in my pocket
and carry you around all day.

Heute habe ich eine wichtige Mission: Ich spiele Osterhase. Besser gesagt, ich brauche erst einmal die notwendigen Dinge hierfür, nämlich die Eier in Form von Schokolade oder anderen Kleinigkeiten, mit denen ich den Menschen um mich herum eine Freude machen kann. Ich finde Verschenken super; ich mag es sogar noch lieber, als selbst Geschenke gemacht zu bekommen. Deshalb nutze ich auch jede sich bietende Gelegenheit, um mein Hobby ausleben zu können. Ostern ist wieder so eine davon. Also hänge ich mir meine cognacfarbene Lieblingstasche über die Schulter und mache mich auf den Weg ins Olympia-Einkaufszentrum, da es draußen wie aus Eimern schüttet und es mich heute nicht in die von Pfützen gepflasterte Fußgängerzone zieht, in der einem höchstens vom rücksichtslosen Vordermann mit dessen Regenschirm ein Auge ausgestochen wird, wenn man nicht gut aufpasst. In der U-Bahn sitzen vergleichsweise wenige Leute; die meisten von ihnen sind in sich zusammengesunken, ihre Haare kleben ihnen an der Stirn, und um ihre Schuhe herum haben sich kleine Wasserlachen gebildet. Auffällig sind auch die herunterhängenden Mundwinkel, was eigentlich für die lebenslustigen Münchner so gar nicht üblich ist. Ich kann das gar nicht verstehen, ich bin vergleichsweise gut gelaunt, trotz schlechtem Wetter. Aber ich darf ja auch gleich durch die verschiedenen Geschäfte hoppeln, äh laufen, und nach kleinen Geschenken suchen. Also, ich brauche ein Geschenk für Attila (am besten etwas Rosafarbenes), eins für Franzi natürlich, dann wäre da noch meine Schwester Marlene mit ihrem Mann Christoph und meinem Neffen Clemens. Für meine Arbeitskollegin Linda will ich auch eine Kleinigkeit besorgen, und da wären ja noch meine Eltern, denen ich ein Päckchen schicken wollte. Also gut, wollen wir doch mal sehen.

Ich arbeite mich durch das Einkaufscenter, fange oben an und höre unten auf. Ergebnis meiner Shoppingtour sind schließlich verschiedenste Süßigkeiten, die ich in die einzelnen Osternester packen werde, ein in Neonpink glitzernder Keramikhase für Attila, ein dunkelroter, sündig aussehender Nagellack von O.P.I. für Franzi, für meinen Neffen die aktuelle DVD von *Die wilden Kerle* und für seine Eltern eine gute Flasche Rotwein. Für meine Kollegin habe ich eine eigene Teemischung kreiert (denn Linda trinkt den ganzen Tag Tee – wahrscheinlich wirkt sie im Gegensatz zu mir als bekennendem Kaffeejunkie deswegen auch wie ein fleischgewordener Jungbrunnen) und für meine Eltern Pumpernickel und südtirolerischen Kaminwurzen gekauft (den gibt es nämlich in Florida nicht, wo sich die beiden inzwischen niedergelassen haben). Dazu kommen ein Latte Macchiato und ein frisch gepresster Karotten-Apfel-Saft sowie eine Lachssemmel von Nordsee, zur persönlichen Stärkung, außerdem eine taubenblau geblümte Tunika und ein paar weiße Riemchenpumps für mich (wenn ich schon mal hier bin …).

So, habe ich noch jemanden vergessen? Ach ja, ich hatte ja für Attila nach einer Duftprobe von dem neuen Paco Rabanne fragen wollen. Die könnte ich dann auch gleich zu seinem Glitzerhasen dazupacken. Also mache ich mich auf den Weg zu Douglas, wo auch sofort eine adrett gekleidete Dame mit hellblauem Augen-Make-up auf mich zugestürmt kommt und mir ihre Hilfe anbietet. Während sie in einer der vielen Schubladen nach der von mir gewünschten Duftprobe wühlt, stöbere ich in einem Regal mit heruntergesetzten Duschgelen. Vielleicht ist ja doch noch etwas für Franzi dabei.

»Also, wissen Sie, eigentlich suche ich eher etwas Blumiges, etwas Leichtes. Die Beschenkte ist eher der junge, frische Typ. Zieht die Männerwelt an wie eine soeben aufgeblühte Tulpe die Hummeln. Sie müssten ja aus eigener Erfahrung wissen, was ich meine.« Die männliche Stimme, die dort auf der anderen Seite des Regals gerade Schmeicheleien austeilt, kommt mir merkwürdig bekannt vor.

»Wie kommen Sie denn darauf?« Jetzt erklingt die glockenhelle Stimme einer jungen Verkäuferin.

»Na, Ihrem jugendlichen Charme kann sich schließlich auch keiner entziehen.«

»Aber, Herr Mölling.« Die Frau kichert gebauchpinselt. Herr Mölling? Vor meinem inneren Auge erscheint eine schnörkelige Schrift. *Paul Mölling – Rechtsanwalt.* Dieser Typ ist *hier*? Neugierig recke ich den Hals. Und tatsächlich: Der dreiste Anwalt, der mir letztens in eine meiner Hochzeiten geplatzt ist und Eigenwerbung betrieben hat, steht nur wenige Meter von mir entfernt und bezirzt eine rothaarige Mittzwanzigerin. Oje, hoffentlich hat er mich nicht gesehen! Schnell ziehe ich den Kopf wieder ein. Und für wen kauft er hier Parfüm? Für seine Frau? Und flirtet gleichzeitig mit der Verkäuferin? Dieser Mann scheint nicht nur im Beruf skrupellos zu sein. Ich schiebe ein paar Fläschchen und Tuben beiseite und linse durch das Regal hindurch. Sein Gegenüber lacht gerade herzlich über irgendetwas und wirft die Haare zurück, während er eine Hand auf ihren Oberarm legt und ihr ein Kompliment zu den Sommersprossen auf ihrer Nase macht. Hm, attraktiv sieht er ja schon aus irgendwie. Nicht zu dick, nicht zu dünn, sondern schön männlich proportioniert. Er ist groß, mindestens eins achtzig, und soweit ich das erkennen kann, hat er Grübchen in den Wangen, wenn er lächelt. Er scheint gerade von der Arbeit zu kommen, er trägt nämlich noch Anzug mit Krawatte. Normalerweise kann ich Männer in Anzügen überhaupt nicht leiden, es sei denn, sie heißen George Clooney oder sie versprechen einem auf die Schnelle einen zinsfreien Kredit. Aber dieser Paul Mölling sieht darin ... na ja, irgendwie »appetitlich« aus.

Jemand tippt mir auf die Schulter, und ich fahre ertappt herum. Die dickliche Verkäuferin, die sich der Erfüllung meiner Wünsche verschrieben hat (wenigstens so lange ich diese in ihrem Geschäft äußere), hält mir meine Duftprobe entgegen.

»Sie haben Glück, eine Packung haben wir noch.«

»Oh, äh, danke schön.« Ich nehme die kleine Blister-Packung entgegen und versuche angestrengt, den Stimmen auf der anderen Seite des Regals zu lauschen. Hätte ich längere Ohren, würde ich sie jetzt aufstellen und seitlich drehen.

»Kann ich sonst noch etwas für Sie tun?« Abwartend schaut mich die Verkäuferin an und hält die Arme auf dem Rücken verschränkt.

»Wie bitte? Ach so, nein, aber vielen Dank.«

»Na gut, dann wünsche ich Ihnen einen schönen Tag.«

»Ich Ihnen auch. Und frohe Ostern.« Ihre Antwort höre ich gar nicht mehr, denn ich schiele schon wieder um die Ecke und versuche, diesen arroganten Kerl von Rechtsanwalt zu orten. Doch er scheint bereits weg zu sein; keine Spur mehr von ihm und seine rothaarige Verkäuferin steht inzwischen ein Stückchen weiter weg und sortiert die neue Escada-Kollektion auf einem Sondertisch.

»Oh, Paco Rabanne? Nur für Ihren Bruder hoffe ich, nicht für Ihren Freund?« Oh nein, er steht doch nicht wirklich hinter mir? Langsam drehe ich mich um und blicke in ein schmunzelndes, leicht stoppeliges Gesicht mit schalkhaft blitzenden Augen. »Oder lauern Sie hier etwa auf ein männliches Opfer?«

»Also, ich glaube nicht, dass *ich* diejenige bin, die hier auf Opfer lauert«, antworte ich, unabsichtlich eine Spur zu spitz. Irgendwie macht mich dieser Typ schon wieder wütend, nur durch seine bloße Anwesenheit. Dass er letztens einfach so in meine Hochzeit geplatzt ist, werde ich ihm wohl auf Lebzeiten übel nehmen.

»Ich muss nicht mehr lauern. Ich bin schon zum Zerlegen der Beute da.« Paul Mölling grinst. Ich kann nur mit den Augen rollen.

»Sie sind furchtbar. Hat man denn nirgendwo Ruhe vor Ihnen?«

»Als hübsche Frau oder Ehepaar mit Scheidungsoption nicht. Aber alle anderen müssen vor mir keine Angst haben.«

»Na, dann ist ja gut.« Ich stecke das Parfümpröbchen in meine Handtasche. »Ich muss mich jetzt wohl mal besser vor Ihnen in Sicherheit bringen.«

»Schade. Ich hätte Sie sonst noch auf einen Kaffee eingeladen; es gibt hier ein paar Läden weiter einen wirklich guten Espresso.«

»Tut mir leid, aber mit Ihrem großen Ego ist mir selbst die Zeit für einen Espresso zu lang. Aber fragen Sie doch Ihre rothaarige Venus da drüben; vielleicht hat die ja gleich Pause und Lust auf eine neue Runde Löwe und Antilope.« So ein Mist, den letzten Satz hatte ich gar nicht laut aussprechen wollen. Nun weiß er erstens, dass ich sein Geflirte vorhin mitbekommen habe, und zweitens sieht es so aus, als wäre ich auch noch eifersüchtig darauf. Verdammt!

Einen Moment lang zieht mein Gegenüber verwundert die Augenbrauen nach oben, doch dann scheint er zu verstehen und lacht laut auf.

»Deswegen drücken Sie sich hier also so herum?«

»Ich drücke mich nicht herum! Ich habe eine Besorgung gemacht und mich danach noch ein bisschen umgesehen. Ist ja wohl nicht verboten, oder?«

»Nein, natürlich nicht.« Seine Stimme klingt immer noch amüsiert, und mir ist das Ganze gerade ziemlich peinlich. Also entweder, ich verschränke die Arme, nicke einmal kurz und verschwinde dann wie die *Bezaubernde Jeannie*, oder wenn das nicht klappt, könnte ich auf ein Erdbeben hoffen, damit ich von einer plötzlich im Boden aufklaffenden Spalte verschluckt werde.

»Also, dann gehe ich jetzt mal.« Ich schiebe den Schulterriemen meiner Tasche ein Stück weiter hinauf, blinzele verlegen und gehe schon mal einen Schritt rückwärts Richtung Ausgang.

»Ja, ich auch.« Plötzlich sieht er müde und abgespannt aus. »Ich hatte einen ziemlich langen Tag in der Kanzlei. Ich werde nun auch sehen, dass ich nach Hause komme.«

Ich nicke.

»Schöne Ostern wünsche ich Ihnen trotzdem.« Dicke Eier hat er ja mittlerweile schon, so wie er sich an jeden Rock ranschmeißt, denke ich und schäme mich im gleichen Augenblick auch schon wieder fast dafür.

»Danke, Ihnen auch.« Für den Bruchteil einer Sekunde schaut er mich nachdenklich an, und ich habe beinahe Angst, dass er meinen Gedanken lesen konnte. Endgültig beschämt verlasse ich den Laden; natürlich nicht, ohne im Hinausgehen vor lauter Hektik auch noch einen Pappaufsteller zu Boden zu reißen.

Ich grabe Schätze aus im Schnee und Sand,
und Frauen rauben mir jeden Verstand!
Doch irgendwann werd ich vom Glück verfolgt
und komm zurück mit beiden Taschen voll Gold.

Das schlechte Wetter ist längst vergessen, denn jetzt, Ende April, mutet es draußen fast hochsommerlich an, und endlich: Die Münchener können wieder lächeln. Das mag daran liegen, dass ihr Leben und auch das der restlichen Bayern endlich wieder Sinn macht: Die Biergartensaison ist nämlich inzwischen eröffnet, und es kann nach Herzenslust Weißbier getrunken und große Brez'n mit Radi (es handelt sich hierbei um gekringelten, ordentlich gesalzenen Rettich) gegessen werden. Die Dirndl werden wieder enger geschnürt, und der noch vom Winter leicht blässlichen Haut an Dekolleté, Armen und Beinen wird mit Selbstbräuner nachgeholfen. Jetzt wird in den Straßencafés, Schwimmbädern, Seen und im Englischen Garten wieder wild geflirtet, und in der bayerischen Landeshauptstadt und drum herum ist alles wieder gut. Nichts geht hier über die drei »B«s: Bier, Balz und Beruf. Sobald das Wetter also wieder insoweit mitspielt, als man mit einem kühlen Glas Erdinger im grünen Gras unweit der träge vor sich hinfließenden Isar liegen, ein hübsches Mädchen im Arm halten und nebenbei auf dem Apple MacBook eine neue und möglichst auch noch innovative PR-Kampagne entwerfen kann, dann herrschen paradiesische Zustände.

Franzi sieht das momentan etwas anders. Das liegt vielleicht zu einem Bruchteil auch daran, dass sie keine geborene Münchnerin ist wie ich, sondern eine sogenannte

Zuagroaste und aus Konstanz kommt. Zu einem deutlich größeren Teil aber hängt es mit ihrer Pollenallergie zusammen, die sie brutal überrollt (wahrscheinlich aufgrund ihrer geringen Körpergröße schlichtweg übersehen) und ihr übel mitgespielt hat. Jetzt sitzt sie in ihrer Wohnung auf der Couch, die Fenster sind verrammelt, Gott sei Dank hat sie sie noch nicht mit Brettern zugenagelt, hat eine große Taschentücher-Box neben sich stehen und erinnert mit ihren zugequollenen Augen und ihrer grünlichen Gesichtsfarbe ein bisschen an Kermit den Frosch.

»Wie wär's mit einer Nasenspülung?«, schlage ich angesichts dieses Elends vor. »Ich hole dir eine aus der Apotheke, wenn du willst.« Die Antwort ist nur ein ersticktes Röcheln, gefolgt von einem müden Abwinken.

»Ich kenn die Dinger schon, die sehen komisch aus«, näselt Franzi. »Das ist, als würde man sich einen Phallus in die Nase stecken.« Ich frage jetzt nicht, woher sie weiß, wie das ist.

»Na und?«, kontere ich stattdessen.

»Ich habe von Phallussen vorerst die Nase voll.«

»Ja, die Nase hast du definitiv voll. Und dagegen sollten wir nun dringend etwas tun. Hast du schon Tabletten genommen?«

»Natürlich.«

»Und?«

»Ich könnte genauso gut Smarties lutschen«, antwortet meine beste Freundin resigniert.

»Du kannst doch jetzt aber nicht das ganze Frühjahr über in deiner verrammelten Wohnung sitzen und …« Ich werfe einen kurzen Blick zum Fernseher hinüber. »… *Scrubs* gucken. Du musst mal lüften, hier drinnen müffelt es irgendwie. Und außerdem verpasst du ja das halbe Leben; draußen wimmelt es nur so von sympathischen Männern.«

»Hier müffelt es gar nicht! Und wenn ich die Fenster öffne, dann muss ich wahrscheinlich sterben. Und Männer interessieren mich momentan nicht, die wollen eh alle nur das Eine. Außer J. D. von *Scrubs* vielleicht.« Sie seufzt. »Der könnte bestimmt auch was gegen meine Allergie unternehmen.«

»Ja, wahrscheinlich.« Jetzt ist es an mir zu seufzen, angesichts dieser sturen Naivität. »Manchmal hilft frische Luft auch. Klingt paradox, ist aber so.« Ich ernte skeptische Blicke.

»Hast du irgendwas vor? Willst du wieder irgendwohin, wo du dich alleine nicht hintraust?«

»Nein!«, rufe ich empört. »Ich will dich einfach nur nicht in deiner Bude vergammeln lassen, nur weil ein paar Blütenpollen unterwegs sind.«

»Grmpf.«

»Wir können ja auch mal kurz bei Hugendubel vorbeigucken«, locke ich, denn mit Büchern kriegt man Franzi meistens rum. »Ich habe gesehen, dass die zurzeit einen Wühltisch mit Mängelexemplaren für 2,95 Euro haben.«

»Wirklich?« Ich nicke.

»Wirklich.«

»Hm.« Meine Freundin hievt sich aus ihrem Kissenberg hoch. »Kannst du Mund-zu-Mund-Beatmung? Falls ich da draußen einen allergischen Schock kriegen sollte?«

»Klar. Nichts täte ich bei dir lieber.«

»Na gut.« Und mit einem letzten wehmütigen Blick in J. D.s blaue Augen schaltet Franzi den Fernseher aus.

Meine beste Freundin ist zwar klein, aber dafür von der Natur mit sehr spitzen Ellenbogen entschädigt worden. Die sind ihr bei allen Vorhaben von Nutzen, in denen sie sonst benachteiligt wäre. So auch hier.

»Darf ich mal?« Franzi schiebt sich schonungslos zwischen den Leuten Richtung Wühltisch vor; eine Frau neben ihr gibt ein ersticktes »Umpf« von sich. »Ich halte für dich nach Liebesschmonzetten Ausschau«, höre ich ihre immer noch nasale Stimme irgendwo von tief unten zwischen Handtaschen und Einkaufskörben sagen. »Mir selbst ist momentan eher nach Messerwetzen und Gänsehaut.«

»Ist gut. Ich warte oben auf dich und gönn mir in der Zwischenzeit einen Kaffee.« Ich fahre mit der Rolltreppe ins oberste Stockwerk, wo ich den letzten freien Zweiertisch ergattere und mich mit einem schön schaumigen Latte Macchiato breitmache. Ich lehne mich zurück und lasse meinen Blick über die Menschen um mich herum gleiten. Irgendwo hier könnte er jetzt sitzen, mein Sinn des Lebens. Zu seinen Füßen liegt sein treuer Hund, während er in seiner Chai Latte rührt und in einem Henning-Mankell-Buch blättert. Und dann würde er, einer inneren Eingebung folgend, den Kopf heben, seine Lesebrille abnehmen und mich ansehen: Liebe auf den ersten Blick. Während ich mir im Geiste schon unsere Hochzeit ausmale, ganz in Weiß natürlich und sein Hund bringt die Ringe bis zum Traualtar, nähert sich Franzi meinem Tisch, schwer bepackt mit zwei Plastiktüten.

»Hier bist du«, ächzt sie. »Hier, ich hab dir auch ein bisschen Kitschkram mitgebracht.« Sie legt mir drei Taschenbücher auf den Tisch.

»Sag nicht Kitschkram!«, empöre ich mich. Franzi grinst.

»Kitschkram«, wiederholt sie und streckt ihre kleinen, in babyblauen Chucks steckenden Füße von sich.

»Du wirst deine Meinung schon noch irgendwann ändern«, erwidere ich und rühre beleidigt Zucker in meinen Kaffee. Sie zuckt mit den Schultern.

»Kann sein. Vielleicht wirst du aber auch deine Meinung irgendwann nochmal ändern, spätestens dann, wenn du Opfer eines charmanten Herzensbrechers geworden bist, in den du dich verknallst und der dich dann für irgendein anderes weibliches Wesen kurzerhand sitzen lässt.«

»So ein Quatsch!«, sage ich. Und denken muss ich dabei an Paul Mölling.

Und dann verlass ich deine Stadt.
Ich seh zurück und fühl mich schwer,
weil g'rade angefangen hat,
was du nicht willst und ich zu sehr.
Ich bin der Regen, und du bist das Meer.

»Du hast ihn gegoogelt?«, fragt mich Marlene nur ein paar Tage später fassungslos. »Warum? Damit du deinem Ärger Luft machen und sein Haus anzünden kannst?«

»Quatsch. Das war purer Zufall«, verteidige ich mich und bin froh, dass mich meine Schwester gerade nicht sehen kann, denn ehrlich gesagt spreche ich nicht ganz die Wahrheit, und das würde sie sofort erkennen, würden wir uns nicht im Moment am Telefon unterhalten. »Ich hab nur mal für Franzi nach einem Anwalt wegen ihrem Nachbarschaftsstreit geguckt, und dabei bin ich auf seine Kanzlei gestoßen, weil sein Partner auf solche Sachen spezialisiert zu sein scheint. Mir erschien der nämlich als genau richtig für Franzi und ihr Problem mit den ollen Schlottermanns von nebenan.«

»Es gibt ja auch sooo wenig Anwälte in München«, erwidert Marlene trocken.

»*Solche* Anwälte schon«, gebe ich spitz zurück.

»Und? Wie nennt man dieses Fachgebiet, wenn man sich um Nachbarschaftsstreitigkeiten kümmert?«, hakt meine Schwester unnachgiebig nach. Verdammter Mist! Ehrlich gesagt habe ich keine Ahnung, was sein Partner für ein Fachgebiet vertritt. Ich hab sogar schon wieder dessen Namen vergessen, und das mit Franzi stimmt auch nur zur Hälfte. Zwar hat sie wirklich Probleme mit

Schlottermanns von nebenan, aber gegoogelt hab ich gezielt nach »Paul Mölling Rechtsanwalt München« und nach nichts anderem.

»Ähm … Friedensstiftung?«, stottere ich und ärgere mich über mich selbst und meine Unfähigkeit zum gekonnten Notlügen. Gibt es hierfür Seminare? Vielleicht sollte ich mich mal für eines anmelden. Schaden kann es bestimmt nicht. Marlene lacht, und ich kann sie förmlich vor mir sehen, wie sie ihre kastanienbraunen Locken schüttelt und mich mit diesem liebevoll-mitleidigen Blick bedenkt, den große Schwestern oftmals für ihre kleineren Ausgaben parat haben. So nach dem Motto: »Du süßes Dummerchen musst wirklich noch jede Menge lernen!« Wie ich das hasse! Ich bin schließlich Ende zwanzig und kein Kind mehr!

»Und?«, fragt Marlene jetzt.

»Was, und?«

»Hast du schon rausgekriegt, wie alt er ist? Wo er genau Jura studiert hat? Wo er wohnt? Bei welchem Händler er seinen Aston Martin bestellt haben will? Und welcher Zahnarzt ihm die Zähne bleicht?« Natürlich habe ich das. Paul, ähm, also dieser Herr Mölling ist fünfunddreißig Jahre alt, hat in Regensburg studiert und wohnt in der Nähe von Philharmonie und Muffathalle. Für jemanden, der Musik liebt (wie mir sein Profil auf Facebook verraten hat), also die perfekte Wohnlage. Sein Zahnarzt könnte Dr. med. dent. Blumfeld sein, der seine Praxis nur wenige Straßen von Pauls Wohnung entfernt und sich auf ästhetische Behandlungen spezialisiert hat. Und der Aston-Martin-Händler, na ja, der gibt seine Kundendaten leider nicht an Unbefugte heraus …

»Was? Nein, wie kommst du denn darauf?«, empöre ich mich. »Als ob mich das interessieren würde!«

»Hätte ja sein können.«

»Ich bin doch keine sechzehn mehr.«

»Ach was, fast alle erwachsenen Frauen googeln interessant erscheinende Männer vor dem ersten Date oder sogar noch später, wenn sie schon längst mit ihm zusammen sind. Nirgendwo kann man einfacher auf seine dunkelsten Seiten stoßen und sich über all seine Abgründe informieren.«

»Ich finde ihn aber weder interessant, noch will ich ein Date mit ihm! Ich habe lediglich meiner besten Freundin bei ihrer Suche nach einem rechtlichen Beistand wegen ihrer biestigen Nachbarn helfen wollen. Das ist alles.«

»Na, dann ist ja gut. Die Welt scheint ja wirklich ein Dorf zu sein.«

»Oh, die Welt ist ein Dorf!«, höre ich eine bekannte Männerstimme nur eine Woche später nach meinem Telefonat ganz in meiner Nähe überrascht feststellen. Moment, das kann doch nicht wirklich … Ich drehe mich langsam um und lasse beinahe vor Schreck meine Packung Popcorn fallen.

»Sie schon wieder?«

»Ja, ich schon wieder.« Paul grinst von einem Ohr zum anderen. Dann mustert er die gelb-rot gestreifte Tüte in meinen Händen. »Aha, Standesbeamtinnen müssen also doch ab und an eine Kleinigkeit essen. Hatte ich doch recht mit meiner Vermutung.«

»Vielleicht will ich es gar nicht essen, sondern damit nur unverschämte Rechtsanwälte mit aufgeblasenem Ego und fehlendem Taktgefühl bewerfen«, antworte ich spitz.

»Oh, meinen Sie, Sie werden in Ihrem Film welche davon finden?«, fragt er mit Blick auf das Kinoticket in meinen Händen. »In *Briefe an Julia*?«

»Ich weiß nicht. Wo findet man sie denn dann, wenn nicht dort?«

»In *Saw IV.*« Paul tippt auf seine Eintrittskarte. »Saal 6.«

»Oh. Da müsste ich vermutlich weit werfen.«

»Ich bin mir sicher, Sie würden mit Ihrer feinfühligen Art auch dann noch treffen.«

»Das sagt ja der Richtige.« Einen Moment lang sehen wir uns schweigend an.

»Gehen Sie ganz alleine ins Kino?«, will er nach einer kurzen Pause wissen. Ich schüttele den Kopf.

»Ein Freund von mir geht mit. Er schafft es nur nicht rechtzeitig aus der Arbeit, weshalb ich schon mal allein vorgegangen bin.« Paul zieht fragend die Augenbrauen hoch.

»Ein Freund? Sie wollen mir also wirklich erzählen, dass sich ein männliches Exemplar freiwillig solch einen Film ansehen möchte?«

»Warum nicht?«

»Pfffth, das fragen Sie noch?«

»Es sind ja nicht alle Männer so unromantisch wie Sie.«

»Stimmt. Und dann sind sie meistens schwul.« Ich schnappe nach Luft, um etwas zurückzuschießen, aber da er mit seiner Vermutung recht hat und Attila tatsächlich schwul ist, fällt mir auf die Schnelle nichts Passendes ein.

»Mit wem gehen Sie denn?«, erkundige ich mich unoriginell.

»Mit einer Bekannten.« Nun ist es an mir, die Augenbrauen hochzuziehen. »Ich weiß, was Sie jetzt sagen wollen«, kommt er mir zuvor. »Ich habe ihre Scheidung geregelt, weswegen sie mir noch einen Gefallen schuldig ist.«

»Warum habe ich das Gefühl, dass es sich bei dem Gefallen nicht um den Kinobesuch allein handelt?«, frage ich spitz und stelle fest, dass in meinem Inneren etwas Komisches vorbeigehuscht ist. War das etwa ein

Hauch von Enttäuschung? Paul grinst nur vielsagend und rutscht in der Schlange vor, um zwei große Cola (eine davon light und ohne Eis; war ja klar, dass es *so* ein Exemplar von Begleiterin sein würde ...) und einen Eimer gesalzenes Popcorn und eine Tüte Schokolinsen zu ordern. Nicht ohne seinen Charme an der hübschen Servicekraft hinter der Theke zu testen, versteht sich. Ich werfe einen Blick auf die Uhr. Schon acht, so langsam könnte Attila seinem Job als Saftschubse bei Lufthansa mal den Rücken kehren und sich auf den Weg zu mir machen. Oder er steht mal wieder seit Stunden im Bad und gelt sich seine blondierten Strähnen von rechts nach links und zurück.

»Huhuuu, Paul!«, quietscht da eine jugendliche Frauenstimme, schiebt sich durch die anstehende Menschenmenge und wirft sich an seinen Hals, nicht ohne mir vorher noch ihre riesige Louis-Vuitton-Tasche in die Seite zu rammen, sodass einiges von meinem Popcorn aus der Tüte purzelt.

»Hey!« Nur weil sie allem Anschein nach kein Stück Zucker an ihre Wespentaille lässt, muss sie ja nicht auch allen anderen Frauen dessen Genuss unterbinden. Außerdem ist dieser Auftritt hier ja wohl total überflüssig ...

»Hallo, Sophie! Schön, dass du es noch geschafft hast!«, freut sich Paul, setzt sein Charmebolzenlächeln auf und küsst seine Sophie rechts und links auf die Wange, die ihn von unten herauf mit langen Wimpern anklimpert und strahlt. Wie alt mag sie sein? Zweiundzwanzig vielleicht? Und so eine sollte bereits geschieden sein? Wann hat die denn geheiratet? Zwangshochzeit mit sechzehn, oder wie?

»Oh, du hast schon bestellt? Für mich aber bitte nur Cola light und ohne Eis. Und nichts von diesem pappigen Popcornzeugs«, fiept sie und umschlingt seinen

Arm. Die Servicekraft hinter der Theke und ich sehen uns vielsagend an und verdrehen dann zeitgleich die Augen.

»Daran hab ich natürlich gedacht. Und ich habe dir Schokolinsen gekauft.«

»Wie süß von dir.« Pah, vermutlich wird sie eh nur deren Überzug ablutschen und die Schokolade selbst wieder unauffällig in die Tüte zurückfallen lassen.

»Wollen wir?«

»Moment, ich muss nochmal für kleine Mädchen.« Und schon trippelt sie in ihren Ballerinas Richtung Damentoiletten davon, nicht ohne sich vorher noch einmal umzudrehen und ihm ein schwärmerisches Lächeln zuzuwerfen.

»Und Sie glauben wirklich, dass *Saw IV* mit seinem FSK 16 für dieses kleine Mädchen geeignet ist?«, frage ich. »Oder haben Sie das absichtlich geplant, um sie heute Nacht beschützen zu können, falls sie Angst vor möglichen Monstern unter ihrem Bett bekommt?«

»Bin ich so durchschaubar?«, schmunzelt Paul. Ich schiebe mir nur wortlos Popcorn in den Mund und schüttele abschätzig den Kopf. Dann fügt er hinzu: »Aber keine Sorge, ich würde auch immer noch gerne unter Ihrem Bett nach Monstern suchen, wenn Sie es sich bald mit der Esseneinladung noch anders überlegen. Appetit haben Sie ja scheinbar.«

»Sie sind wirklich armselig!«, antworte ich nur, nachdem ich heruntergeschluckt habe, und wende mich demonstrativ von ihm ab, denn ich habe Attila erspäht, der sich, von einer Duftwolke umgeben, höflich seinen Weg an den anderen Wartenden vorbeibahnt.

»Entschuldige bitte die Verspätung!«, schnauft er atemlos und drückt mich kurz an sich. »Ich hoffe, du hast nicht allzu lange auf mich warten müssen?!«

»Ach, halb so schlimm. Ich hatte in der Zeit endlich

mal die Gelegenheit, geschlechtsreife Lackaffen in der Brunft zu erleben«, sage ich betont laut.

»Was?«

»Ach, das erzähle ich dir später.«

»Du stehst auf ihn«, stellt Attila ein paar Stunden später mit absolut sicherer Stimme fest (und das trotz der vergangenen und voll ausgenützten Happy Hour).

»Tu ich nicht!«, erwidere ich ebenso fest und versuche angestrengt, aus den zwei Attilas vor meinen Augen einen einzigen zu machen.

»Doch, tust du. Ich kenne dich jetzt lange genug, und der Ausdruck in deinem Gesicht spricht Bände!«

»Der Ausdruck in meinem Gesicht kommt vom letzten Caipirinha!«, verteidige ich mich und verschränke die Arme vor der Brust. »Nicht von diesem Paul-Schnösel da!«

»Aber du hast ihn gegoogelt, und du denkst über ihn nach. Und gib's zu: Du warst auch eifersüchtig auf diese blonde Schnitte, die er im Kino dabeihatte.«

»Gar nicht wahr!«

»'türlich ist das wahr.« Mein Gegenüber zieht laut schlürfend an seinem Strohhalm und stochert dann mit ihm in den zerquetschten Limetten herum. Attila ist ein Phänomen. Als seine Mutter mit ihm schwanger war, war sie die ganze Zeit felsenfest davon überzeugt, ein Mädchen zu kriegen, dekorierte das Babyzimmer in Rosatönen und kaufte blumenbedruckte Strampler.

»Das wird hundertprozentig ein Mädchen! Das habe ich im Gefühl!«, verkündete sie damals wohl im gesamten Umfeld und war sich so sicher, dass sie darauf wettete, einen möglichen Jungen Attila zu taufen, sollte sie sich tatsächlich irren. Tja, und was kam dabei heraus? Das Ergebnis sitzt jetzt vor mir auf einem der lederbezogenen Loungehocker des Clubs, in dem wir nach dem

Film gelandet sind, und schlürft Cocktails, ist eins fünfundneunzig groß, hat eine Figur wie ein Türsteher, verpasst keine Folge der *Desperate Housewives*, trauert über die fehlende Größe 47 im Schuhsortiment von Manolo Blahnik, stolpert genauso wie ich treuherzig durch die oftmals so kaltschnäuzige Männerwelt, färbt sich Haare und Wimpern und heißt Attila Schneider. So verrückt ist die Welt. Mein bester Freund ist ein riesenhafter Hüne mit einem *Instyle*-Abo und einem Faible für Männer mit Kinngrübchen.

»Und? Gehst du mit ihm zum Essen?«, reißt er mich aus meinen Gedanken.

»Spinnst du?«

»Aber so kannst du vielleicht wenigstens mal wieder ein bisschen Spaß haben. Es muss ja nicht mehr daraus werden …«

»Du weißt ganz genau, dass ich keinen Sinn für solche oberflächlichen Abenteuer habe! Ich …«

»… suche was mit Zukunftsperspektive, die wahre Liebe, jaja, schon klar. Aber vielleicht wird dir so ein kleiner Egobooster ja zwischendurch mal ganz guttun. Ich meine, dass er was von dir will, ist ja offensichtlich. Und du findest ihn gut, weißt allerdings von vornherein, dass er nicht deinem Wunschpartner entspricht. Diese ganze Geschichte bietet sich doch förmlich an für ein kleines bisschen Abwechslung.«

»Meinst du?«

»Süße, wenn ich die ganze Zeit nur zu Hause auf meiner Plüschcouch sitzen, Prosecco schlürfen und auf den einzig Wahren warten würde, meinst du, ich wäre dann glücklicher?«

»Du bist ja jetzt auch nicht glücklich und wartest selber auf die große Liebe!«

»Schon, aber man kann sich ja auch die Wartezeit schon mal nett machen.« Attila zwinkert mir zu, steht dann auf und hält mir die Hand hin, denn die ersten Beats von *Nein, Mann*! von Lasercraft 3D dröhnen aus den Boxen. »Komm, wir tanzen erst mal eine Runde und zeigen den ganzen Langweilern hier, wie man das richtig macht. Und dann trinken wir noch ein paar von diesen leckeren Erdbeerdaiquiris und denken über dein weiteres Vorgehen nach.«

Das schreibt das Leben.
Es bietet an,
und ich bleib dran.

Ich trinke nie wieder Alkohol! Nieeeee wieder! Sicher, ich habe diesen Schwur schon öfter als einmal in meinem Leben geleistet, und mit meiner Konsequenz ist es in dieser Beziehung auch nicht besonders weit her, aber diesmal meine ich es absolut ernst! Wenn ich nur noch einmal einen Erdbeerdaiquiri trinken oder nur daran riechen muss, dann werde ich mich spontan in die nächstbeste Ecke übergeben müssen. Apropos übergeben, ich glaube, mir geht es gar nicht gut. Wieso dreht sich immer noch alles, und warum habe ich so ein pelziges Gefühl im Mund? Als würde ein Hamster auf meiner Zunge liegen. Und dann dieser Druck im Magen ... Ich glaube, ich sollte mal einen Schluck Wasser trinken gehen. Vorsichtig richte ich mich in meinem Bett auf. Hinter meinen Augen sticht es, und gleichzeitig dröhnt es hinter meiner Stirn. Ich wette, Attila ist bereits wieder das blühende Leben und sitzt irgendwo perfekt gestylt in irgendeinem Lokal, um mit einem seiner vielen Bekannten zu brunchen oder zu lunchen oder was auch immer man um diese Tageszeit als moderner Mensch in einer Großstadt so macht. Und ich? Ich sehe aus, als wäre ich Michael Jacksons *Thriller*-Video entstiegen, und noch dazu fühle ich mich auch so. Ist es nicht unfair, dass schwule Jungs so weiblich sein können, dass sie zickiger sind als man selbst, schlechter einparken und eine ausgeprägte Rosaaffinität besitzen, aber trotzdem männlich genug bleiben, um deutlich mehr Alkohol konsumieren und verarbeiten zu können als wir Frauen? Ich finde das ziemlich ungerecht. Ich tippe Attila schnell eine SMS, um ihm genau das mitzuteilen, und schaffe es dann endlich, mich langsam aus meinem Bett zu bewegen. Ich schlurfe in die Küche, trinke in ein paar Zügen eine Flasche Mineralwasser aus und löse mir dann ein Aspirin auf. Wie gut, dass ich heute nicht zur Arbeit muss. So ein Wochenende hat schon was für sich. Aber hm, was fange ich eigentlich damit an?

Eine kurze Rund-SMS ergibt, dass Franzi bei ihren Eltern in Konstanz ist (oh, hatte ich ja ganz vergessen!), Attila wie nicht anders erwartet mit einem Sven (laut SMS ist dessen Hintern der Wahnsinn) in einer Galerie ist und meine Kollegin Linda krank im Bett liegt. Ich überlege kurz, ob ich ihr einen Besuch abstatten soll, allerdings weiß ich aus eigener Erfahrung, dass hier Höflichkeit völlig fehl am Platz ist und sich kaum jemand über solche Krankenbesuche wirklich freut. Ganz im Gegenteil; meist ist man einfach froh, wenn derjenige wieder verschwunden ist und man sich zurück ins Bett legen, sich in Selbstmitleid suhlen und völlig sinnentleerte Familienreportagen auf gewissen Privatsendern gucken kann, nur um festzustellen, dass es einem selbst doch viiieeel schlechter gehen könnte und man es doch eigentlich ganz gut getroffen hat. Also, was fange ich jetzt mit mir an?

Ich habe mich aufgerafft und mich auf den Weg zum Supermarkt gemacht, um wenigstens meinen Kühlschrank aufzufüllen, wenn schon sonst nichts in meinem Haushalt funktioniert, wie es bei einer Frau eigentlich sollte. Wenn meine Eltern irgendwann mal wieder ihren Platz an der Sonne verlassen und mich besuchen sollten, würde meine Mutter wahrscheinlich in Ohnmacht fallen (obwohl sie, seit sie in Florida lebt, eh schon viel lockerer geworden ist). Ich erinnere mich daran, wie es gekommen ist, dass die beiden nach Amerika gegangen sind. Ich weiß, dass es immer ihr Traum gewesen war.

»Wenn die Kinder erst mal aus dem Haus sind, dann gehen wir entweder nach Florida oder nach Mallorca.« Kurz darauf aber begann der Mallorca-Boom so richtig aufzuleben, und meine Eltern entschieden, dass sie, würden sie nach Malle gehen, auch gleich in Deutschland bleiben könnten.

»Auf Mallorca gibt es ja inzwischen mehr Deutsche als bei uns«, hatte mir mein Papa letztens erst am Telefon wieder erzählt. »Die können dort inzwischen besseres Sauerkraut kochen als wir, und wenn du sie nach einem Gedicht fragst, dann kann dir jeder Passant aus dem Stegreif einen Ringelnatz oder Morgenstern runterleiern. Find so was heutzutage noch in Hamburg oder Frankfurt!« Und da meine Eltern von den Deutschen und deren Spießigkeit ja eigentlich genug hatten und rauswollten aus dem tristen Alltag, hatten sie sich letztendlich für Florida entschieden, wo sie zuvor schon ein paar Mal wegen der Firma meines Vaters gewesen waren. Kaum hatte ich als Nesthäkchen mit neunzehn meine Koffer gepackt und meinem heimischen Zimmer mit den vielen Dachschrägen und den mit Postern gepflasterten Wänden Lebewohl gesagt, ließ sich mein Vater versetzen, und noch bevor man superkalifragilistischexpraligetisch sagen konnte, kam auch schon die Postkarte mit den vielen Bikinischönheiten vorne drauf und der neuen Adresse meiner Eltern.

»Wir sind umgezogen«, hieß es in der Überschrift. Ach was! Und ich hatte gedacht, das *Zu-Verkaufen!*-Schild in unserem Garten wäre ein neuer Dekoartikel, und die Jalousien wären aufgrund einer sechs Wochen andauernden Migräne meiner Mutter nonstop heruntergelassen gewesen.

»Wir wollten keine Tränen am Flughafen. Ihr wisst ja, Abschiede liegen uns nicht so«, rechtfertigen sich meine Eltern heute immer noch, wenn meine Schwester und ich ihnen ihre überstürzte Auswanderung vorwerfen. Entgegen unseren Erwartungen ist es inzwischen aber auch nicht anders, als würden sie noch in unserem Häuschen am Stadtrand am Rotkehlchenweg wohnen, denn ob Mamas kluge Ratschläge jetzt von der anderen Seite des Esstisches oder des Ozeans kommen, ist eigentlich auch egal. Nervig sind sie so oder so. Nur Papas Golden-Retriever-Mix Indiana Jones fehlt mir, und ab und an quengelt meine Schwester Marlene nach Mamas weltbesten Semmelknödeln und der unnachahmlichen Bratenkruste. Aber na ja, Frieden hat eben seinen Preis.

So, wo war ich? Ach ja, hier vor dem Frühstücksregal. Neuerdings weiß ich, dass bei Cornflakes oder ähnlichen sogenannten Cerealien die Verpackung mehr Nährwert besitzt als der Inhalt. Ich finde das irgendwie gruselig und kann mir das Zeug, seit ich im Besitz dieser Information bin, nicht mehr kaufen. Seitdem weiß ich das gute alte Müsli wieder zu schätzen, in dem aber leider meistens viel zu viele Rosinen drin sind. Ebenso habe ich gelesen, dass man Hunde mit Rosinen vergiften kann! Wer hätte das gedacht? Eine Handvoll reicht schon aus. Ich bin froh, dass Indiana Jones Mamas Osterfladen überlebt hat, den er ihr einmal von der Arbeitsfläche gemopst hat. Als ich klein war, habe ich einmal einen Nachbarshund mit einem meiner Marshmallows gefüttert. Zwei Wochen später war er tot, aber angeblich wegen Altersschwäche und nicht wegen einer Zuckerüberdosis oder eines Darmverschlusses. Ich hoffe bis heute, dass das stimmt … So, ich sollte jetzt mal aufhören zu träumen und mich meinen Einkäufen widmen! So wird das ja nie was!

Also decke ich mich mit Milchprodukten ein (gibt es wirklich Leute, die Joghurt mit POPCORNGESCHMACK essen???) und nehme mir dabei fest vor, in Zukunft immer gleich alle Löffel abzuspülen, die ich benutzt habe, um nicht wieder in einen Engpass zu geraten, sodass mir im Kühlschrank alle Joghurts ablaufen. Dann kümmere ich mich ums Gemüse und gehe im Kopf alles Notwendige für einen leckeren Auflauf durch. Neben mir steht ein junges Pärchen, wahrscheinlich gerade frisch zusammengezogen, und debattiert über die Wichtigkeit von Obst und dessen Haltbarkeit in der heimischen Küche.

»Wofür brauchst du schon wieder Äpfel? Zu Hause haben wir noch ein ganzes Netz! Iss die doch lieber mal auf, sonst können wir ihnen bald wie letztens den Orangen Namen geben und sie als unsere Haustiere bezeichnen!«, höre ich ihn mit leicht entnervtem Unterton sagen.

»Aber Äpfel sind gesund, die halten jung! Und außerdem sind die hier im Angebo-hot!« Ich drehe mich kurz um und kann sehen, wie sie stoisch eine kleine Stiege rotbackiger Äpfel im Einkaufswagen versenkt.

»Und was ist mit denen falsch, die wir daheim haben? Warum müssen wir jetzt noch fünf Kilo von dem Zeug mitschleppen?«

»Weil die so gut riechen. Und weil ich es sage, deshalb!« Ich beschließe, ihrer Diskussion, die nun wahrscheinlich ohnehin beendet ist, wenn er schlau ist, nicht weiter Beachtung zu schenken und mich wieder meinem eigenen Vorhaben zu widmen. Hm, aber schön wäre es ja schon. Irgendwie entbehrt es nicht eines gewissen Reizes, endlich mal wieder jemanden zu haben, mit dem man sich über die notwendige Anzahl der Klopapierlagen, den Fettgehalt des Hackfleisches oder die Herkunft der Frühstückseier streiten kann. Mir persönlich fehlt so jemand, und wie ich gerade merke, nicht wenig. Ich kann nur sagen, wenn man gerade einen Partner hat, der bei den gemeinsamen Einkäufen völlig abstruse Dinge in den Wagen lädt, die man dann unauffällig wieder heraus- und zurückräumen muss, und man sich deshalb regelmäßig zurück in seine Singlewohnung wünscht, dann sollte man diesen Zustand lieber genießen. Es ist viel trauriger, wenn man sich selbst unnützes Zeug kauft, für das man sich vor niemandem rechtfertigen muss. Wie langweilig.

Mein Handy piept.

Hallo, Süße. Bist du heute Abend daheim? Sven muss nachher wieder in die Arbeit, konnte seine Schicht nicht tauschen, und ich muss dir doch unbedingt von ihm erzählen! :- HDL! Der Hunnenkönig*

Aha, hätte ich mir ja denken können. Also brauche ich noch etwas mehr Gemüse und Streukäse, und außerdem sollte ich unbedingt an zwei Flaschen Sekt und Rotwein denken.

Attila sitzt an meinem Küchentisch, schwenkt bei jedem seiner Worte wild mit der Gabel in der Luft herum und lässt seinen Fuß hektisch auf und ab wippen, wie immer, wenn er aufgeregt ist.

»Und dann hat er gesagt, dass ich wunderschöne Augen habe und dass er das Funkeln darin liebt, wenn ich lache.« Er seufzt tief. »Ist das nicht schön? Und dass ich so gut dufte. Wie gut, dass du mir diese Duftprobe besorgt hast! Ich brauche unbedingt eine ganze Flasche von dem Zeug!«

»Das holst du dir diesmal aber selber!«, mache ich schnell klar, denn ich fürchte mich vor einem neuen Treffen mit diesem Paul Mölling, und auch dieser modelhaften Verkäuferin, die er dort so bezirzt hat, will ich in nächster Zeit nicht wieder begegnen. Irgendwas in mir fragt: »Warum denn das nicht?«, aber etwas anderes noch tiefer drin schubst den Fragesteller unsanft beiseite und befreit mich somit von einer Antwort.

»In Ordnung, ist ja gut.« Mein Gegenüber schiebt sich schnell einen Happen Auflauf in den Mund und kaut mit glühenden Backen. Die kommen aber mit Sicherheit nicht von meinem Essen, was aufgrund seiner ausschweifenden Erzählungen mit großer Wahrscheinlichkeit ohnehin schon eiskalt sein muss. »Und er möchte später einmal eine Familie haben und hat mich gefragt, ob ich das okay fände.«

»Du?«, antworte ich und ziehe die Augenbrauen hoch. »Ich dachte, du bist nicht so für diese Heirats- und Adoptionssache?«

»Bin ich auch eigentlich nicht. Aber wenn ich mir vorstelle, zusammen mit Sven … Also, irgendwie kann ich mir das doch schon ein bisschen vorstellen.«

»Attila! Du bist ja verknallt!«

»Ach was. Das ist doch alles noch ganz frisch.«

»Aber ich kenne dich! Wäre das wieder nur so ein Geplänkel, würdest du viel abgebrühter reagieren! Ich dachte, du glaubst nicht so an Liebe und das ganze ›Kitschzeugs‹?« Ich muss grinsen. Hatte ich also doch mal wieder recht gehabt mit meiner Annahme. Irgendwann erwischt es jeden!

»So ein Quatsch!«, wehrt er ab, allerdings leuchten dabei seine Augen, und das Strahlen auf seinem Gesicht bleibt wie festgetackert. Im Grunde weiß er es selber ganz genau, dass es stimmt, was ich sage. »Und bei dir?«, fragt er dann plötzlich.

»Wie, bei mir?«

»Na ja, wie sieht's aus mit deinem Prinz Charming? Hast du schon deinen Platz als Anwalts Liebling?« Attila grinst.

»Spinnst du?«, frage ich empört zurück.

»Wieso?«

»Ich dachte, wir hätten das geklärt? Ich will nichts von diesem arroganten Kerl!«

»Jaja, und ich habe die Figur von Heidi Klum.« Mein Freund schüttelt den Kopf und kratzt seinen Teller leer.

»Mal ernsthaft, Attila: Was soll ich mit so einem? Willst du mich nächtelang heulend auf deiner roten Couch sitzen haben, nur weil mir so jemand wieder mal das Herz gebrochen hat? Ich hab's doch gut so, so wie es jetzt ist.«

»Nein, hast du nicht. Während du auf deinen Sinn des Lebens wartest, der vermutlich schon irgendwo seinen Volvo in der zum Eigenheim gehörenden Garage parkt und in diesem Moment mit seinen zwei Kindern im Garten Fußball spielt, wirst du alt und grau, und dann will dich keiner mehr.«

»Was soll das denn heißen?« Beleidigt fange ich an den Tisch abzuräumen und ignoriere demonstrativ Attilas leeres Weinglas, das er mir bereits zum zweiten Mal auffordernd hinhält.

»Nur dass du mal von deinen starren Vorstellungen abkommen und dich auch mal anderen Möglichkeiten gegenüber öffnen musst. Ich meine, bisher hast du das personifizierte Glück ja noch nie so richtig kennenlernen dürfen …« Er hält kurz inne, und vor unserer beider Augen läuft ein Kurzfilm meiner vergangenen Beziehungen vorbei. Dann seufzen wir synchron. »… ergo weißt du ja gar nicht, wie es aussieht, du vermutest es ja nur. Vielleicht sieht es ja aber ganz anders aus, als du glaubst?«

Über diese Worte muss ich noch lange nachdenken, als ich in meinem Bett liege und auf die an die Decke projizierten roten Leuchtziffern meines Weckers starre. Vielleicht hat Attila tatsächlich recht, und ich halte so streng an meinen Vorstellungen vom perfekten Glück fest, das ich zu kennen glaube und nur noch zu erwischen brauche, dass ich es vielleicht gar nicht erkenne, wenn es dann tatsächlich zum Greifen nah ist und nur nicht so aussieht, wie ich immer gedacht habe.

Ich atme dich ein
und nie wieder aus,
schließ dich in mein Herz,
lass dich nicht mehr raus.

»Kanzlei Gebhardt & Partner, Sie sprechen mit Frau Wiesner, was kann ich für Sie tun?«, flötet eine sympathische Frauenstimme ins Telefon. Frau Wiesner? Ich hätte jetzt eher mit Miss Moneypenny gerechnet. Ich überlege kurz, ob ich meinem Drang, schnell wieder aufzulegen, einfach nachgeben soll, doch dann räuspere ich mich und antworte: »Grüß Gott, hier ist Lowe. Ich wollte fragen, ob denn Herr Mölling zu sprechen ist?«

»In welcher Angelegenheit bitte?«, kommt es streng seriös zurück. Ähm, tja, gute Frage. In welcher Angelegenheit? Dass die Empfangsdame das überhaupt noch fragen muss. Ist bei denen nicht sowieso jeder zweite Anrufer eines von Pauls potenziellen Opfern? Mich wundert es, dass die Kanzlei nicht schon eine eigene Verbindung hierfür eingerichtet hat.

»Wenn Sie juristischen Beistand benötigen und mit unserer Kanzlei verbunden werden möchten, dann drücken Sie bitte die Eins. Wenn Sie weiblich, jung und ledig sind und direkt in Herrn Möllings Bett landen wollen, dann drücken Sie bitte die Zwei.«

So etwas in der Art.

»Ich rufe wegen einer Privatsache an«, antworte ich schließlich wenig einfallsreich.

»Herr Mölling ist derzeit leider außer Haus. Soll ich ihm etwas ausrichten? Soll er Sie zurückrufen?«

»Nein«, beeile ich mich zu sagen. »Das ist nicht nötig. Ich melde mich einfach selbst wieder.«

»Ist in Ordnung, Frau Lowe. Einen schönen Tag wünsche ich Ihnen noch.«

»Ihnen auch«, erwidere ich und lege mit zittrigen Händen auf. Oh Mann, warum bin ich jetzt eigentlich so aufgeregt? Ist doch gar nichts gewesen. Was wäre denn passiert, wenn ich ihn tatsächlich erreicht hätte? Wäre ich dann in Ohnmacht gefallen? Wäre kollabiert? Keine Ahnung, was. Aber halt: Hat die gerade Frau Lowe zu mir gesagt? Hat sich die Empfangsdame wirklich meinen Namen merken können? Was, wenn sie ihm nun doch ausrichtet, dass ich angerufen habe? Verdammt! Mir wird schlecht, und zur Beruhigung hole ich mir erst mal einen meiner neuen Joghurts aus dem Kühlschrank (mit ganz stupidem Erdbeergeschmack – jaaa, so etwas gibt es tatsächlich noch!), finde sogar noch einen sauberen Löffel in meiner Besteckschublade und lasse mich dann ganz unladylike auf meiner Esstischkante nieder, wo ich erst mal hektisch in meinem Joghurt herumzurühren beginne. Ich muss jetzt mit irgendwem reden, mich beruhigen lassen, dass alles halb so schlimm ist. Zuerst wähle ich Attilas Nummer, schließlich ist Franzi ja noch in Konstanz und wird erst morgen wieder zu Hause sein. Aber wie zu erwarten geht bei ihm nur die Mailbox ran. Anscheinend schwebt er gerade auf Wolke sieben und kommt von ihr aus nur schwer ans Telefon. Also muss doch Franzi herhalten.

»Ja?«

»Franzi? Ich hab ihn angerufen, in der Arbeit, und er war nicht da, und dann hab ich meinen Namen gesagt, und die Frau Empfangsdame hat ihn sich gemerkt und wird ihm ausrichten, dass ich was von ihm wollte, und alles ist ganz schrecklich!«, rufe ich. Am anderen Ende der Leitung ertönt nur ein langgezogenes und ohrenbetäubendes »Duuuuuuud«, wie das eines Dampfers, gefolgt von einem:

»Was hast du gesagt?« Lautes Möwengekreische. »Sorry, ich versteh dich ganz schlecht. Meine Eltern haben mich zu einer Bodenseerundfahrt geschleppt, und auf diesem Kahn hier ist es total laut!«

»Paul!«, schreie ich ins Telefon. »Ich hab ihn angerufen, und jetzt hält er mich für total bescheuert!«

»Was? Du hast deinen Boden gescheuert? Kann ich mir gar nicht vorstellen.« Franzi lacht. »Du, der Empfang ist ganz schlecht. Morgen bin ich ja wieder in München, dann melde ich mich gleich bei dir. Hab dich lieb! Tschüs!« Klack, aufgelegt. Verzweifelt starre ich auf den Hörer in meiner Hand. Na super, lasst mich nur alle im Stich! Anscheinend habe ich mit meiner Starrerei irgendeine bisher verborgene Funktion bei meinem Handy ausgelöst, denn es beginnt plötzlich laut zu klingeln. Fast lasse ich es aus der Hand fallen. Ein Blick auf das Display zeigt mir eine Münchener Nummer. Das wird ja hoffentlich nicht die Kanzlei sein … Soll ich rangehen? Oder mich lieber tot stellen? Was soll ich nur tun? Kurz bevor sich meine Mailbox anwirft, hebe ich doch ab.

»Hallo?«, frage ich mit bebender Stimme.

»Hallo, Süße.« Es ist Attila, und sofort fährt sich mein Puls wieder auf Normalgeschwindigkeit herunter. »Du hast versucht, mich zu erreichen, gell? Mein Handy spinnt, und ich bin gerade bei Sven daheim und dachte, ich rufe dich schnell von ihm aus an, falls irgendwas ist?!« Hach, wie ich meinen stets um mich besorgten Hunnenkönig doch liebe!

»Ja«, hauche ich schwach in den Hörer. Und dann erzähle ich ihm nochmal von meiner Anrufaktion, diesmal schon etwas weniger wirr. »Ich wollte einfach nur seelischen Beistand haben«, ende ich schließlich. Zu meiner Verwirrung lacht Attila plötzlich.

»Was ist denn daran lustig?«, frage ich argwöhnisch.

»Ach, Laura, du bist wirklich süß!« Wieder dieses Lachen, tief und brummig, wie ein Bär, und ganz entgegen seinen ganzen Charakterzügen total unweiblich. »Du bist ein Hasenfuß! Sieh das Ganze doch einfach als Spiel, und stell dir vor, dass du nichts zu verlieren hast.«

»Ich hab aber etwas zu verlieren! Nämlich meinen Stolz, meine Ehre, mein Herz ...«, rufe ich empört in den Hörer.

»Na, dann schließ diese Dinge einfach so lange weg, so kann sie dir auch keiner wegnehmen. Heb sie dir irgendwo gut auf, wo ihnen keiner etwas tun kann, und dann setz alles auf eine Karte. Geh einfach los und mach mit bei der Jagd um den Jackpot!«

»Ich hab meinen Jackpot glaub ich schon gefunden«, höre ich eine sanfte Männerstimme im Hintergrund säuseln, und ich kann Attilas debiles Grinsen daraufhin förmlich vor mir sehen. Ich seufze.

»Du hast ja jetzt auch leicht reden. Ich leg auf.« Oh Mann, Männer sind doch alle gleich. Egal, ob sie schwul sind oder nicht.

Du weißt noch nicht einmal genau,
wie sie heißen,
während sie sich über dich
ihre Mäuler zerreißen.

Ich mag Dienstage nicht. Dienstag ist für mich der Montag der »normalen« Bevölkerung. Müde sitze ich an meinem Schreibtisch, vor mir stapeln sich zu erledigende Todesbeurkundungen (anscheinend haben jede Menge Menschen das Aprilwetter sattgehabt), und ich denke über den im Gegensatz dazu geradezu winzigen Stapel mit Geburtsbeurkundungen nach. Anscheinend ist das Elterngeld doch noch zu wenig, um wirklich als Lockmittel zu dienen, und wenn dann während der Hochzeit schon ein Rechtsanwalt versucht, einem die Scheidung schmackhaft zu machen, hat man natürlich auch nur noch wenig Lust aufs Kinderkriegen ... Mensch, nun denke ich ja schon wieder über diesen Typen nach! Ich stehe auf und öffne das Fenster. Heute ist es immer noch außergewöhnlich warm, und anstatt hier im Büro zu sitzen, würde ich jetzt lieber strahlende Pärchen vermählen oder an der Isar sitzen und ein Radler trinken.

»Käffchen?« Meine Kollegin Linda steht in der Tür, immer noch leicht gerötet um die Nase herum, aber schon wieder halbwegs gesund.

»Oh ja, gerne.« Dankbar nehme ich den dampfenden Becher entgegen und trinke einen tiefen Schluck daraus. »Geht's dir wieder besser?«

»Ja doch, etwas schon. Hab ich irgendwas verpasst, als ich weg war?« Ich schüttele den Kopf.

»Nein, nicht wirklich. Einen Haufen Bürokram, und die meisten Leute sagen Ja, wenn man sie fragt, ob sie ihren Partner lieben und ehren wollen, bis dass der Tod sie scheidet. Es hat sich also nichts geändert die letzten Tage.«

»Kann ich immer noch nicht verstehen«, grinst Linda und lehnt sich gegen meinen Schreibtisch. Sie ist bereits einmal geschieden und kann dem Heiraten nicht mehr so viel abgewinnen wie ich. »Heute wäre ich froh, wenn ich damals Nein gesagt hätte.«

»Na ja, die Ehe ist ja nicht grundsätzlich schlecht. Manche schließen sie eben nur etwas voreilig oder irgendwas anderes läuft schief …«, versuche ich die Sache zu verteidigen.

»Ist ja auch okay, solange man später einen guten Scheidungsanwalt an seiner Seite hat. Also, hätte ich ihn nicht gehabt, dann hätte ich mich wirklich beim Oktoberfestumzug vor eine der Bierkutschen werfen können.«

»Ja, Scheidungsanwälte scheinen zurzeit einen guten Stand in der Branche zu haben …« Ich seufze und beobachte die kleinen Sahnewölkchen in meinem Kaffeebecher. Eigentlich mag ich keine Sahne in meinem Kaffee, nur Milch. Wenn keine da ist, trinke ich ihn sogar lieber schwarz, bevor ich mir etwas anderes hineinkippen muss. Aber einem spendierten Kaffee guckt man nicht so genau in die Tasse, oder wie heißt es nochmal?

»Die Kanzlei ist wirklich spitze, da sind nur Profis am Werk! Das ist kein Laden, in dem heimatlose, gerade von der Uni gekommene Jurastudenten den ganzen Tag Aktenordner von A nach B räumen und Golf im Flur spielen, sondern das sind richtige Könner dort! Also wenn du auch mal einen brauchen solltest …«

»Nee, danke. Von Rechtsanwälten habe ich derzeit genug. Außerdem müsste ich dafür ja auch schließlich erst mal heiraten.«

»Oh, dafür kann ich dir diesen Anwalt auch empfehlen!« Linda kichert. »Der ist wirklich zum Anbeißen!«

»Ach ja?«, hake ich nach, und mir schwant plötzlich Böses. »Wie, sagtest du, heißt diese Kanzlei nochmal?«

»Gebhardt & Partner. Die sind in Schwabing.«

»Lass mich raten: Du hattest Herrn Mölling als Rechtsbeistand?«

»Ja.« Meine Kollegin sieht mich erstaunt an. »Kennst du ihn etwa?«

»Nur flüchtig.« Plötzlich fühle ich mich ganz schwach und lasse mich auf meinen Bürostuhl sinken. »Gibt es denn keine anderen mehr in dieser Stadt?«, frage ich mit matter Stimme.

»Geht's dir gut? Du wirst plötzlich so blass.«

»Ja, alles bestens.«

»Na gut, dann geh ich mal wieder rüber in mein Büro, den Papierkram abarbeiten.« Linda geht zur Tür.

»Warte!«, rufe ich, und sie hält inne und dreht sich nochmal zu mir herum.

»Hm?«

»Wie bist du denn eigentlich ausgerechnet auf den gekommen?«

»Ach.« Sie macht eine wegwerfende Handbewegung. »Ich bin schon vor meiner Hochzeit auf ihn aufmerksam geworden. Ich war damals beim Friseur, um schon mal unterschiedliche Brautfrisuren auszuprobieren. Dabei habe ich verschiedene Brautmodenmagazine durchgeblättert – und schwups, plötzlich flatterte mir die Visitenkarte seiner Kanzlei in den Schoß. Die muss dort zwischen den Seiten gesteckt haben.« Sie zuckt mit den Schultern, und ich kann nur fassungslos vor mich hinstarren.

»Vielleicht war das ja damals schon ein schlechtes Omen«, meint Linda zum Abschluss und verlässt dann mein Büro. Und ich, ich bin das erste Mal nach langer Zeit mal wieder absolut sprachlos.

Ich lad die alten Vögel und Verwandten ein
und alle fang'n vor Freude an zu weinen.
Wir grillen, die Mamas kochen
und wir saufen Schnaps
und feiern eine Woche jede Nacht.

»Ja, Eigen-PR ist eben alles. Dumm ist er ja nicht, dein Paul, das muss man ihm lassen.« Franzi schmunzelt.

»Er ist nicht ›mein‹ Paul!«, korrigiere ich und nebele meinen Kopf mit Haarspray ein. Wir wollen heute Abend in die Nachtgalerie gehen und stylen uns für unseren Mädelsabend auf.

»Egal, auf jeden Fall kann er sich verkaufen. Er tut wenigstens was für sein Geld.«

»Das tun Bankräuber auch, wenn sie sich zu nachtschlafender Zeit mit schwerem Werkzeug am Tresor zu schaffen machen. Er ist einfach ein Gauner!«

»Vielleicht macht ihn ja gerade das so reizvoll«, mutmaßt Franzi und zieht den kleinen Stufenhocker vor meinen Badezimmerspiegel, um sich die Wimpern tuschen zu können. »Du weißt ja, viele Mädels stehen auf böse Jungs.«

»*Ich* stehe nicht auf böse Jungs.«

»Na ja …«

»Ich hab ja vorher nie gewusst, dass sie so sind! Am Anfang waren schließlich alle total lieb, und erst nach ein paar Monaten haben sich meine Freunde in solche Mistkerle verwandelt!«

»Es haben sich nicht die Kerle geändert«, verbessert mich meine beste Freundin, schürzt ihre Lippen und verteilt großzügig Farbe auf ihnen, »sondern deine rosarote Brille hat sich irgendwann, wenn auch immer erst viel zu spät, in eine Brille in deiner eigentlichen Sehschärfe ohne Tönung verwandelt.«

»Da redet ja genau die Richtige.« Etwas beleidigt pinsele ich mir Rouge auf die Wangenknochen und drehe und wende mich dann abschätzend.

»Eben. Deswegen weiß ich darüber ja so gut Bescheid«, gibt sie nur ungerührt zurück und hüpft von ihrem Hocker. »Und jetzt lass uns gehen, sonst sind wieder alle Männer zu betrunken, um noch einen Anständigen unter ihnen ausmachen zu können.«

Ich bewundere Franzi ja irgendwie. Obwohl sie ständig von der Männerwelt enttäuscht wird und jedes Mal aufs Neue auf die Schnauze fällt, steht sie trotzdem immer wieder auf und hat auch tatsächlich dann wieder Spaß an der Suche. Mir geht es da anders. Ich wurde ja auch oft enttäuscht, aber ich habe auch immer weniger Lust, meinen »Sinn des Lebens« zu suchen. Vielleicht habe ich mich gefühlsmäßig einfach schon zu sehr ausgepowert. Außerdem findet meine beste Freundin auch immer ziemlich schnell Kontakt zur Männerwelt. Erstens liegt das wohl an ihrer offenen und herzlichen (wenn auch oftmals ziemlich frechen) Art, zweitens ist sie aber auch wirklich hübsch mit ihrem dunkelbraunen Lockenkopf, den dunklen Augen und ihrer schlanken und trotzdem kurvenreichen Figur. Und ich glaube, dass es für sie mit ihrer geringen Körpergröße als Frau noch ein minimaleres Problem ist, als wenn sie ein Mann wäre. Frauen sind ja nicht selten klein, und wenn man mal Powerfloh Kylie Minogue als Beispiel benutzen will, ist die ja auch nur eins fünfundfünfzig. Eins dreißig ist dagegen zwar wirklich schon fast mikroskopisch, doch Franzis Präsenz ist mindestens 1,90 Meter und überragt die meisten Typen sowieso. Vielleicht hat sie es deshalb auch oft so schwer, einen für dauerhaft zu finden. Also, für mich als Mann wäre der kleine Hobbit (so wie sie in meinen Augen manchmal aussieht, nur in sehr hübscher Ausführung und ohne Haare an den Füßen) eine richtige Traumfrau. Aber das wird schon noch irgendeiner irgendwann erkennen. Nämlich ihr Sinn des Lebens. Der ist ihr wohl nur leider noch nicht begegnet. Oder hat bisher noch zu weit oben gesucht.

»Coole Musik«, freut sich meine Begleiterin, schon als wir die Kassen passieren und die ersten Bässe nach draußen dringen. »Jetzt holen wir uns erst mal was zu trinken, und dann stürmen wir die Tanzfläche.« Sie zieht ihre Jeansjacke aus und gibt sie an der Garderobe ab (für die Dame am Tresen ist sie gerade wohl nur eine Hand, die ihr eine Jacke entgegenstreckt), bevor sie mich in das Innere des Clubs zieht. Wir ignorieren wie immer die neugierigen Blicke der anderen Gäste, die wohl wie meistens vermuten, dass ich meine kleine Schwester hereingeschmuggelt habe, und bahnen uns einen Weg zur Bar. Dort hieven wir uns auf zwei der dort stehenden Hocker, schlürfen unsere Drinks und sondieren die Umgebung. Die Musik ist wirklich nicht schlecht, die Leute scheinen gut drauf zu sein, und unsere Getränke schmecken lecker. Trotzdem kommt bei mir heute irgendwie keine Feierlaune auf, und ich weiß nicht, warum. Eigentlich ist doch alles in Ordnung zurzeit. Was hindert mich jetzt also bitte am Spaßhaben?

»Na, noch was zu trinken, die Damen?« Zwei gar nicht so übel aussehende Typen haben sich an uns herangeschlichen und uns in ihre Mitte genommen.

»Ich hab noch«, erwidere ich und deute auf das Glas in meiner Hand. Franzi wirft mir einen strafenden Blick zu.

»Ja, gerne!«, strahlt sie die beiden dann an und wünscht sich für sich und mich Campari Orange.

»Seid ihr zum ersten Mal hier?«, fragt der eine, der

sich glaube ich kurz zuvor als Giovanni vorgestellt hat. Was soll diese Frage eigentlich immer? Was ist denn, wenn man darauf mit Ja antwortet? Bekommt man dann eine Privatführung durch die ganze Lokalität?

»Und hier siehst du das Lager. Guck mal, wie professionell die hier die Getränkekästen stapeln! Und das da, das ist die Putzkammer, Frau Kloses ganzer Stolz!« Um dann mit gesenkter Stimme hinterherraunen zu können: »Eigentlich ist das Ganze hier ja topsecret! Aber durch meine Kontakte ...« So in etwa?

»Nein, wir sind jeden Abend hier«, antworte ich, weil Franzi gerade außer Hörweite ist. »Zu Hause ist der Alkohol immer so schnell alle.« Giovanni mustert mich etwas irritiert und wendet sich ab, um den Blick über die tanzende Menschenmenge schweifen zu lassen. Ich beschließe, mit dieser zu verschmelzen, stelle mein Glas ab und entere die Tanzfläche, um zu Lady Gagas *Born This Way* zu tanzen. Und so langsam steigt auch meine Stimmung wieder. Von einem anfangs »Was für eine blöde Idee, heute wegzugehen!« über ein »Na ja, ist doch gar nicht so schlimm, wie ich dachte!« bin ich am Schluss zu einem »Super ist es hier, ich will gar nicht mehr nach Hause!« gelangt. Irgendwann schiebt sich jemand in Höhe meines Ellenbogens an mich heran und hält mir eine kleine Flasche Cola entgegen.

»Trink mal was ohne Alkohol«, schreit es von unten herauf, gefolgt von: »Dieser Mario hat 'ne Freundin. Hat sich nur leider gerade erst herausgestellt. Und sein Kumpel, dieser Giovanni da, fand uns komisch. Warst du wieder unfreundlich zu ihm?« Ich schüttele heftig den Kopf.

»Ich bin nieeeeeee unfreundlich! Ich bin der gröööößte Sssssaatz!«

»Weiß ich doch, Süße. Jetzt trink mal die Coke da, und dann gehen wir an die frische Luft und ab nach Hause.«

»Ich will aba gar nich heim!«, antworte ich, bin mir

dabei ziemlich sicher, noch eine völlig normale Aussprache zu haben, und singe deshalb auch gleich noch lautstark zu irgendeinem Jennifer-Lopez-Mix mit, dessen Songnamen ich vergessen habe.

»Doch doch, ich glaube, du musst auch langsam mal was essen.«

»Na gut.« Artig trinke ich in einem Zug die Cola aus und lasse mich von Franzi von der Tanzfläche führen. Plötzlich spüre ich aus der Menge eine Hand nach meinem Oberarm greifen. Ich drehe mich irritiert um, und Franzi, die einen leichten Rückschlag hinter sich bemerkt hat, dreht sich ebenfalls um, um feststellen zu können, warum ich so abrupt stehen geblieben bin. Als sie die Hand an meinem Arm bemerkt, geht sie schon in die mir bereits bekannte Kampfhaltung über. Mein leicht wackeliger Blick wandert über die Hand den dazugehörigen Arm hinauf, die Schulter und den Hals entlang und scannt schließlich ein Gesicht, das ich zu kennen glaube, aber ich muss erst ein paar Mal blinzeln, um es klar definiert begutachten zu können.

»Standesbeamtinnen essen also nicht nur, sie *trinken* ja sogar ab und zu etwas.« Der Stimme an meinem Ohr folgt ein freches Grinsen, das mir inzwischen bestens bekannt ist und mit dem ich heute als Allerletztes gerechnet hatte.

»Oh nein, nicht Sssssiiieee schon wieeeda!«, stöhne ich und rolle mit den Augen.

»Kennst du diesen Herrn?«, fragt Franzi scharf.

»Das ist Herrrr Mölling! Der Liebestöter!«

»Liebestöter?« Diesmal bleibt ausnahmsweise mal Paul der Mund offen stehen, und trotz meiner eingeschränkten Sinnesleistungen kann ich mich hierüber sogar einen Moment lang richtig freuen.

»Liebestöter?«, fragt jetzt auch Franzi und runzelt die Stirn. Dann geht ihr ein Licht auf. »Ach, du meinst, das ist dieser Scheidungsanwalt, der in fremde Hochzeiten platzt und Hiobsbotschaften verkündet!« Ich nicke heftig und bemerke dabei einen leichten Schwindel.

»Ja, so isses!«

»Ach, das hat sich also schon rumgesprochen?« Mittlerweile kann der Herr Anwalt wieder grinsen.

»Bilden Sie sich darauf ja nichts ein!«, faucht meine Freundin ihn an meiner Stelle an. Wenn sie will, kann sie sich zum sprichwörtlichen Wadenbeißer entwickeln.

»Aber dass Ihre Freundin mich letztens in der Arbeit zu erreichen versucht hat, darf ich mir darauf etwas einbilden?«

»Hab ich ja gar niiiiicht!« Ich verschränke die Arme.

»Ach nein? Mir wurde gesagt, es hätte eine Frau Lowe für mich angerufen.«

»Woher wollen Sie denn wissen, dass sie Lowe heißt?«, springt Franzi wieder für mich ein, und ich bin ihr dafür in Ermangelung meines funktionierenden Sprachzentrums gerade unheimlich dankbar.

»Na ja, vielleicht weil sie damals bei besagter Hochzeit ein Namensschild getragen hat?«

»Was?«, rufen Franzi und ich wie aus einem Munde.

»Ja. L. Lowe stand darauf, soweit ich mich erinnern kann. Oder sollte das eigentlich ›Love‹ heißen? War das das Motto der Party?« Paul lacht. »Oder sind Sie wortwörtlich Mrs Love, unterwegs im Dienste der Liebe?« Einen Moment lang glaube ich, Franzi darüber lachen zu sehen, aber vielleicht hat mir auch nur der viele Alkohol einen Streich gespielt. Ganz bestimmt sogar.

»Meinnnn Naaame geht Sie jar nix an!«, lalle ich und hebe meinen Zeigefinger. »Und außerdem ...« Ich versuche angestrengt, ein Rülpsen zu unterdrücken. »... außerdem rufen bei Ihnnnnen doch jeden Tach sooo viele Frauen an, das können Sie sich doch garrr nich merken!«

»Ich glaube, wir gehen besser, Süße.« Wieder greift

meine beste Freundin nach meiner Hand und zieht mich bestimmt durch die Menschenmasse, in der wir Paul Mölling einfach stehen lassen.

Dieses Mal halte ich mich bestimmt an meinen Vorsatz: Ich trinke nie wieder Alkohol! Erst mein Absturz mit Attila letztens, und jetzt auch noch dieser Super-GAU beim Ausgehen mit Franzi. Vielleicht sollte ich es zehnmal an eine Tafel schreiben?

> *Ich trinke nie wieder Alkohol. Alkohol lässt mich dumme Sachen machen.*

Ich werfe einen Blick in meinen Badezimmerspiegel. Ach ja, und vielleicht sollte ich noch dazuschreiben: *Alkohol macht Falten.* Reicht ja schließlich, wenn Attila später mal aussieht wie ein Shar Pai (obwohl er sich ja angeblich bereits ein finanzielles Polster für spätere regelmäßige Botox-Kuren angelegt hat).

Und dennoch: Trotz meines Katers (der sich momentan ehrlich gesagt eher nach einem ausgewachsenen Tiger, mindestens aber nach einem dicken Viech à la Garfield anfühlt) ist heute ein guter Tag. Warum? Weil heute *der* Tag ist, der 29. April 2011. Lange habe ich auf ihn gewartet, schon vor Wochen, ach was Monaten wegen dieses Tages vor meinem Computer gesessen und nach billigen Flugtickets und Hotelzimmern gesucht, um mich kurz darauf resigniert mit der Aussicht auf das heimische Wohnzimmer arrangieren zu müssen. Heute ist der Tag, der allen Romantikern oder Berufskupplern wie mir das Herz bis zum Halse schlagen lässt. Heute findet die Traumhochzeit statt; heute heiratet Prinz William seine Kate Middleton in London. Für mich ist das selbstverständlich ein Event der ganz besonderen Art, und deshalb habe ich den heutigen Freitag ganz genau darauf hin ausgerichtet. Nur zwei Trauungen habe ich heute durchzuführen, eine um acht und eine um halb neun. Dann muss ich nochmal zurück ins Büro, ein paar wichtige Formulare ausfüllen, eintüten und in die Postabteilung bringen, und danach habe ich mir den Rest des Tages freigenommen. Das heißt, ich werde zum Supermarkt fahren, mich mit Sekt, Cola, Chips, Pralinen und (natürlich!!!) englischem Tee und Gebäck ausstatten. Und dann nichts wie nach Hause, wo ich mit Attila und Linda vor dem Fernseher sitzen und Königs beim Feiern zugucken werde. Franzi muss arbeiten, scheint aber auch nicht unglücklich darüber zu sein.

»Nicht für viel Geld sehe ich mir diesen royalen Karneval da an. Wenn ich mir so einen Zirkus antun will, dann fahr ich nach Köln, und da verstehe ich die Sprache genauso wenig wie in London und regnen tut's dort auch andauernd«, hatte sie auf meine Einladung hin nur gemeint. Also gut, ich will ja niemanden zu seinem Glück zwingen (das mache ich ja schon jobmäßig jeden Tag, haha) und muss eben an diesem Tag auf meine beste Freundin verzichten.

»Kommst du dann wenigstens mal zu meiner Hochzeit, oder gehst du da dann auch lieber in die Arbeit?«, hatte ich sie noch gefragt.

»Kommt darauf an«, hatte sie geantwortet.

»Worauf?«

»Auf den Kitschfaktor. Willst du 'ne Kutsche?«

»Nun ja, eigentlich schon ... Aber du darfst vorne auf dem Bock sitzen, wenn du willst!«

»Spinnst du? Das sieht ja dann aus wie bei Zwerg Nase! Ich als Kutscher, und gezogen wird das Ding von vielen kleinen Hamstern, während du mit wehendem Schleier in einem ausgehöhlten Kürbis auf Rädern sitzt? Nee nee.«

»Aber vielleicht brauche ich dich als Brautjungfer!«

»Kannste knicken, der Pfarrer wird mich höchstens für eines der Kinder von der vorhergegangenen Kommunion halten, das jemand dort in der Kirche vergessen hat. Willst du auch weiße Tauben? Du weißt ja, sie heißen nicht umsonst ›Ratten der Lüfte‹. Und ich würde keinen Alkohol ausschenken, das führt nur dazu, dass du irgendwann *I will survive* singend übers Büffet tanzt und dein Mann seinen ersten Ehebruch mit deiner Schwester begeht.«

»Meine Schwester ist glücklich verheiratet!«

»Ist ja auch nur rein rhetorisch gemeint.«

»Na toll. Kann ich dich denn überhaupt zu irgendetwas gebrauchen?«

»Schon, ich könnte unter dein Kleid kriechen und den ganzen Tag dein lebender Reifrock sein.«

»Du machst einem richtig Lust aufs Heiraten.«

»Ich weiß. Ich hab ja auch bei der Meisterin gelernt.«

Hach ja, ich hab ihn schon lieb, meinen kleinen Giftzwerg. Und während der nun also seinem Job als Assistentin der Geschäftsführung in einem großen Unternehmen am Stadtrand frönt, sehe ich in freudiger Erwartung der Traumhochzeit des Jahres entgegen. Wieder mal ist es nicht meine eigene, aber man nimmt ja, was man kriegen kann.

Es ist später Vormittag, und ich sitze mit Attila und Linda auf der Couch, sämtliches Knabberzeugs vor uns auf meinem Couchtisch ausgebreitet und gebannt das Geschehen auf meinem Fernseher verfolgend. Attila trinkt Sekt und nascht Pralinen, Linda und ich trinken stilecht Tee aus den blau geblümten Porzellantassen meiner Oma Gitti und knabbern dazu passendes Gebäck.

»Guck mal, da ist Elton John!« Attila ist ganz aufgeregt.

»Den mag ich nicht«, kommt es trocken von Linda.

»Singt der da auch oder ist der nur als Gast eingeladen?«, frage ich.

»Was soll er denn singen? *Like a Virgin*?«

»Oh ja, im Duett mit Madonna.«

»Küssen die sich dann auch?«

»Wer?«

»Na, Elton und Madonna. Wie damals bei dem berüchtigten Auftritt mit Christina Aguilera bei den Video Music Awards!«

»Witziger fände ich, wenn sich dazu Elton und Prinz William küssen würden!«

»Igitt!«

»Oh, und schaut mal, da sind die Beckhams!«, rufe ich dazwischen.

»Victoria sieht wieder toll aus!«, freut sich Attila. Und zu Linda gewandt: »Sie ist für mich eine echte Stilikone!«

»Meinst du nicht eher David Beckham?« Meine Kollegin runzelt die Stirn.

»Nein nein, ich meine Victoria. Mit David hätte ich ganz andere Sachen vor …« Ihr Sitznachbar grinst anzüglich.

»Tss, wenn das dein Sven hören könnte!«, schelte ich ihn.

»Ach, der steht doch selber auf Becks!«

»Hab ich irgendwas nicht mitgekriegt?«, fragt Linda verwirrt.

»Oh, da kommt die Queen.«

»Ist ja in diesem zitronengelben Kostüm auch nicht zu übersehen.«

»Sie wirkt aber ganz entspannt.«

»Das macht der Gin.«

»Die ist einfach nur froh, dass mal jemand 'ne richtige Frau heiratet und nicht so ein Ungeheuer wie Camilla nach Hause schleppt.« Wir nicken einstimmig, und ich schenke Tee und Sekt nach. Gespannt verfolgen wir, wie ein edel aussehendes Auto nach dem anderen Richtung Westminster Abbey rollt und die Mitglieder der königlichen Familie zur Hochzeit chauffiert. Dabei lassen wir uns von der fröhlichen Stimmung der in London auf den Straßen stehenden Zaungäste und der Aufregung der Kommentatoren anstecken. Fast fühlen wir uns, als würde jemand aus unseren eigenen Familien heiraten, und nicht jemand völlig Fremdes.

»Prinz Harry sieht aber fast leckerer aus als William, obwohl der doch der Bräutigam ist«, stellt Attila schließlich fest, als die beiden am Altar stehen und auf die Ankunft der Braut warten.

»Ich finde Harry eigentlich generell hübscher als William«, sagt Linda.

»Na ja, aber der feiert mir zu viel. Für mich wäre der nix. Oh, schaut mal, da ist Kate!« Mit angehaltenem Atem verfolgen wir ihre Fahrt Richtung Kirche, unter dem lauten Jubel der Bevölkerung. Schließlich steigt sie endlich aus, und wir sind schier sprachlos, so schön wie sie in ihrem Kleid aussieht.

»Ich will auch«, hauche ich irgendwann ergriffen.

»Ich nicht mehr. Aber es ist trotzdem schön.« Gluckernd schenkt sich meine Kollegin ein Gläschen Sekt ein und wischt sich verstohlen eine Träne aus dem Augenwinkel.

»Ich schon, aber bei mir würde es wahrscheinlich mit dem weißen Kleid schwierig werden. Vor allem fehlt mir das Dekolleté dazu«, seufzt Attila und greift nach meiner Hand. »Hach, ist das schön kitschig. Ich glaube, ich muss mal schnell Sven anrufen.«

You and I are like oil and water
and we've been trying, trying, trying
oooh … to mix it up.

Heute ist der 1. Mai. Schade nur, dass dieser dieses Jahr auf einen Sonntag fällt und einem dieser Feiertag somit herzlich wenig nützt. Und den typischen »Tanz in den Mai« habe ich gestern auch ausfallen lassen – irgendwie fühle ich mich hierzu doch noch ein wenig zu jung und noch nicht schrullig genug. Und schon wieder in irgendeinem Club zu feiern traue ich mich momentan nicht. Nicht, dass es wieder zu einem unerwarteten Treffen mit blöden Anwälten oder anderen Peinlichkeiten unter Alkoholeinfluss kommt … Franzi meint, dass dieser Paul Mölling ziemlich attraktiv sei, was jedoch vielleicht auch am schummrigen Licht gelegen haben könnte, sie wüsste es nicht genau. Und gutes Aussehen sei schließlich nicht alles, das eigne sich vielleicht für eine kurzfristige Affäre, für mehr aber auch nicht, und genau das »mehr« suchten wir ja schließlich. Ganz ehrlich: So langsam komme ich an einen Punkt, an dem das »mehr« in den Hintergrund gerät. Vielleicht hat mein Sinn des Lebens ja auch keine Lust, nur irgendwo in Cafés oder Bibliotheken herumzusitzen und auf mich zu warten. Vielmehr denkt er sich, dass er sich die Wartezeit auch mit der Blondine hinterm Starbucks-Tresen oder der kleinen Rothaarigen aus dem Nachbarhaus verschönern könnte. Und ich? Ich sitze hier an meinem Küchentisch mit den vielen Bröseln in den Ritzen und dem roten Nagellackfleck mitten auf der Tischplatte und drehe Däumchen, bis er irgendwann an meiner Tür klingelt und ruft: »Hier bin ich! Komm, lass uns heiraten und drei Kinder bekommen, zwei Jungs und ein Mädchen, das du Marie nennen darfst, so wie du es dir immer gewünscht hast!« Irgendwie finde ich das unfair. Und ich habe gar keine Lust, mich von ihm so behandeln zu lassen. Im Moment jedenfalls nicht, wo er ja noch gar nichts von mir weiß. Also los, Laura Lowe: Spiel Antilope.

»Hallo, Linda, ich bin's, Laura. Duuu, sag mal, hast du zufällig noch die Visitenkarte von deinem Scheidungsanwalt? Nein, natürlich bin ich nicht verheiratet, das wüsstest du doch sonst! Nein, ich soll für eine Bekannte von mir fragen. Hm, ja, und was ist mit der Handynummer? Hat er dir die damals nicht gegeben? Nein, das kann nicht bis Montag warten, die braucht ganz dringend einen juristischen Rat! Na ja, ob sie aus dem Fenster springen soll oder ob es sich für sie lohnen würde, noch bis zu einem baldigen Scheidungstermin zu warten. Okay, danke. Warte, ich such schnell einen Stift. Also, wie war das? 0161/…«

»Mölling?«

»Ja, hallo.« Räusper. Super, das war ja jetzt überhaupt nicht »Rüdiger Hoffmann«-mäßig. Jaaa, halloooo erst mal …

»Hallo. Mit wem habe ich denn die Ehre?« Ach so. Mist.

»Mit Laura Lowe.«

»Lowe … Ach, Sie sind diese Standesbeamtin!« Was heißt denn bitte schön »diese«??

»Ja, genau. *Diese* bin ich.« Schweigen.

»Und? Was kann ich für Sie tun?«, kommt es relativ sachlich von seiner Seite der Leitung. Hm, was hatte ich denn erwartet? Dass er sich tausendmal bedankt, dass ich endlich, endlich anrufe und ihn von seiner qualvollen Warterei erlöse? Oder dass er sich überschlägt vor Freude?

»Ich ...« Los, nun gib dir einen Ruck und lass es raus! »... ich wollte fragen, ob Ihre Essenseinladung noch gilt?«

»Oh, wie kommt es denn dazu?« Jetzt klingt er amüsiert. »Ist die Fastenzeit der Mitarbeiter im öffentlichen Dienst am 1. Mai offiziell vorüber?«

»Nein. Aber mein Kühlschrank ist leer und ich war gestern zu faul, um einkaufen zu gehen.«

»Ah ja. Hätte mich auch gewundert, wenn es bei Ihnen aus Interesse oder emotionalen Gründen zu diesem Anruf gekommen wäre.«

»Nein, reiner Überlebenswille.«

»Dann sollten Sie eigentlich gerade *nicht* bei mir anrufen.« Mein Gesprächspartner lacht.

»Keine Sorge, ich habe eine große Schwester. Ich habe gelernt, so schnell aufzuessen, dass Sie gar keine Zeit haben werden, mich als Opfer zu betrachten. Sobald ich satt bin, bin ich wieder weg.«

»Das müsste man auf einen Versuch ankommen lassen.«

»Müsste man.«

»Wie wäre es, wenn man es morgen Abend um zwanzig Uhr müsste? Ich hole Sie ab.«

»Ist in Ordnung.«

»Bestens, dann bis morgen.«

»Moment, wollen Sie meine Adresse gar nicht wissen?«

»Die recherchiert meine Sekretärin morgen früh. Wofür bezahle ich die Dame schließlich?« Hm, als Pförtner zur Hölle? Als Puffmutter? Als persönliche Barista?

»Ähm, okay ... Dann einen schönen Sonntag.«

»Danke, wünsche ich Ihnen auch.« Zack, aufgelegt. Na ja, ist doch gar nicht so schlecht gelaufen, oder?

When I see your face,
there's not a thing that I would change
'cause you're amazing just the way you are.
And when you smile,
the whole world stops
and stares for awhile
'cause girl you're amazing just
the way you are.

Es ist doch immer das Gleiche. Verlässt man den ganzen Tag über das Haus nicht oder trifft lange Zeit niemanden, sieht man einfach blendend aus und bedauert es richtiggehend, dass gerade niemand da ist, der unseren Zustand ausgiebig bewundern darf (deshalb macht man in solchen Momenten oftmals besonders vorteilhafte Fotos per Selbstauslöser und stellt sie dann auf Facebook online ...). Kaum aber hat man einen wichtigen Termin oder sonst irgendeinen Grund, herausragend gut auszusehen und entspannt zu sein, klappt einfach überhaupt nichts. Das fängt oftmals schon am Abend vorher an, an dem man einen dicken Pickel rechts neben der Nase bemerkt, und man feststellen muss, dass die »7 for all Mankind«-Jeans, die so einen knackigen Po formt, mal wieder in der Schmutzwäsche ist und dass man ganz vergessen hat, sich neuen Rasierschaum zu kaufen, um sich am darauffolgenden Tag gleich nach dem Aufstehen die Beine rasieren zu können. Also beginnt man kurz vor Mitternacht noch Wäsche zu waschen, betet, dass die Nachbarn gut gelaunt sind oder im Tiefschlaf den Schleudergang nicht bemerken, macht sich eine Teebaumölgesichtsmaske und schmiert sich zentimeterdick Zinksalbe auf den Pickel und die Beine müssen dann eben mit Duschgel anstatt mit cremigem Rasierschaum streichelzart gemacht werden.

Der nächste Morgen sieht dann natürlich nicht besser aus. Die Jeans ist über Nacht zwar sauber, dafür aber selbstverständlich *nicht* trocken geworden, stattdessen hängt an meiner Haustür ein kopierter Auszug aus der Hausordnung. Der irgendwie der Zugspitze ähnelnde Pickel ist natürlich *nicht* verschwunden, sondern ist noch größer geworden, sieht inzwischen mehr nach Mount Everest aus und ist zusätzlich unübersehbar gerötet. Und die Beine sind jetzt zwar haarlos, allerdings mit vielen kleinen Pusteln übersät, nicht zu vergessen die unschönen Schnitte am Knie und am Fußgelenk.

Was tun? Plan A: Ein kurzer Rock ist aufgrund der unschönen Massakrierung tabu, also eine nasse Jeans anziehen. An alle Nachbarn Ferrero Küsschen verteilen. Theaterschminke kaufen und den Pickel unter einem aufgemalten Clownsgesicht verstecken.

Plan B: In der Mittagspause eine neue Jeans kaufen gehen, die eine genauso gute Figur formt. An alle Nachbarn Ferrero Küsschen verteilen und in Zukunft weniger über das Getrampel deren Kinder meckern. Zum Date eine Papiertüte über den Kopf ziehen.

Schließlich, eine Tasse viel zu bitteren Kaffees, einen Blick auf meinen Kontoauszug und eine Stunde im Bad mit hingebungsvoll mit Bodylotion eingecremten Beinen später, entscheide ich mich für Plan C: Die alte Jeans irgendwie trocken kriegen. An alle Nachbarn Ferrero Küsschen und für deren Kinder Hausschuhe mit zentimeterdick wattierten Sohlen verteilen. Vom Restgeld das beste abdeckende Make-up auf dem legalen Markt kaufen gehen.

»Steffen?«

»Jaaa?«

»Kannst du mir mal bitte die Akte von brbrbrbrbrbrbrbrbrbr...«

»Wie bitte?«

»Kannst du mal bitte brbrbrbrbrbrbrbrbrbr...«

»Du, ich versteh dich kaum. Dein Föhn ist so laut. Moment mal. Dein Föhn??? Ähm, Laura, was *tust* du da eigentlich???«

»Nichts.« Ohne eine Miene zu verziehen, schalte ich den Haartrockner aus.

»Nichts? Du stehst in deinem Büro, hast eine Jeans über deinen Stuhl gehängt, die du trocken föhnst, während du mit der freien rechten Hand E-Mails abarbeitest??? Das nennst du nichts?«

»Na ja, ehrlich gesagt sind das keine E-Mails. Ich surfe gerade in verschiedenen Frauenforen, um das beste Abdeck-Make-up von allen zu finden. Du, meinst du, wir haben hier im Haus irgendwo noch ein Verlängerungskabel? Wenn ich nachher doch an die Akten muss, dann reicht das Ding hier nicht bis zum Schrank rüber, und ich kann ja nicht jedes Mal mit dem Föhnen aufhören, wenn ich aufstehen muss.« Ich bekomme keine Antwort, stattdessen lehnt mein Kollege in der Tür und sieht mich an, als müsse man mich dringend in die Betty-Ford-Klinik einweisen. »Ach ja, in der Mittagspause müsste ich kurz rüber zum Drogeriemarkt. Kannst du so lange für mich hier weitermachen? Also nicht mit der Arbeit, sondern mit dem Föhn, meine ich?« Ich bekomme wieder keine Resonanz, stattdessen verlässt Steffen kopfschüttelnd mein Büro. Hm, dann eben nicht. Linda, der ich natürlich nicht erzählen werde, mit *wem* ich ein Date habe, versteht die Problematik bestimmt. Schnell wähle ich ihre Kurzwahl und schildere ihr die Situation. Nur fünf Minuten später steht sie vor meinem Schreibtisch.

»Ich an deiner Stelle hätte das ja ganz anders gemacht«, erklärt sie, als sie meine immer noch klamme Jeans auf Links dreht. »Ich hätte den Nachbarn teure Pralinen gekauft und sie dafür aber noch gebeten, deine Jeans bitte für eine halbe Stunde oder so in ihren Trockner geben zu dürfen. Und du hättest mich eher anrufen müssen, denn meine Schwägerin ist Visagistin beim Fernsehen, die hätte die perfekte Schminke für deinen Zwilling da im Gesicht.«

»Das ist die Idee «, erwidere ich trocken. »Wir malen ein Smiley auf meinen Pickel und verkaufen ihn als meinen Zwillingsbruder, den man damals leider nicht von mir trennen konnte.«

»Find ich prima.« Linda grinst. »Hier, das ist die Nummer von meiner Schwägerin. Ruf die mal an, die kann dir bestimmt sofort am Telefon wenigstens einen Tipp für die beste Marke geben. Und dann geh dir das Zeug gleich holen, ich spiele hier in der Zeit für dich weiter den Wüstenwind.« Kaum hat sie ausgeredet, greift sie zum Telefon und wählt für mich, und schon wird mein Büro wieder von einem gleichförmigen lauten Brbrbrbrbrbrbrbrbrbrbr erfüllt.

Don't struggle like that
or I will only love you more.

Warum bin ich eigentlich so nervös? Und wann war ich das letzte Mal aufgeregt, bevor ich zu einer Verabredung gegangen bin? Sonst habe ich immer die Ruhe weg, was keine meiner Freundinnen bisher nachvollziehen konnte. Aber ich war vor Stresssituationen sowieso immer schon recht cool; das galt für alle Prüfungen in der Schule ebenso wie für meine Fahrten in Richtung Führerschein. Während alle anderen um mich herum stets Traubenzucker und Studentenfutter kauende Wracks waren, habe ich allen Gefahren souverän ins Auge gesehen. Wenn's nicht klappt, kann man sich hinterher schließlich auch immer noch fertigmachen. Warum also heute dieses Drama? Beim Schminken zittert meine Hand so sehr, dass ich mir ständig Wimperntusche danebenschmiere und nach kurzer Zeit mehr nach Waschbär als nach Diva aussehe. Den Kajal pikse ich mir ins Auge (aua!!!), und ich dippe den Pinsel viel zu tief in das Rougedöschen, sodass das Ganze anstatt an Apfelbäckchen eher an kräftige Ohrfeigen erinnert. Und dank meiner flattrigen Hand landet auch viel zu viel von dem Lippenstift auf den Zähnen, weshalb mein strahlendstes Lächeln einen glauben machen kann, ich hätte jemanden gebissen und auch das Blut ausgesaugt. Ein Blick auf die Uhr verrät mir, dass ich schon viel zu spät dran bin. Also entweder, ich lasse ihn warten, so wie sich das eigentlich für eine viel umworbene und selbstbewusste Frau gehört, und wische mir das ganze Geschmiere aus dem Gesicht, um dann mit hoffentlich ruhigerer Hand nochmal neu anzufangen, oder aber ... Da klingelt es schon an der

Tür. Verdammt! Was jetzt? Ach, das mit dem Wartenlassen ist doch bescheuert! Ich hechte zu meiner Gegensprechanlage.

»Ja?«

»Hallo, Fräulein Lowe. Hier wäre der Anwalt Ihres Vertrauens, um Sie abzuholen. Sind Sie fertig?« Nein!

»Ja!«, erwidere ich trotzdem. »Ich bin sofort unten.« Dann hetze ich zurück ins Bad, wasche mir mein Gesicht, wische mit einem mit Gesichtswasser getränkten Wattepad darauf herum und verteile schließlich mit schnellen Bewegungen ein wenig getönte Tagescreme (die vierzig Euro für das bestabdeckende Make-up waren also völlig für die Katz!). Noch einen Hauch leicht roséfarbenen Labello auf die Lippen, und schon bin ich wieder raus aus dem Badezimmer. Puh, gut, dass ich wenigstens schon meine Haare fertig geföhnt hatte und mein Outfit trage. Aber dafür muss ich jetzt tatsächlich ungeschminkt (!!!) mit Paul Mölling essen gehen. Wie peinlich! Als würde ich in meiner flauschigen Wohlfühljogginghose mit der glitzernden Hello Kitty auf dem Oberschenkel zu einer vornehmen Cocktailparty gehen! Aber hey, dafür sitzt nun die Jeans wie eine Eins, und vielleicht lenkt ihn mein knackiger Po ja von meinem fehlenden Styling im Gesicht ab. Und auch mein Dekolleté wird in dem schwarzen Top schön zur Geltung gebracht. Also, eigentlich müsste der Pickel neben meiner Nase heute zur absoluten Nebensache mutieren. So, und wo stecken jetzt meine Schuhe? Prima, ich habe die Blasenpflaster für den Notfall bereits in meiner Handtasche, doch die Hauptdarsteller, nämlich ein Paar silberner High Heels, die mich elf Zentimeter gen Himmel wachsen lassen, sind verschwunden. Ich laufe zum Fenster und riskiere einen Blick nach unten, wo Paul an seinem Auto lehnt, das so sauber und neuwertig aussieht, dass man meinen könnte, das Fertigungsband des Herstellers würde direkt in Pauls

Garage laufen. Und er ist natürlich wieder perfekt gestylt, soweit ich das von hier oben erkennen kann. Toll, ich werde mich heute Abend neben diesem Mann bestimmt nicht wie eine Antilope fühlen, auf die es sich lohnt, Jagd zu machen. Eher wie ein unauffällig und leicht trottelig wirkendes Gnu. Stehen Männer auf Gnus? Ich glaube nicht. Oh, da ist einer meiner High Heels! Und der andere? Ich robbe auf allen vieren durch meinen Flur, drücke meine Wange auf dem Boden platt und suche unter Schuhschrank und Kommode. Nichts. Ich komme wieder auf die Füße, puste mir eine Haarsträhne aus dem Gesicht und stemme meine Hände in die Hüften. So, was jetzt mit nur einem Schuh? Doch, da ist ja der zweite, plötzlich direkt auf Augenhöhe, denn er hängt mit einem seiner Riemchen an meiner Garderobe. Was macht ein Schuh an einer Garderobe? Muss ich wohl nach meiner letzten Clubnacht da hingehängt haben … Egal, nun muss es schnell gehen. Ich reiße den Schuh vom Haken, greife nach meiner Tasche und sprinte das Treppenhaus hinunter. Unten angekommen atme ich tief durch, schlüpfe in meine High Heels und straffe meine Schultern. Dann öffne ich die Haustür und stöckele so elegant wie möglich auf meine Verabredung zu.

»Sie sind aber früh dran«, bemerke ich mit einem unschuldigen Blick auf meine Uhr, wohl wissend, dass er auf die Minute pünktlich war.

»Finden Sie? Wollen Sie mir damit sagen, dass ich Ihre Verzögerung eigentlich hätte einplanen müssen und automatisch eine halbe Stunde später erscheinen sollte?« Er grinst und hält mir galant die Autotür auf der Beifahrerseite auf.

»Ich weiß gar nicht, was Sie meinen«, erwidere ich und bin froh, dass mein Gesicht in diesem Augenblick im Dunkel des Wageninneren verschwindet. Links von mir geht die Tür auf, und Paul lässt sich auf seinen Sitz gleiten, wo er den Motor startet und sich selbstbewusst in den vorbeirauschenden Großstadtverkehr drängt.

»Macht ja auch nichts. Erfahrene Raubtiere wissen, dass sich auf manche Opfer auch besonders langes Warten durchaus lohnen kann.«

Irgendwie ist es komisch, neben ihm zu sitzen, so dicht an dicht in der Enge dieses Wagens, der viel zu schnell durch die Straßen flitzt, als dass man spontan an irgendeiner Ecke aussteigen könnte. Ich riskiere einen heimlichen Seitenblick. An seinem Hemdkragen kräuseln sich ein paar seiner blonden Haare im Nacken, und obwohl er sich frisch rasiert zu haben scheint, schimmert es in der gleichen Farbe bereits wieder auf Kinn und Wangen. Seine Hände umschließen das Lenkrad ganz locker, als würde er den Wagen mehr mit seinen Gedanken als mit seinem Körper lenken, und dennoch ist es eine Sicherheit ausstrahlende Geste; nicht so megacool wie manch andere Männer, die höchstens zwei Finger auf dem Lenkrad liegen lassen, tief in ihrem Sitz gammeln, einen Arm aufgestützt haben und sich vermutlich fühlen wie Knight Rider in seinem nachtschwarzen Auto Kit.

»Haben Sie schon Hunger?«, durchdringt seine Stimme meine Gedankengänge.

»Ich habe *immer* Hunger.« Ich schicke ein Lächeln in seine Richtung.

»Kann ich mir vorstellen. Es muss unheimlich kräftezehrend sein, jeden Tag die Romantikerin mimen und gute Miene zum bösen Spiel machen zu müssen. Und dann damit auch noch sein Brot zu verdienen.« Mein Lächeln erstarrt, und ich wende mich ihm mit einem wahrscheinlich riesigen Fragezeichen im Gesicht zu.

»Wie bitte?«

»Na, kommen Sie. Sie leben von einer lediglich durch Hormone hervorgerufenen Reaktion des Körpers, die von der Menschheit seit Lebzeiten gekonnt für Geldmachereien gepusht worden ist, und zwingen die Leute dazu, völlig gegen ihre Natur zu leben und sich quasi wegen einer kurzfristigen Stoffwechselstörung jahrzehntelang zu kasteien. Also …« Paul wirft mir einen kurzen Seitenblick zu und stößt dann geübt in eine der wenigen freien Parklücken vor dem von ihm ausgewählten Restaurant. »… ich kann ja nicht verstehen, wie Sie nachts ruhig schlafen können.«

»Das geht mir bei Ihnen allerdings genauso!«

»Nun, ich kriege tatsächlich selten ein Auge zu. Das liegt bei mir aber weniger am Job und mehr an den netten Zeitgenossinnen, die das Bett mit mir teilen.« Er zwinkert mir zu, und mir bleibt der Mund offen stehen.

»Ich glaube, mir ist gerade der Appetit vergangen«, ächze ich und suche in seinem Gesicht immer noch nach einem Zeichen, dass er sich nur einen Scherz erlaubt und nicht seiner wirklichen Meinung über meine Arbeit nachgegeben hat.

»Ach, kommen Sie.« Er steigt aus, geht um sein Auto herum und öffnet dann meine Tür, um mir daraufhin einladend seine Hand hinzuhalten. »Sie müssen sich doch für eine neue Woche Lug und Trug stärken.« Ich blicke auf seine Hand, die ich schon einmal für kurze Zeit betrachtet habe, damals auf meinem Oberarm liegend und mich festhaltend. Dann sehe ich weiter hinauf und erwidere seinen abwartenden Blick, um dessen Augen sich Tausende kleine Lachfältchen in vielen feinen Linien zerstreuen und zusammen mit dem frechen Funkeln darin wie die Strahlen zweier Sonnen aussehen. Ich bemerke sein amüsiertes Grinsen und die Grübchen, die sich dabei rechts und links in seine Wangen graben, und für einen Augenblick frage ich mich tatsächlich, ob er Attilas Typ wäre. Aber Attila hat bereits seinen Sven und für mich den guten Rat, mein Herz und meine Gefühle wegzuschließen und einfach Spaß zu haben. Und das habe ich doch getan, oder? Also sollte auch nichts hier an diesem Ort sein, was mich in irgendeiner Form verletzlich oder angreifbar machen könnte. Auch nicht die spitzen Anmerkungen von diesem Rechtsanwalt.

»Sie haben recht.« Ich greife nach seiner Hand und lasse mir aus dem tiefliegenden Sitz helfen. »Ich sollte tatsächlich mal etwas Anständiges essen und nicht nur immer die Liebesperlen von fremden Hochzeitstorten naschen.«

»Sie meinen Salat? Antilopen fressen doch nur Grünzeug.«

»Was?« Ich drehe mich nicht um, sondern werfe nur einen vorwurfsvollen Blick über meine nackte Schulter. »Nein, nein, mein Lieber. *Ich* gehe jetzt ein richtig blutiges Steak essen …«

Natürlich esse ich kein blutiges Steak, sondern wickle gerade wirklich leckere Tagliatelle in Lachs-Sahne-Sauce auf meine Gabel, aber mein Gegenüber wird meinen Wink mit dem Zaunpfahl sicherlich verstanden haben. Mmh, schmecken die gut. Wie praktisch, dass mir mein Date an diesem Abend gefühlstechnisch total egal ist und somit auch mein Nahrungsmittelkonsum bis ins Unermessliche steigen darf, sodass er mich für total verfressen, im Unterhalt viel zu kostspielig und in meiner Zukunft für ziemlich fett halten darf. Hach, wie schön, ich kann mir nachher ohne Scham eine richtig große Portion Mousse au Chocolat reinziehen. Oder Tiramisu. Oder …

»Und? Schmeckt es Ihnen?«

»Ja, sehr gut.«

»Sie sehen übrigens wirklich sehr hübsch aus heute Abend.«

»Nur heute Abend?«, frage ich gespielt entrüstet und nehme einen Schluck aus meinem Weinglas.

»Natürlich sehen Sie immer bezaubernd aus. Aber heute sind Sie kaum geschminkt und wirken zudem tiefenentspannt, völlig unverstellt, ganz bei sich selbst eben. Das finde ich attraktiv.« War das jetzt gerade eine seiner Floskeln? Klang eigentlich nicht danach, sondern ehrlich und spontan. Ich blicke von meinem Essen auf und über die Kerze in unserer Tischmitte hinweg in sein Gesicht. Keine Spur eines Grinsens oder einer einstudierten Mimik des Verführens. Hm, also wenn er das gerade wirklich ernst gemeint hat, vielleicht ist er dann doch ein weniger arroganter Arsch, als ich gedacht hatte. Ich räuspere mich.

»Ach, das sagen Sie doch zu jeder, mit der Sie hier sitzen. Habe ich recht?«

»Ich sage vielleicht zu jeder, dass ich sie hübsch finde. Aber bei nur der Hälfte der Damen meine ich es wahrscheinlich ehrlich und nur ganze wenige davon, die ich an einer Hand abzählen kann, gefallen mir so sehr, dass mich das irgendwo tief drinnen berührt. Und bei Ihnen löst es eben etwas bei mir aus.«

»Ich will gar nicht wissen, was«, erwidere ich flapsig und versuche angestrengt, mich nicht zu sehr zu freuen oder andere Emotionen in seine Antwort zu investieren.

»Ja, *das* eventuell auch«, steigt er auf mein Niveau ein und grinst.

»Sagen Sie mal«, beginne ich und schiebe meinen leer gekratzten Teller von mir, »wenn Sie meinen Job als so negativ erachten, wie Sie es mir immer wieder deutlich machen, dann denken Sie wahrscheinlich, dass Sie der Held in der Geschichte sind?«

»Natürlich. Ich rette schließlich die eingekerkerten Seelen der armen Menschen, die Sie zuvor in den Turm eines Ihrer Luftschlösser gesperrt haben.«

»Die armen Leute.«

»Ja, wirklich arm.«

»Und was ist mit denen, die nicht aus Liebe heiraten, sondern aus anderen Gründen? Meinetwegen Aufenthaltsgenehmigungen oder Steuervorteilen? Sind die Ihrer Meinung nach also auch arm?«

»Nein, die sind einfach nur dumm und selbst schuld. Die dürfen ruhig etwas bluten.«

»Aha. Sie sind also der Robin Hood der modernen Welt?!«

»Hm, als Robin Hood habe ich mich eigentlich noch nicht gesehen.« Er lacht und lehnt sich amüsiert in seinem Stuhl zurück.

»Aber Sie sind definitiv der Gute?«

»Genau.«

»Und ich die Böse?«

»Richtig.«

»Sie haben sich also zur Aufgabe gemacht, das Böse zu bekämpfen? Den bösen, bösen Romantikern, die den wehrlosen Liebenden den letzten Rest Verstand aussaugen?«

»Würde haben Sie vergessen. Aber sonst sehen Sie das schon ganz richtig.« Sein Grinsen wird breiter, und wieder fangen seine Augen wild zu funkeln an. »Man könnte sagen, ich bin Blade, der Daywalker, der diesem ganzen nächtlichen Candle-Light-Dinner-Gesindel den Garaus machen will.«

»Wirklich?« Ich deute auf die Kerze vor uns und mache dann eine weit ausholende Geste, die die Location um uns herum miteinschließen soll. Paul beugt sich daraufhin weit nach vorne, winkt mich ein Stückchen näher zu sich heran und flüstert dann:

»Na ja, man muss das Romantikpack ja erst mal anlocken, bevor man es schließlich hinterrücks erlegen kann.« Jetzt müssen wir beide laut lachen, und mein Gegenüber winkt dem Kellner, um mir die Dessertkarte bringen zu lassen. Hm, dieser Mann legt auf jeden Fall nicht zum ersten Mal Köder aus, so viel steht schon mal fest. Anbeißen werde *ich* auf jeden Fall nicht! Aber mal schnuppern ist doch erlaubt. Oder?

Wir gehen nicht, aber wenn wir gehen,
dann gehen wir in Scheiben.
Entschuldigung, aber ich sagte:
Wir sind gekommen, um zu bleiben.

Manchmal frage ich mich ernsthaft, warum ich überhaupt auf der Suche nach einem neuen Partner, bevorzugt bis zum gemeinsamen Lebensabend, bin. Es ist Sonntag, ich sitze in meinem bereits erwähnten, durch häufiges Waschen schon ziemlich ausgeblichenen Hello-Kitty-Lieblingsjogginganzug auf meiner vollgekrümelten Couch, gucke wie jede Woche um diese Zeit BBC-Reportagen, trage meine Brille, für die ich in der Öffentlichkeit viel zu eitel bin, esse selbstgemachte Waffeln, die in Ahornsirup zu ertrinken drohen, und trinke Milchkaffee mit viel zu viel Zucker aus einer Schüssel, deren Zweck eigentlich das Beinhalten von Müsli ist. Wenn ich mir vorstelle, dass ich jetzt einen Mann beeindrucken wollen und hier schon frühmorgens geschminkt, frisiert, ordentlich angezogen stehen und zu allen Schandtaten bereit auf seine Vorschläge für gemeinsame Unternehmungen warten würde, erscheint mir das gerade wenig verlockend. Auch der Gedanke an jeden seiner vorwurfsvollen Blicke, wenn ich mir ein Stück meines nicht gerade cholesterinliebenden Frühstücks einverleibe, macht die Sache nicht reizvoller. Ich bin eben nicht so der Grapefruitlöffler und Frischkäsebrotefrühstücker. Zwar doch schon ab und zu, aber wirklich nur, wenn ich will, und nicht weil irgendjemand befürchtet, ich könnte meine durchaus herzeigbare Figur nicht halten oder ihm mit fünfundsechzig nicht mehr seine Hemden bügeln, da ich vorher an Leberversagen oder einer Herzverfettung gestorben bin. Nee nee, dann träume ich lieber weiterhin nur von der Liebe und auch weiterhin von meinem Sinn des Lebens, der an mir natürlich nichts zu meckern finden würde. Ganz im Gegenteil. Der wird mir später einmal mein Frühstück ans Bett bringen und fragen: »Darf es noch ein bisschen mehr Karamellsauce auf der Sahnehaube sein, Schatz? Oder reichen dir die Krokantstreusel, die ich drauf gemacht habe?« Hach ja, hoffentlich laufen wir uns bald über den Weg, Herr Sinn des Lebens und ich. Für ihn würde ich mich vielleicht sogar auch in Jeans und T-Shirt auf die Couch lümmeln, anstatt in babyblauem Flanell. Aber das werden wir ja dann sehen, wenn es so weit ist. Hm, mich würde es wirklich ernsthaft interessieren, was Paul sich von einer perfekten Partnerin verspricht, vorausgesetzt, es gibt so jemanden überhaupt in seinen Vorstellungen. Wie wäre es mal mit einer Kontaktanzeige in der Süddeutschen? Ich kann es mir geradezu bildlich vorstellen:

Gut situierter Jurist, 35 Jahre alt, sucht Betthasen Privatsekretärin Traumpartnerin, der er jeden Wunsch von den Augen ablesen darf, denn Geld spielt keine Rolle. Sie sollte zwischen 18 und 60 Jahre alt und weiblichen Geschlechts sein, weitere Merkmale sind nicht zu erfüllen. Wenn sie noch Körbchengröße 75 C bis 85 E, Kenntnisse in der Autowäsche besitzt und ein Teamplayer ist (ein gutes Klima zwischen ihr und den anderen Frauen im Haus ist unerlässlich!), sollten wir uns kennenlernen. Ein hoher Bildungsstand oder ein IQ im zweistelligen Bereich ist nicht erforderlich. Ich freue mich auf zahlreiche Zuschriften (ein Mangel an Rechtschreibkenntnissen kann durch entsprechend vorteilhafte Fotos aufgewogen werden).

Ob ich ihm diesen Text bei Gelegenheit mal vorschlagen sollte? Oder ihn direkt an die Zeitung schicken? Wahrscheinlich würde Paul es weniger witzig finden als ich. Ob er noch ab und zu an unser Essen denkt? Unsere Verabredung ist jetzt bald eine Woche her, und ich blicke mit gemischten Gefühlen darauf zurück. Seine Spitzen über meine Arbeit ebenso wie sein Machogehabe bezüglich Frauen hätte er sich wirklich sparen können, und es war, wie nicht anders zu erwarten. Aber gleichzeitig war da dann doch etwas Unerwartetes; etwas Unaufgesetztes, was nur hin und wieder durch dieses Gockelgetue hindurchblitzen konnte, aber durchaus sympathisch gewirkt und neugierig auf mehr gemacht hat. Vielleicht sollte i... Es klingelt an meiner Tür. Kurz ringe ich mit mir, ob ich mich von meinen Waffeln und meinem Kaffee wirklich trennen und das Risiko eingehen soll, dass es wieder mal nur Frau Kloske ist, die sich im Stockwerk geirrt hat und sich nun wundert, warum ihr Schlüssel nicht ins Schloss passt. Mich jetzt von einer kleinen Frau mit ihrem Stock bedrohen zu lassen ist jedenfalls kein Grund, extra zur Tür zu schlurfen.

»Ich weiß, dass du da bist. Du guckst BBC-Reportagen und isst garantiert ungesundes Zeug!«, dringt da eine männliche Stimme aus dem Hausflur herein. Erstaunt gehe ich aufmachen.

»Der Hunnenkönig? Sonntags? Am VORMITTAG?«

»Ja, höchstpersönlich.« Eine zarte Wolke von Nivea Aftershave, Bodylotion, Haargel und Paco Rabanne weht an mir vorbei Richtung Wohnzimmer. Ich lasse die Tür wieder zufallen und folge der Duftspur bis zu meiner Couch, um dort mein Frühstück zu verteidigen. Mit vollem Körpereinsatz, wenn es sein muss.

»Und was verschafft mir diese Ehre?« Schnell ziehe ich Teller und Tasse näher an mich heran.

»Der Drang, etwas zu unternehmen.«

»Wogegen?«

»Dagegen.« Attila zieht sein T-Shirt hoch, entblößt dabei gleichmäßig gebräunte Haut und einen durchaus herzeigbaren Bauch und zwickt eine kaum wahrnehmbare Menge Fett zwischen Daumen und Zeigefinger. Fragend sehe ich ihn an.

»Ehrlich gesagt verstehe ich nicht, was du mir sagen willst. Wo ist das Manko? Meinst du die Stoppeln? Soll ich dich zum Waxing begleiten?«

»Stoppeln?« Jetzt ist er derjenige, der fragend guckt und mit gerunzelter Stirn die Region zwischen Hals und Gürtel inspiziert. »Ich war doch erst bei der Kosmetikerin, das müsste noch alles glatt sein wie das Gesicht von Elijah Wood!«

»Wo hakt es dann?«

»Na hiiiieeer.« Mein bester Freund zupft wieder demonstrativ an dem Fitzelchen Fett herum. »Ich habe heute Morgen nackt vor meinem Spiegel gestanden und hab mir gedacht: Attila, du bist keine zwanzig mehr, du musst etwas für dich tun. Wenn du willst, dass dich Sven auch noch in zehn Jahren attraktiv findet, dann darfst du dich nicht so gehen lassen. Also Schluss mit dem ganzen Alkohol, meiner KitKat-Sucht und dem ständigen Rumgehocke auf der Couch.« Abwartend schaut er mich an, und ich erwidere seinen Blick ebenso. Da dies zu keiner Reaktion führt, hole ich tief Luft.

»Alsooo … Erstens glaube ich, dass das Sven ganz egal ist, wie du aussiehst, weil der dich so liebt, wie du bist. Zweitens glaube ich, dass du spinnst. Hast du einen Zerrspiegel zu Hause? Hattest du schon deine Kontaktlinsen drin? Es gibt bei dir nichts, was weg muss. Mann!« Ich beiße von einer meiner, inzwischen kalt gewordenen Waffeln ab. »Und außerdem glaube ich …« Kau. Schmatz. »… dass ich damit überhaupt nichts zu tun habe.«

»Doch, hast du. Denn, meine Liebe, egal wie schlank

und zauberhaft du jetzt gerade auch aussehen magst, wenn du weiterhin so was« – dabei deutet er mit hochgezogener Augenbraue auf meinen Teller – »in dich reinschiebst, dann wirst du bald mehr Roseanne als Ally McBeal ähneln.«

»Wer will denn schon aussehen wie Ally McBeal?«, frage ich schockiert. »Und mal ehrlich, wer von den beiden hat denn öfter gelacht, hm? Das war ja wohl eindeutig nicht Spukgespenst Ally, die vermutlich vor lauter Hunger das Leben und die Männer gar nicht richtig genießen konnte.«

»Das war doch nur ein bildlicher Vergleich«, seufzt Attila und verschwindet in meiner kleinen Küche, wo er sich den Geräuschen nach zu urteilen einen Kaffee macht.

»Und außerdem habe ich gute Gene – ich sehe bestimmt NIE aus wie Roseanne!«, rufe ich empört zu ihm hinüber.

»Ist ja gut.« Vermutlich schüttelt er gerade den Kopf und lästert über meine Hypersensibilität und irgendwas mit PMS vor sich hin. Aber das kann ich Gott sei Dank nicht hören, weil meine Kaffeemaschine gerade so laut ist und er in meinem Geschirrschrank herumklappert.

»Sag mal, hast du keine sauberen Löffel mehr?«

»Nö. Aber rühr doch einfach mit einer Kuchengabel um, hab ich vorhin auch so gemacht«, rufe ich zurück. Wieder glaube ich, Gemurmel zu hören. Dann kommt er mit einem Becher in der Hand wieder zurück und zu mir auf die Couch.

»Na ja, ich trink ihn wohl eh besser schwarz. Milch, Sahne oder Zucker machen meine Pölsterchen wahrscheinlich nicht kleiner.« Einen Moment lang ist es still zwischen uns. Attila starrt missmutig in die teerschwarze Brühe, und ich versinke kurzzeitig wieder in meiner Fernsehreportage.

»Sag mal«, fällt es mir plötzlich wieder ein, »weshalb bist du nochmal hergekommen?«

»Ach ja.« Attila kippt seinen Kaffee in sich hinein, steht dann auf und hält mir einladend seine Hand hin. »Wir beide, wir gehen jetzt ins Fitnessstudio.«

Welcher Sadist kommt eigentlich auf die Idee, am Sonntag sein Fitnessstudio zu öffnen? Ich finde, es sollte hierfür irgendwas im Grundgesetz geben. »Fitnessstudios sind nur werktags der gemeinen Bevölkerung zugänglich zu machen« oder so ähnlich. Denn mal ehrlich: Wer quält sich schon freiwillig an einem Sonntagvormittag auf einem Indoorfahrrad oder an einem Rudergerät ab? Ich jedenfalls nicht. Da würde ich ja noch lieber händchenhaltend mit Ottfried Fischer durch Möbelhäuser bummeln, mich während eines Spiels des FC Bayern in einem 1860er-Trikot vor die Allianz-Arena stellen oder mir im P1 beim DJ *Ein Stern, der deinen Namen trägt* wünschen. All das würde ich lieber tun, als mich hier so foltern zu lassen. Da hilft es auch nichts, dass auf den Bildschirmen vor mir knackige Moderatoren Aktienkurse und Wetterberichte kundtun. Dafür beobachte ich aus den Augenwinkeln mit einer gewissen Genugtuung, dass Attilas Hände nach dessen purer Koffeindröhnung so sehr zittern, dass er kaum die Knöpfe an seinem Laufband bedienen kann.

»Ist bei dir alles gut, Schatz?«, flöte ich in seine Richtung und wische mir kurz meine Hände an dem Handtuch vor mir ab.

»Alles bestens«, keucht er und blinzelt die Schweißperlen aus seinen Augen. Soll er ruhig ein bisschen unter seiner Schnapsidee leiden.

»Ist richtig entspannend, so ein Run auf dem Laufband. Hätte ich ja nicht gedacht«, lobe ich und versuche, möglichst lässig zu wirken, meine Schritte schön federn und meinen Pferdeschwanz wippen zu lassen. Eins, zwei, eins, zwei.

»Ja, das war schon eine tolle Idee von mir«, erwidert er und reckt seinen zitternden Daumen nach oben.

»Mann, war das eine beschissene Idee von mir«, hechelt derselbe Attila eine halbe Stunde später, als er wie ein überfahrener Frosch neben mir in der Loungeecke hängt und irgendwas Isotonisches und garantiert Fettfreies in sich hineinkippt.

»Findest du?«, frage ich und freue mich über meinen so perfekt überrascht klingenden Tonfall. »Mir hat es richtig Spaß gemacht.« In Wirklichkeit fühle ich mich wie nach einem Ausverkauf bei Zara; ich spüre jeden Muskel an Stellen, die ich an meinem Körper vorher noch gar nicht gekannt habe. Aber das geht ihn ja nichts an.

»Wirklich?« Aus großen Augen sieht er mich an.

»Wirklich.«

»Also, ich muss schon sagen, ich bewundere dich sehr. Nachdem du dich anfangs schon so am Eingang festgekrallt und später an der Rezeption ständig nach den Notausgängen gefragt hast, dachte ich ja wirklich, du würdest nach fünf Minuten im Fitnessraum kapitulieren. Aber dass du das so tough durchziehst … Respekt! Weißt du was?«

»Hm?«

»Ich glaube, wir vergessen den ganzen Mist mit dem Körperfett und so weiter. Kalorien verbrennen kann ich am besten mit Sven zusammen, da macht es wenigstens Spaß. Wir gehen jetzt irgendwo eine richtig leckere Sahnetorte essen, so wie man das sonntags eigentlich macht, und quatschen über Männer!«

Burn all the candles out.
Make a wish, but not aloud.

»Das macht dann 13,55 Euro, bitte«, sagt der Kassierer, nachdem er das letzte Päckchen Kaffee Hag über den Scanner geschoben hat.

»Wie viel?«, fragt die Oma vor mir.

»13,55 Euro«, wiederholt der junge Mann etwas lauter, aber immer noch höflich.

»Moment.« Eifriges Kramen mit zusammengekniffenen Augen in einem viel zu kleinen Geldbeutel beginnt, in dem mit großer Wahrscheinlichkeit zwischen ein paar alten Markstücken (wenn nicht sogar noch Talern ...) auch Knöpfe, angelutschte Pfefferminzdrops und Tabletten gegen Bluthochdruck durcheinanderkullern. Ich sowie die lange Schlange hinter mir seufzen einstimmig, in böser Vorahnung vereint.

»Also das hier, das sind zehn Euro, nicht?« Mit zittriger Hand streckt die alte Dame einen Geldschein über das Kassenband.

»Ja, jetzt fehlen nur noch 3,55 Euro.«

»Moment.« Es folgen wieder Gewühle und Geklirre, begleitet von leisem Gemurmel. Langsam beginnt sie, einzelne Geldstücke auf den dafür vorgesehenen Teller zu legen.

»Wie viel ...?«, setzt sie wieder an.

»3,55 Euro.« Diesmal kommt der Betrag nicht vom Kassierer, sondern von einem anderen Wartenden hinter mir.

»Ich glaube, das hier sind 5 Cent, nicht?« Verunsichert hält die Oma eine Münze in die Höhe und dreht und wendet sie vor ihren flaschenbodendicken Brillengläsern, dabei legt sie den Kopf immer leicht schief und kneift ein Auge zusammen. Ein wenig erinnert mich das an eine Krähe oder eine Elster. Oh Mann, muss das ausgerechnet jetzt sein? Diese Rentner haben doch den ganzen Tag Zeit. Warum müssen die denn ausgerechnet morgens um kurz nach acht ihren Kaffee und ihren Klosterfrau Melissengeist kaufen, wenn sich die Berufstätigen durch die Supermärkte schieben, um noch schnell ein paar Besorgungen zu machen. So wie ich zum Beispiel. Ich wollte eigentlich nur eine neue Packung Würfelzucker für die Arbeit und die neue Ausgabe der *Instyle* für die Mittagspause kaufen, noch dazu habe ich es gerade ziemlich eilig, weil ich um Viertel vor neun eine Trauung durchzuführen habe. Und vorher muss ich noch einen Parkplatz finden, meine Unterlagen zusammensuchen, kurz mit dem Hochzeitspaar sprechen, die Gäste in den Saal lassen ... Das wäre ja nochmal was, wenn nicht wie sonst oft üblich die Braut wegbleibt und die Hochzeit platzt, sondern es an der Standesbeamtin scheitert. Das wäre ja eine Katastrophe! Mann, kann der ihr da vorne nicht einfach die drei Euro fünfzig schenken???

Gerade will der Mann an der Kasse Luft holen, da schiebt sich ein hochgewachsener Anfangzwanziger an mir und den anderen Wartenden vorbei, tätschelt der Oma, die ihm gerade mal bis zum Brustbein reicht, freundlich auf die knochige Schulter, fragt »Darf ich mal?«, wirft einen Blick in ihr Portemonnaie und zieht dann kurzerhand einen 5-Euro-Schein heraus, den er über die Kasse reicht. Der Kassierer lässt das Wechselgeld direkt zurück in die Geldbörse rieseln, und die Warteschlange, die inzwischen einmal durch den gesamten Supermarkt bis draußen zur Eingangstür reicht, atmet erleichtert auf. Das sind Momente, die zusammenschweißen. Ein bisschen so, als würde Paul Potts auf einem umgedrehten Einkaufswagen stehen und Arien schmettern, während wir uns verstohlen Tränen aus den Augenwinkeln wischen. Doch wir, die wir nun eine gefühlte Ewigkeit als Geiseln eines echten Zeiträubers miteinander verbracht haben, tauschen nur erleichterte Blicke. Der Applaus, den ich für einen kurzen Moment erwartet hätte, bleibt jedoch aus. Dafür läuft der Betrieb endlich flüssig weiter, während die Oma ihre Siebensachen in einem riesigen Jutesack verstaut; die Kaffeesahne natürlich ganz unten, die schwere Flasche Klosterfrau Melissengeist obenauf.

Wieder einmal frage ich mich, warum ich eigentlich schon wieder in meinem dunkelblauen Mini Cooper sitze, anstatt in der U-Bahn oder Tram. Ich würde meine Nerven schonen sowie Zeit und Geld sparen. Ich müsste mich nicht morgens schon über Machos in dicken BMWs ärgern, die glauben, dass eine Blondine wie ich hinter dem Steuer eines kleineren Autos nicht als vollwertiger Verkehrsteilnehmer gilt, und mir deshalb rücksichtslos und vielleicht sogar mit fiesem Grinsen die Vorfahrt nehmen. Ich müsste nicht ständig viel zu teures Benzin tanken für Geld, das man viel besser in ein Paar neuer Schuhe mit möglichst hohen Absätzen investieren könnte und von dem stattdessen die Ölscheichs eine ihrer vielen Frauen zum Shopping schicken. Und ich würde nicht ständig überall zu spät kommen, weil ich mal wieder keinen Parkplatz gefunden habe und man Autos immer noch nicht stapeln kann, so wie es beispielsweise bei uns in München notwendig wäre. Aber ich kann es nicht ändern; ich liebe mein Auto. Irgendwie ist es ein fahrbares Stück Zuhause und Teil meiner Identität. Wer bei mir einsteigt, der weiß anhand der vielen CDs sofort, dass ich Kings of Leon, die Foo Fighters und Placebo höre und somit einen guten Musikgeschmack habe. Wer in meiner Mittelkonsole den Kajal, die Minimascara und die kleine Puderdose herumkullern sieht, kann sich denken, dass ich mir morgens im Stop-and-go gerne noch schnell das Make-up im Rückspiegel auffrische und viel Wert auf mein Äußeres lege, worauf übrigens auch die zerknitterten Ausgaben der *Instyle* schließen lassen, die auf der Rückbank herumrutschen. Das Paar schwarzer Ballerinas zum Wechseln unter dem Beifahrersitz sagen, dass ich flexibel und anpassungsfähig bin. Und die leere Pepsidose, die bei jedem Bremsen im Fußraum herumrollt, deutet auf meine Koffeinsucht hin.

Ich werfe einen Blick auf die Uhr auf meiner Armatur. Mist, ich bin schon viel zu spät dran! Super, und schon wieder ein etwa hundertjähriger Rentner, der mir im Weg ist! Diesmal eiert er mit gefühlten 20 km/h in einem A-Klasse-Mercedes vor mir herum. Mann, Opa, du sollst damit fahren, nicht darin sterben! Er wird noch langsamer, und ich seufze entnervt auf. Ob er vielleicht schon tot ist und sich nur sein Fuß am Gaspedal verhakt hat? Meine Finger hämmern entnervt auf meinem Lenkrad herum. Wenn jetzt kein Wunder geschieht und ich nicht sofort einen Parkplatz direkt vor dem Standesamt erwische, dann wird diese Hochzeit garantiert meinetwegen platzen! Und will ich daran schuld sein, wenn zwei Liebende sich nicht das Jawort geben dürfen? NEIN! Der Opa in seinem Mercedes setzt den Blinker und biegt in atemberaubender Langsamkeit in eine Seitenstraße ein. Mein Fuß drückt das Gaspedal durch, und mein Mini Cooper macht einen Satz nach vorne. Da vorne, ich kann das Standesamt schon sehen! Und da! Tatsächlich, ein Parkplatz! Ich kann mein Glück kaum fassen, und ehe ihn mir jemand anderes wegschnappen kann, schieße ich hinein, wenn auch nicht ganz gerade, aber solche Feinheiten sollen mir im Moment schnuppe sein. Der Parkplatzgott (bei mir heißt er Jildrim) war mir ausnahmsweise und zum richtigen Zeitpunkt hold und hat meine Gebete erhört! Vielen, vielen Dank! Ob ich ihm nun etwas opfern sollte? Eine Straßentaube aufs Autodach legen vielleicht? Na, besser nicht. Er wird meine Dankbarkeit sicher auch so spüren. Ich schnappe mir meine Handtasche und rase los, direkt in die Menschenansammlung hinein, die schon im Eingangsbereich steht.

»Ich bin schon da«, japse ich und halte die Tür auf, damit die Hochzeitsgesellschaft an mir vorbei ins Innere strömen kann. Wegen mangelnder Vorbereitung und Zeitdruck heißt es jetzt improvisieren und dabei trotzdem möglichst viel Glück und Zuversicht versprühen. *The Show must go on!*

Nur wenig später sind Markus Kreitmayer und Lisa Hirschmann das Ehepaar Kreitmayer – hoffentlich bis dass der Tod sie scheidet (so spät wie möglich natürlich!). Ich bin wahrscheinlich wieder mal ergriffener als die Brauteltern und das Hochzeitspaar selber und muss mich erneut darüber wundern, dass ich über die Jahre immer noch so emotional reagieren kann. Müsste ich nicht eigentlich inzwischen ein dickes Fell haben? Aber vielleicht legt sich dieses Gefühlsduselige bei mir erst, wenn ich selbst in den Hafen der Ehe eingefahren und meinen Gegenpart fürs Leben gefunden habe. Wird wirklich Zeit, dass wir uns endlich finden. Herr Sinn des Lebens, bitte melden! Wo wir gerade bei »melden« sind: Paul habe ich in den drei Wochen nach unserem Date nicht angerufen. Warum? Weil ich mich die ganze Zeit über seine Meinung bezüglich meines Berufstandes und des Themas Romantik generell geärgert habe. Und mir gleichzeitig gewünscht habe, dass er eine bessere hätte, auch von mir … Das ist nie gut, wo mir doch sonst die Meinung anderer meist ziemlich egal ist. Und deshalb habe ich auch seinen Anruf letzten Mittwoch weggedrückt und seine SMS mit der Frage, ob wir in der Mittagspause einen Kaffee trinken gehen wollen (er würde auch eine Kerze anzünden und eine Rose auf den Tisch stellen, wenn ich das wollte – haha, sehr witzig!) unbeantwortet gelassen. Er wird es verkraftet haben, immerhin hat er ja genug Mädels in seinem Kielwasser, oder? Und ich will meine Zeit nicht sinnlos damit verplempern, hinter jemandem herzuschwimmen. Ich will lieber nach dem Schatz tauchen gehen.

So still,
dass jeder von uns wusste,
das hier ist für immer,
für immer und ein Leben,
und es war so still,
dass jeder von uns ahnte,
hierfür gibt's kein Wort,
das jemals das Gefühl
beschreiben kann.

»Im Juli ist Take That in der Stadt. Gehen wir hin?«, schlägt Franzi vor und wühlt in meiner Nagellackschublade herum.

»Take That?«, frage ich und ziehe die Augenbrauen nach oben. »Da können wir ja auch gleich Tickets für das Revival der Kelly Family kaufen. Vielleicht gibt's die Karten sogar im Set, mit Gratis-Zahnspange und Akne zum Aufkleben.«

»Du bist doof.« Meine beste Freundin grinst und hält ein Nagellackfläschchen gegen das Licht. »Ich würde Robbie schon gerne mal live sehen.«

»Ich nicht. Nicht mein Typ.«

»Du sollst ihn ja nicht heiraten. Er hat ja auch schon eine Frau. Nur ein bisschen anschmachten. Und wir dürfen hysterisch rumkreischen, ohne dass uns jemand dumm ansieht, so wie letztens in der U-Bahn.« Stimmt, das war ein bisschen peinlich. Aber Samstagabende, die schon mit lauter Musik von LaBrassBanda und einigen Gläsern selbstgemachtem Hugo anfangen, werden zu ihrer Mitte hin oftmals sehr albern und dann auch gerne laut. Und dass wir ausgerechnet in der U5 waren, als wir die nackten Oberkörper von Russel Crowe und Matthew

McConaughey verglichen und ausdiskutiert haben, kann man ja nicht ändern.

»Aber ich mag die Musik von Take That nicht«, gebe ich zu bedenken. »Und bei bezahlbaren Plätzen sieht man Robbie doch eh nur als Fliegenschiss in weiter Ferne. Da kann ich mir genauso gut von hier oben Kerle unten auf der Straße anschauen und mir vorstellen, George Clooney ginge vorbei. Und muss noch nicht einmal was dafür zahlen. Außer meiner Miete natürlich.«

»Die Musik ist ja aber soooo romantisch, die müsste doch gerade DIR gefallen. Ich liebe dich, ich kann nicht ohne dich, Baby, Baby, Baby.« Sie lacht, und ich strecke ihr die Zunge heraus.

»Stell meinen Nagellack zurück, du bist meiner edlen Kosmetik nicht würdig.« Mein Einwurf wird ignoriert, und Franzi beginnt sich konzentriert die Nägel zu lackieren, jeden Finger in einer anderen Farbe. Da klingelt mein Handy.

»Es wird nach dir verlangt«, ruft Franzi vom Küchentisch aus zu mir hinüber, denn ich stecke gerade mit dem Kopf im Kühlschrank, um nach irgendetwas Essbarem zu fahnden. Ich folge dem aufdringlichen Klingeln, finde mein Handy schließlich im Wohnzimmer in einer Sofaritze und werfe einen Blick auf das Display.

Paul Mölling ruft an.

Schneller, als ich es verhindern kann, macht mein Herz einen freudigen Hüpfer, und nachdem das Blut endlich wieder aus meinem kribbelnden Magen zurück in den Kopf gestiegen ist, ärgere ich mich sofort über die Reaktion meines Körpers. Der Typ müsste mir doch egal sein, verdammt! Er ist ein blöder Macho, der im Grunde kalt wie eine Hundeschnauze ist. Nur dass er eben auch den dazu passenden Blick beherrscht, wenn es sein muss. Ich ignoriere den Anruf und gehe zurück in die Küche.

»Und? Wer war es?«

»Mein Zahnarzt. Erinnerung an die Halbjahreskontrolle.«

»Es war dieser Anwalt, stimmt's?«

»Ich hab am 4. Juli einen Termin, um 16:30 Uhr.«

»Du bist also nicht rangegangen.«

»Ich könnte dann auch gleich eine professionelle Zahnreinigung machen lassen. Danach hat man immer total glatte und helle Zähne, weißt du?« Während ich rede, greife ich nach Leberwurst, Margarine und Brot, um mir eine Stulle zu schmieren.

»Warum willst du nicht mit ihm reden?« Franzi pustet ihre Nägel trocken und sieht mich dabei erwartungsvoll an. Ich seufze.

»Warum sollte ich denn?«

»Hm, weil du ihn interessant findest?«

»Ich finde ihn nicht interessant.« Ich ziehe meine Besteckschublade auf. Keine Messer. Dafür Löffel. Toll. Wenn man welche braucht, sind nie welche da. Jetzt natürlich schon. Mein Blick fällt auf meinen Messerblock, in dem noch ein sauberes Fleischermesser steckt. Tja, was eignet sich wohl besser?

»Ach nein? Warum denkst du dann so viel über ihn nach? Und wieso hast du dann Angst davor, ihm am Telefon klipp und klar zu sagen, dass er dich in Ruhe lassen soll?«

»Ich habe keine Angst!«, verteidige ich mich und ballere das jetzt angeschmierte Fleischermesser in die Spüle. »Ich habe mich nur einfach getäuscht. Ich bin nicht so, wie Attila das vielleicht gerne hätte, einfach nur Spaß haben und hopp.« Gedankenverloren beginne ich, mit einem Teelöffel Margarine auf einer Scheibe Brot zu verreiben. »Ich will meine Gefühle nicht wegsperren müssen!«

»Dann lass es«, erwidert meine Freundin schlicht und zieht sich die Socken aus, um auch ihren Zehennägeln einen Hauch Farbe zu verleihen. »Aber das, was du gerade tust, ist auch nicht viel besser. Ein Kampf zwischen Kopf und Herz geht selten gut aus.«

»Hm. Du hast recht.«

»Du bist doch sonst auch nicht der Kopftyp! Sei wieder die Laura, die du eigentlich bist. Hör auf dein Herz und somit auf dein Lebensmotto und mach dein Ding. Denk nicht drüber nach und mach dir selbst keine Angst! Vielleicht täuscht du dich ja auch und alles verläuft ganz anders, als du es dir einredest.«

»Hm«, mache ich nur wieder, und der Teelöffel in meiner Hand planiert eine Schicht Leberwurst auf Brot und Margarine. »Und was soll ich jetzt tun?«

»Ruf ihn zurück.«

»Und was soll ich ihm sagen?«

»Na, frag ihn doch, ob er dich zum Zahnarzt begleiten will. Dein Patschhändchen halten.« Franzi grinst spöttisch. »Oder ob er bei dir nicht eine Zahnreinigung vornehmen will. Professionell ist er bestimmt …«

»Du kleiner Giftzwerg!«, kann ich es mir nicht verkneifen.

»Du Riesenkitschkuh!«, kommt es zurück, und wir müssen beide lachen.

Du bist nicht wie ich,
doch das ändert nicht,
dass du bei mir bist
und ich zuseh, wie du schläfst.

Ich sitze in der Arbeit an meinem Computer, vor mir auf dem Monitor jedoch nicht die Übersicht der bevorstehenden Eheschließungen, sondern die Homepage von Pauls Kanzlei in Schwabing. Ich bewege den Cursor über die Seite. *Unsere Mitarbeiter*. Klick. Da, *Paul Mölling*. Klick. Sein Foto erscheint; ein charismatisch lächelnder Anfangdreißiger mit Lachfältchen um die Augen herum und kürzeren Haaren, als er sie jetzt gerade trägt. Etwas zu lange verweilt mein Blick auf dem Bild und scannt jede Einzelheit seines Gesichts. Irgendwie kann ich schon verstehen, dass die Frauen auf ihn stehen. Wenn er nur nicht so ein Riesenmacho wäre, und so arrogant und egoistisch und … Ich seufze, nehme einen Schluck aus meinem Kaffeebecher, der neben mir steht, und scrolle nach unten. Ein kurzer Abriss seines Lebenslaufes (den ich ja schon kenne …), eine Ausführung seines Tätigkeitsschwerpunkts und dann ein weiterer Link: *Kontakt*. Anklicken? Nicht anklicken? Schreiben oder ignorieren? Was soll ich tun? Und vor allem: Bekommt er die E-Mails tatsächlich selbst oder werden die auch von seiner Vorzimmerdame abgefangen und gefiltert? Ich hole tief Luft, und mein Zeigefinger tippt kurz auf die Maus. Zack, schon öffnet sich das Nachrichtenfenster meines E-Mail-Programmes. Hm, besser keine Mails aus der Arbeit. Lieber von meiner Privatadresse. So, was soll ich jetzt schreiben? Nervös knabbere ich am Daumennagel meiner rechten Hand und starre auf den blinkenden Cursor. Dann beginne ich zu tippen.

An: paul.moelling@gebhardtundpartner.de
Von: llowe@web.com
Betreff: Treffen?

Hallo, Herr Mölling,

hier spricht das personifizierte Böse; Sie wissen schon, die, die arme verliebte Wesen in die Türme ihrer Luftschlösser sperrt, was Ihrer Meinung nach ja quasi einer Einkerkerung gleichkommt. Tut mir leid, dass ich mich erst jetzt bei Ihnen melde, aber der Wunsch der Leute nach Selbstgeißelung ist zu dieser Jahreszeit enorm. Wenn es Ihnen recht ist, können wir uns ja die nächsten Tage trotzdem mal auf einen Kaffee treffen? Beweisen Sie doch Ihren Mut, und kommen Sie in die Höhle des Löwen, nämlich in unsere Kantine. Wie heißt es doch so schön? »Come to the dark side – we have cookies.« ;)

PS: Der Kaffee ist hier, »auf der dunklen Seite«, auch besser. :)

Ich lese es noch einmal kurz durch, dann betätige ich den Senden-Button. Und ab dafür. Ich rechne fest damit, dass Paul nicht auf meine E-Mail reagieren wird, schon gar nicht in absehbarer Zeit, also den nächsten fünf Minuten. Also schließe ich alle offenen Fenster auf meinem Bildschirm und suche endlich nach der Datei mit den Eheanmeldungen in den nächsten zwei Wochen, um mich darauf vorbereiten zu können.

So, da wäre also das zukünftige Ehepaar Förster. Termin am 8. Juli um neun Uhr. Was für einen Trauspruch haben sich die beiden ausgesucht? Und wie viele Gäste kommen voraussichtlich? Hm, vielleicht sollte ich doch nochmal ganz kurz meine E-Mails … Klick, klick. *Sie haben 1 ungelesene Nachricht*. Sofort beginnen Schmetterlinge in meinem Bauch zu flattern, obwohl es sich eher nach einer Boeing 747 anfühlt, die ihre Motoren anwirft und in meinem Magen eine Runde nach der anderen fliegt.

An: llowe@web.com
Von: paul.moelling@gebhardtundpartner.de
Betreff: Re: Treffen?

Hallo, Frau Lowe!

Schön, von Ihnen zu hören! Ich glaube, Ihnen zuliebe und mit der Aussicht, Sie wieder treffen zu dürfen, gehe ich das Risiko ein. Außerdem sehe ich das Ganze auch praktisch: So bekomme ich wenigstens mal die Leute zu Gesicht, mit denen meine Mandanten zu tun hatten, bevor sie Jahre später völlig verwirrt und desillusioniert bei mir in der Kanzlei landen. ;-)
Wann soll ich denn bei Ihnen auftauchen?

Gruß, Paul Mölling

PS: Wenigstens wird der Kaffee bei Ihnen nie kalt. Wenn ich mich nicht irre, ist es in der Hölle ja immer wohltemperiert. :-)

Obwohl ich mich einen Moment lang ärgere, huscht ein Grinsen über mein Gesicht und meine Gefühle stehen Kopf. Oh Mann, worauf lasse ich mich da eigentlich gerade ein? Aber egal, wer A sagt, muss auch B sagen. Schnell das Antwortfenster öffnen.

An: paul.moelling@gebhardtundpartner.de
Von: llowe@web.com
Betreff: Kein Entkommen mehr

Prima. Dann kommen Sie doch gleich morgen um 12:30 Uhr zu mir; ich warte vor dem Haupteingang auf Sie.

Zu Ihrem PS: Das müssen SIE ja am besten beurteilen können …

Bis morgen.

Laura Lowe

Warum bin ich bloß so aufgeregt? Ganz cool bleiben, Laura! Es ist nur dieser schnöselige Anwalt, und du bist keine sechzehn mehr! Er kommt nur auf einen Snack vorbei, es wird ein ganz normaler Arbeitstag und eine ganz normale Mittagspause. Und wahrscheinlich wird er eh nur die ganze Zeit dumme Sprüche über meinen Job machen und ich werde mich ärgern. Wahrscheinlich werde ich sogar froh sein, wenn er wieder geht. Vielleicht werden wir uns auch so stark aneinander reiben, dass wir uns danach nie wiedersehen. Wäre doch möglich, oder? Aber will ich das überhaupt? Ihn nie wiedersehen? Und warum habe ich mich dann heute bei ihm gemeldet? Und warum kommt er überhaupt? Weil ich für ihn auch nur ein potenzielles »Opfer« bin wie seine anderen fünftausend Betthasen oder weil er in mir ein ernst zu nehmendes Gegenüber auf Augenhöhe sieht? Oh Mann, ich darf mich da jetzt nicht so reinsteigern! Was ist denn schon dabei? Ich meine, schließlich ist er mir doch egal, oder wie war das? Genau. Total schnuppe, dieser Mölling.

Na ja, so schnuppe scheint er mir doch nicht zu sein. Warum sonst habe ich mich heute Morgen fünfmal umgezogen, vorher mit meinem teuren Duschgel von Joop anstatt dem üblichen No-Name-Produkt aus dem Drogeriemarkt geduscht und meine Haare hingebungsvoll durch mein Glätteisen gezogen, bis es seidig glänzend auf meine Schultern fiel? Ich meine, es ist schließlich ein ganz normaler Arbeitstag, *the same procedure as every day*, und ich verwende zwei Stunden am Morgen für die Aussicht auf eine halbe Stunde Mittagspause zusammen mit einem Mann, der mir ständig meinen Job schlechtreden will und so ganz anders tickt als ich? So egal ist es mir also nicht, wie ich es gerne hätte. Schließlich style ich mich auch nicht jeden Morgen für meinen Kollegen Steffen oder unseren knackigen DHL-Boten (der Jens heißt, wie ich letztens herausgefunden habe …).

Irgendwie bin ich heute nicht richtig bei der Sache. Meistens starre ich nur auf die Uhr und warte, dass die Minutenanzeige weiterspringt, oder verfolge mit den Augen den Sekundenzeiger.

»Etwas nervös heute?«, fragt Steffen, der gerade mit einem Stapel Akten in mein Büro geschneit gekommen ist.

»Warum?«, frage ich scheinheilig. Er deutet unter meinen Schreibtisch.

»Dein Fuß wippt die ganze Zeit.«

»Hm, zu viel Kaffee.«

»Quatsch, du bist inzwischen gegen Koffein immun, so viel Cola und Kaffee, wie du täglich in dich hineinkippst.«

»Tja, dann wahrscheinlich zu wenig Kaffee. Entzugserscheinungen.« Linda taucht ebenfalls vor meinem Schreibtisch auf und stellt wie gerufen einen dampfenden Becher neben meine Tastatur.

»Da hilft nur Ablenkung. Hier« – Steffen breitet einige Papierstapel vor mir aus –, »das müsste bis morgen fertig sein. Bei uns drüben türmt sich die Arbeit, jetzt müssen wir leider was an euch abtreten, tut mir leid.« Entgeistert starre ich ihn an.

»Wie soll ich das alles bis morgen schaffen?« Mein Kollege zuckt mit den Schultern.

»Frag uns mal. Die Mittagspause streichen und eine Stunde länger dableiben, wenn es sein muss.«

»Das, das geht nicht!« Ich spüre mein Herz in die Hose rutschen, und hilfesuchend huscht mein Blick zu Linda hinüber, die zwar keine Ahnung von meinem geplanten Date in unserer Kantine hat, aber dank weiblicher Intuition meinen Gesichtsausdruck sofort richtig zu deuten weiß.

»Wie soll man ohne Pause und mit leerem Magen solche Berge wegarbeiten?« Sie verschränkt die Arme und lehnt sich an meinen Schreibtisch. Abwartend sieht sie Steffen an.

»Das schaffe ich ja auch.«

»Ach ja? Weil du von Luft und Liebe lebst?«

»Ich brauch einfach nicht so viel zu essen.«

»Du hast ja auch genug Reserven …«, mische ich mich nun ein und werfe einen vielsagenden Blick auf die Rettungsringe, die sich deutlich sichtbar über Steffens Gürtelbund wölben.

»Ja genau, frech werden auch noch.« Beleidigt geht er zur Tür, nicht ohne sich vorher meinen Kaffee abzugreifen. »So, das hast du jetzt davon.« Klapp, schon ist er draußen. Sofort beugt sich Linda zu mir herunter.

»So, schieß los: Wen triffst du heute Mittag?«

»Wie kommst du darauf, dass ich mich mit jemandem treffe?« Eigentlich will ich möglichst unbeteiligt klingen, aber wider Willen bricht sich ein debiles Grinsen auf meinem Gesicht seine Bahnen, und ich muss wohl oder übel beichten.

»Mit dem triffst du dich?«, fragt sie schließlich überrascht. »Ich hatte bei deinen Erzählungen damals das Gefühl, du könntest ihn nicht leiden.«

»Kann ich ja auch nicht. Aber ich muss mich eben immer wieder neu davon überzeugen.«

»Aha«, sagt meine Kollegin nur und schaut mir forschend ins Gesicht. Gut, dass es nur sie ist. Wobei ich dieses »nur« jetzt demonstrativ in Klammern setzen muss. Ich schätze Linda wirklich sehr, und ohne sie wären meine Tage im Büro wahrscheinlich kaum auszuhalten. Trotzdem ist sie eben nicht Franzi oder Attila, die mir nur einmal flüchtig in die Augen gucken müssten, um genau zu wissen, was wirklich Sache ist. Meistens schon lange bevor ich mir selbst darüber im Klaren bin. Also kann ich ihrem Blick, ohne mit der Wimper zu zucken, standhalten, bis sie schließlich wieder aufsteht und ebenfalls Richtung Tür geht.

»Ich an deiner Stelle würde einfach Mittagspause machen und dafür so lange, wie es einmal nötig ist, länger dableiben.« Sie greift nach der Türklinke. »Und morgen etwas eher in die Arbeit kommen, immerhin musst du mir jedes Detail berichten. Oder soll ich mich nachher einfach zu euch an den Tisch setzen?«

»Bloß nicht!«, rufe ich empört, und Linda muss über meinen entsetzten Gesichtsausdruck lachen.

»Viel Spaß nachher!«, wünscht sie mir nur und verschwindet.

Das allererste Mal, als ich dich sah,
da war mir eines sofort klar:
Baby, wir haben das Zeug
zum weltweit größten Liebespaar.

Oh Mann, irgendwas muss heute Mittag in meinen Spaghetti Bolognese gewesen sein. Warum sonst sollte mir jetzt die ganze Zeit so komisch sein? Mir ist nicht richtig schlecht, aber irgendwie habe ich trotzdem überhaupt keinen Appetit mehr. Und ich hab zwar keine Bauchschmerzen, allerdings zieht es immer so seltsam darin, meistens parallel zu dem kribbeligen Gefühl in der Magengegend, das jedoch auch von meiner plötzlichen Schnappatmung herrühren könnte. Der Kantinenköchin muss irgendwas in den Saucentopf gefallen sein. Irgendetwas mit halluzinogener Wirkung, denn ich habe ständig Pauls Gesicht vor Augen. Kein Wunder, dass mir schwindelig wird. Waren da nicht sogar kleine Pilze im Essen? Vielleicht war es eine Jäger-Bolognese! Aber die kann man doch auch ohne Drogen zubereiten, oder? Ich meine, so ein bisschen Farbe im Leben der Beamten in unserem Amt schadet bestimmt nicht, und die Köchin hat es sicherlich gut gemeint, aber wie soll man denn so arbeiten können? Ich konnte es nach dem Mittagessen jedenfalls nicht mehr, habe irgendwann kapituliert, mein Zeug zusammengepackt, in mein Auto geschmissen und bin nach Hause gefahren. Dort sitze ich übrigens immer noch, im Moment gerade am geöffneten Küchenfenster, rauche eine Zigarette gegen eine mögliche Überdosis Sauerstoff (zu gesund soll auch nicht gut sein, hab ich gehört …) und versuche, endlich wieder ich zu sein, mit meinen alten Vorsätzen, meiner alten Meinung von diesem Paul Mölling und meiner alten Feierabendstimmung. Nichts von alledem kriege ich hin. Stattdessen muss ich die ganze Zeit an mein Date denken, das eigentlich erst ein paar Stunden her ist und mir aber wie eine Ewigkeit vorkommt.

Auf die Minute pünktlich war er gewesen; ich hatte schon eine Viertelstunde vorher an unserem Treffpunkt gewartet. Wider Erwarten kam er nicht in seinem flachen Sportflitzer, sondern zu Fuß, fröhlich pfeifend.

»Sie gehen zu Fuß?«, hatte ich ihn ungläubig gefragt und die Augenbrauen hochgezogen.

»Jawohl. Ich gehe öfter zu Fuß, das ist hier in München meistens die bessere Wahl. Lieber verschleiße ich als mein Wagen. Und Sie wissen ja: Lügen haben kurze Beine. Jetzt wissen Sie auch, warum.« Damit zwinkerte er mir zu, drückte kurz meine Hand und folgte mir dann (jede der vielen Glastüren für mich aufhaltend!) durch die Flure in Richtung unserer Betriebskantine, wo wir uns artig in die Schlange an der Essensausgabe anstellten.

»Sie sind aber mutig, heute Spaghetti zu essen!«, bemerkte ich und musterte besorgt seinen teuer wirkenden Anzug.

»*Das* finden Sie mutig? Finden Sie es nicht viel mutiger, dass ich heute hier bin? In der Schlangengrube?«

»Stimmt, da haben Sie recht.« Wir gingen zu einem freien Tisch an der Fensterfront hinüber, und ich fragte mich wieder einmal, warum immer meine Hände zu zittern beginnen, sobald ich ein Tablett tragen muss. Gut, dass ich nicht studiert habe; ein Studium hätte ich mir mit Kellnern jedenfalls nicht finanzieren können. Ich hob den Kopf und grinste ihn an. »Das muss doch für Sie jetzt so sein, als hätte der Papst eine Audienz im Moulin Rouge!«

»Hm, so würde ich das nicht sehen. Eher wie Sigmund Freud in einer geschlossenen Anstalt. Ich meine, man darf schließlich den symbiotischen Teil der ganzen Sache nicht vergessen, immerhin hätte ich ohne Sie und Ihre Kollegen irgendwann keine Arbeit mehr.«

»Wahrscheinlich.« Ich dachte kurz nach. »Aber ist es dann nicht eigentlich verkehrt, gegen uns zu kämpfen? Stellen Sie sich vor, Sie haben uns alle irgendwann im Keim erstickt! Wer besorgt Ihnen dann noch neue Geldquellen? Wer finanziert Ihnen Ihre kleinen Spielzeuge wie Ihren Sportwagen oder Ihre Mitgliedschaft im Golfclub? Na?« Paul sah mich einen Moment lang nachdenklich aus dicht bewimperten hellgrünen Augen an. Dann schien er sich über irgendetwas an mir zu freuen, lächelte charmant und setzte dann zu einer Antwort an.

»Ich will Sie doch eigentlich gar nicht vernichten, nur für ein bisschen Vernunft in dem ganzen Wahnsinn sorgen. Schauen Sie, Robin Hood wollte den Sheriff von Nottingham doch auch nicht töten, nur ein bisschen mit ihm spielen ...« Darauf fiel mir nicht gleich eine passende Antwort ein, also widmete ich mich endlich meinem Essen. Dabei fällt mir ein, dass es in Italien eine Schande ist, Nudeln mithilfe eines Löffels zu essen, so wie wir trampeligen Deutschen es immer für richtig halten. Normalerweise rollt man die Spaghetti mit einer gekonnten Drehbewegung auf die Gabel, ganz ohne Fremdeinwirkung eines anderen Besteckteils. Ich selbst mache das konsequent seit meiner Abifahrt in die italienischen Gefilde so und achte seitdem auch auf die Essgewohnheiten meiner Mitmenschen. Ich lugte heimlich zu meinem Gegenüber und stellte zufrieden fest, dass er sich noch nicht einmal einen Löffel mit zum Tisch genommen hatte. Schwupp, schwupp, schon hatte er die Pasta gekonnt aufgewickelt und ließ sie genießerisch in seinem Mund verschwinden.

»Und?«, fragte ich schließlich zwischen zwei Bissen. »Wie fühlen Sie sich bisher bei uns?«

»Bis jetzt gut. Allerdings bin ich auch voll und ganz von Ihnen und dem guten Essen hier von all den fleißigen Kupplern um mich herum abgelenkt. Und Ihnen hier bei unserem zweiten gemeinsamen Essen? Spüren Sie nicht schon den kalten Atem der Angst in Ihrem Nacken? Immerhin lernen wir uns doch von Mal zu Mal besser kennen, und das, obwohl Sie mich doch eigentlich gar nicht leiden können.« Paul grinste und griff nach der Flasche Apfelschorle.

»Hm.« Ich betastete demonstrativ mein Genick. Dann schüttelte ich den Kopf. »Nein, nichts.«

»Wirklich? Kein bisschen?«

»Nein, tut mir leid.«

»Meinen Sie, Sie spüren mehr, wenn wir endlich anfangen würden, uns zu duzen?« Ich zuckte mit den Schultern.

»Ich glaube kaum.«

»Wir sollten es auf einen Versuch ankommen lassen. Also, ich bin Paul.«

»Laura.« Wir lächelten uns an und ließen unsere Getränke mit einem leisen Klonk aneinanderstoßen. Schweigend tranken wir auf unser Per Du und betrachteten uns einen Moment lang nachdenklich über die Flaschenhälse hinweg.

»Und? Spürst du schon die Angst?«, fragte Paul schließlich leise, und es war, als würde diese Frage kein anderer außer mir hören können, als hätte er sie mir direkt und ohne die Umwege über seinen Mund und meine Ohren in den Kopf geschickt. Ich nickte.

»Ja, ich glaube, jetzt ist da doch etwas.« Ich schob die Ärmel meiner Bluse hoch und zeigte ihm meine Gänsehaut, die allerdings weniger von jeglicher Angst als von dem Klang seiner Stimme herrührte.

»Prima. Dann bin ich ja nicht umsonst hergekommen.« Paul lächelte und gleichzeitig war er ganz ernst. Eine seltsame Kombination. Ich hielt seinem Blick stand, obwohl mein Herz so laut gegen meine Rippen zu hämmern begann, dass ich mich am liebsten umgeschaut hätte, ob die anderen um uns herum es auch hören konnten. Ich schluckte schwer. Ob Linda und Steffen wohl irgendwo in der Nähe herumstanden, die Köpfe zusammengesteckt, und über uns redeten? Ob man das Knistern zwischen uns auch an den Nachbartischen noch spüren konnte? Bestimmt würde es die nächsten Tage kein anderes Gesprächsthema in den Kopierräumen und auf den Fluren geben. Ach, was sollte es. Seit wann interessierten mich die anderen?

»Hey, Laura!«, hörte ich da eine innere Stimme rufen. *»Deinem Puls, deiner Körpertemperatur und den Hormonen in deinem Blut nach bist du gerade auf dem sicheren Weg, dich in diesen Kerl zu verlieben! Also, Achtung, Alarmstufe Rot!!!«*

»Was soll ich denn tun?«, fragte ich stumm und verzweifelt zurück.

»Egal, tu einfach was! Irgendwas!« Also gut. Am besten ins Gedächtnis rufen, warum ich mein Gegenüber eigentlich nicht leiden kann. Mein Gegenüber, der »Liebestöter«! Ich löste mich aus Pauls Bann, räusperte mich und krempelte meine Ärmel wieder herunter.

»Und?« Angestrengt versuchte ich, meine Stimme wieder möglichst cool klingen zu lassen. »Haben Sie, also ich meine, du schon neue Visitenkarten drucken lassen, damit du mir wieder mit deiner Eigen-PR eine meiner Hochzeiten versauen kannst?« Hm, irgendwie war es einfacher gewesen, ihn anzufahren, als wir uns noch gesiezt hatten. Da war man mehr auf Distanz gegangen. Jetzt mit dem Du nahm man unterbewusst auf den anderen und dessen Gefühle Rücksicht. Aber hey, warum sollte ich auf einmal auf seine Gefühle Rücksicht nehmen? Nahm er doch auf andere auch nicht. Und hatte er überhaupt welche, so abgebrüht wie er war? Paul lehnte sich zurück und verschränkte die Hände hinter dem Kopf.

»Nein, wenn, dann hätte ich dich einfach nur so besucht. Ganz ohne Werbung im Hinterkopf.«

»Warum? Willst du dir unser Labor angucken kommen, in dem unser Igor all den Pärchen kurz vor der Eheschließung ihre Gehirnwäschen verpasst, damit sie auch alle brav Ja sagen? Oder willst du eine Privatführung durch unsere Trauzimmer, den eigentlichen Ort des Schreckens?« Ich lachte und schüttelte amüsiert den Kopf.

»Nein, ich käme tatsächlich nur deinetwegen. Das Labor und die Trauzimmer kenne ich schon.«

»Oh, woher? Hast du schon schwere Notfälle vor Ort abholen müssen?«

»Hm, ich würde eher sagen, dass ich damals der schwere Notfall war.«

»Noch schwerer als heute?« Ich versuchte ihn aufzuziehen, doch Paul lächelte nur schief.

»Ja, noch schwerer als heute. Wenn man kurz vor dem Jawort sitzengelassen wird, weil die Braut mit dem Trauzeugen durchbrennt, dann steckt das selbst so jemand wie ich nicht so einfach weg.« Mir blieb das Lachen im Halse stecken, und verblüfft starrte ich mein Gegenüber an.

»Du wolltest heiraten?«

»Ja, nur mich wollte man wenige Minuten vorher nicht mehr. Wie heißt es doch so schön? ›Drum prüfe, wer sich ewig bindet, ob sich nicht was Bess're findet.‹«

»Also …« Ich suchte nach Worten und konnte schließlich nur hilflos mit den Schultern zucken. »Ehrlich gesagt, bin ich gerade das erste Mal seit langer Zeit sprachlos.«

»War ich auch«, nickte Paul.

»Und sie ist wirklich mit dem Trauzeugen abgehauen?«

»Ja.«

»Hm. Das ist ja wie im Film.«

»War's auch. Vor allem, als sie mit unserem Hochzeitsauto davongefahren sind. Ich war sogar so dumm und bin ihnen noch nachgelaufen, bis meine Lungen so sehr gestochen haben, dass ich einfach irgendwann stehen bleiben musste, wenn ich noch einen Rest Überlebenswillen besaß. Ich hab das Klappern der Dosen noch Minuten später durch die Straßen hallen gehört. Ich glaube, dieses Geräusch werde ich mein Leben lang nicht mehr vergessen können.« Nachdenklich geworden knibbelte Paul das Etikett an seiner Flasche herunter, und ich konnte ihn einfach nur ungläubig anstarren. Tatsache, dieser Mann hatte doch Gefühle! Und zusammen mit dieser Feststellung entwickelte auch ich welche – nämlich für ihn, und das mit solch einer Wucht, dass mein Verstand davongespült wurde wie ein Fischerdorf von einer Tsunamiwelle.

Tja, und nun sitze ich hier, fühle mich gleichzeitig unbeschreiblich gut und unheimlich doof, ohne Worte einfach. Da ich aber an meinem Zustand gerade nichts ändern kann, egal wie sehr ich mich auch anstrenge, nehme ich ihn einfach hin. Bitte, ich ergebe mich. Ich lasse also zischend eine neue Dose Pepsi aufschnappen, stopfe mir ein Kissen in den Rücken, sodass der hölzerne Fensterrahmen nicht länger in mein Kreuz drücken kann, und atme die typische Stadtluft lauer Sommernächte ein. Dabei lasse ich meine Gedanken treiben, schicke sie über die Dächer der Stadt, über die Theresienwiese und den Englischen Garten hinweg, am Schloss Nymphenburg und an den Türmen der Frauenkirche vorbei, über die Isarauen, in denen jetzt noch ausgelassene Studenten grillen und Musik hören, über das geschäftige Industriegebiet, die Wohnviertel, das schicke Schwabing und durch die verwinkelten Straßen der Innenstadt, kreuz und quer. Und immer, wenn meine Gedanken dann zu mir zurückkehren, stelle ich fest, dass sie jedes Mal bei Paul waren.

Jeder Boxer braucht ne Linke,
Kiss braucht viermal Schminke,
Tonic braucht Gin.
Wie wär ein Leben ohne Sinn?
Wie ein leeres Paket,
wie ein Rad, das sich nicht dreht,
so als ob anstatt 'nem Sturm
nur ein leichter Wind weht.

Es ist Sonntag, es ist kalt und regnerisch, eher wie Oktober anstatt Juli und ein Tag, an dem man mit sich nicht wirklich etwas anzufangen weiß, außer auf der Couch herumzugammeln. Da ich aber nicht jeden Sonntag im Jogginganzug mit meinen beiden Freunden Ben & Jerry's verbringen will (und kann), beschließe ich, meiner Schwester und ihrer Familie einen Besuch abzustatten. Marlene und ihr Mann wohnen in Landshut, einer Kleinstadt nicht allzu weit von München entfernt, in der sie damals während ihrer Schwangerschaft meinen Neffen in ländlicherer Idylle als einer Großstadt großzuziehen planten. Tatsächlich haben sie ihren Umzug nie bereut, und auch ich finde, dass Landshut einen gewissen Charme besitzt. Allerdings nicht genug, um mich ebenfalls dorthin zu locken. Dafür bin ich einfach zu sehr waschechte Münchnerin und Großstadtmädel obendrein.

Ich setze mich in meinen Mini, deponiere einen heißen Becher duftenden Chai Latte im Getränkehalter in der Armatur und schiebe dann meinen *Der-Letzte-Bulle*-Soundtrack in meine Anlage, um mir die 40-Minuten-Fahrt mit dem Sound der Achtziger schwungvoller zu machen. Mein Handy deponiere ich gut sichtbar in der

Mittelkonsole – könnte ja schließlich sein, dass sich Paul meldet. Gestern hat er mir eine SMS geschrieben, dass er es schön fand, mich mal wieder getroffen zu haben, und man das wiederholen müsse. Auf meine Frage, ob seine Kanzlei denn auch eine Kantine habe, kam die Antwort: Nein, aber mehrere Auszubildende und Sekretärinnen, die man mittags zu den umliegenden Pizzerien und Dönerbuden schicken konnte, um die schwer denkenden Juristen direkt am Schreibtisch zu verköstigen. Na ja, was soll ich sagen? Dass er nicht über Nacht ein anderer Mensch geworden ist, ist ja wohl klar, oder?

Während ich so über die Autobahn zische, denke ich über Marlene nach. Sie ist Visagistin am Theater, was meiner Meinung nach so gar nicht zu ihrem Hygienetick passt, denn immerhin schmiert sie täglich ständig fremden Menschen im Gesicht herum oder zuppelt an deren Haaren. Oder vielleicht ist sie gerade deshalb so übertrieben ordentlich und sauber geworden? Ich weiß es nicht. Fest steht, dass meine Schwester ganz anders ist als ich. Angesichts meiner Geschirr- und Wäscheberge würde sie einen Herzinfarkt nach dem anderen erleide und wenn wir in einer Bar sitzen und ich nach dem dritten Drink beherzt in die Schale mit den Knabbereien greife, wird sie ganz blass und murmelt was von Bakterien und zählt dann mit Grabesstimme irgendwelche tödlichen Krankheiten auf. Wenn bei mir Putzen heißt, irgendwas aufzusprühen und kurz darauf einfach wieder abzuspülen, heißt es bei ihr jeden Winkel mit dem Dampfreiniger zu bearbeiten, Fugen mit einer Zahnbürste zu schrubben und alle Oberflächen mit Sagrotan einzunebeln. Ein umso größerer Liebesbeweis an ihren Mann und Sohn, dass tatsächlich ein Hund ins Haus kommen durfte: ein gräulicher, zotteliger und immer leicht verschlafen guckender Mischling mit dem wohlklingenden Namen Schlunz. Außerdem ist meine Schwester auch viel bodenständiger als ich, hängt nicht ständig irgendwelchen Tagträumen nach und hat auch optisch wenig mit mir gemein: Ich bin relativ klein und eher schlaksig, Marlene ist groß und hat tolle Kurven, die sie auch vor der Geburt von Clemens schon hatte. Außerdem hat sie das ganze Jahr über das Gesicht voller Sommersprossen, die sie aus tiefstem Herzen hasst, um die ich sie jedoch brennend beneide. Als ich noch ganz klein war, habe ich mir oft mit Filzstift Punkte auf die Nase gemalt, nur um ein wenig so auszusehen wie sie. Ob wir wirklich Schwestern sind? Ja, sind wir. Das merkt man an unserem gemeinsamen Ekel vor Kapern, unserer unerklärlichen Angst vor Nachtfaltern (falls jemand hierfür eine Erklärung hat, immer her damit!), dem auskugelbaren Daumengelenk der rechten Hand und einem leicht schief stehenden Schneidezahn, den jede von uns besitzt. Außerdem klingen unsere Stimmen am Telefon so ähnlich, dass selbst meine Mutter nie ganz sicher ist, wen von uns sie gerade in der Leitung hat. Das will sie zwar immer auf die Entfernung zwischen Deutschland und Florida schieben, wir aber wissen genau, dass sie dieses Identifikationsproblem bereits vor ihrem Umzug hatte.

Ich drücke den Klingelknopf mit dem Namen Faltermeyer, den meine Schwester vor einigen Jahren dank ihres Mannes Christoph gegen unseren Lowe tauschen durfte, und bleibe abwartend vor der blauen Haustür der Doppelhaushälfte stehen. Als diese schließlich aufgeht, schiebt sich ein Gesicht heraus, mit ebenso vielen Sommersprossen, wie Marlene sie hat, und einem Strahlen übers ganze Gesicht.

»Tante Laura!«

»Hallo, Clemens.« Ich strahle zurück und schlinge

meine Arme um ihn, als er sich stürmisch an mich drückt. »Sind deine Eltern auch da?«

»Nur die Mama. Mama!« Clemens schreit ins Innere des Hauses, ohne mich aus den Augen zu lassen und sein Strahlen auszuknipsen. »Die Tante Laura ist da!« Zuerst schwappt eine Welle grauen Zottelfells zur Tür heraus, die mich freudig beschnüffelt, gefolgt von Marlenes überrascht klingender Stimme.

»Tante Laura?« Meine Schwester erscheint im Türrahmen, eine Schürze um den Bauch gebunden, auf der in schnörkeligen Buchstaben »Ich bin Mutter, ich habe keine Zeit für ein Burn-out« steht, die teigverklebten Hände in die Hüften gestemmt. Sie lächelt mich an, und die Sommersprossen tanzen dabei über ihr Gesicht wie Glühwürmchen in einer dunklen Sommernacht. »Na, dann passt es ja prima, dass ich gerade Omas Apfelkuchenrezept ausprobiere.«

»Das passt wirklich perfekt!«, erwidere ich ihr Lächeln und werde dann auch schon von meinem Neffen ins Haus gezogen.

»Habe ich dir schon meine neue Playmobil-Ritterburg gezeigt? Die musst du dir unbedingt ansehen! Und weißt du was? Ich habe in der Schule eine 2+ in Heimatkunde gekriegt! Hast du schon Schlunz begrüßt? Sag Hallo zu Tante Laura, Schlunz!«, plappert Clemens unentwegt auf mich ein, während der wuschelige Vierbeiner an mir auf und ab springt und begeisterte Japser ausstößt. Eingekeilt zwischen Hund und Kind schiebe ich mich stückchenweise Richtung Küche, in der Marlene gerade verschwunden ist, um ihre Hände wieder in einer Schüssel voller Teig zu versenken. Ich lasse mich auf einen Stuhl fallen und sehe ihr zu, während Clemens losflitzt, um mir seine neuesten Spielzeugerrungenschaften zu holen.

»Na, wie geht es euch so?«, frage ich und strecke meine Füße von mir.

»Och, ganz gut so weit. Christoph ist ziemlich viel in der Arbeit zurzeit, anscheinend gibt es in der Firma einige Neuerungen und da wird er wohl sehr eingespannt. Darunter leidet natürlich das Familienleben. Aber wir können eigentlich nicht klagen, wir sind schließlich alle gesund, und hungern müssen wir auch nicht.« Natürlich habe ich den Unterton in ihrer Stimme bemerkt, nämlich den, dass sie mit der Situation ganz und gar nicht glücklich ist und sie wahrscheinlich lieber hungern würde, als die ganze Zeit auf ihren Mann zu verzichten. Doch ich weiß, dass sie jetzt nicht darüber reden wollen würde, und so nehme ich ihre knappe Antwort einfach hin, wie sie mir serviert wird. Da kommt ihr Sohn auch schon wieder auf mich zugestürmt und präsentiert mir stolz und ausführlich seinen Zuwachs in Sachen Playmobil, während wir die Reste aus Marlenes Teigschüssel kratzen dürfen.

Später sitzen wir zusammen im Garten, die nackten Füße im kühlen Gras, die warme Sonne im Rücken, und essen Apfelkuchen. Danach spiele ich mit meinem Neffen Fußball, helfe meiner Schwester eine Lampe aufzuhängen, und lasse mich danach einige Male in verschiedenen Brettspielen schlagen. Da ich nicht unhöflich sein will, habe ich mein Handy in der Handtasche gelassen. Aber der Drang, immer wieder einen Blick auf das Display zu werfen und auf das erlösende Symbol einer eingegangenen SMS zu hoffen, ist unschlagbar stark, und so krame ich ständig in meiner Tasche, was in Gesellschaft wahrscheinlich noch schlechter ankommt.

»Na? Du hast doch nicht etwa einen neuen Kerl?«, fragt da meine Schwester auch prompt mit leicht amüsiertem Unterton.

»Wieso?«, frage ich und merke selbst, wie überflüssig meine Frage ist. Marlene würde mir den Grund für meine Unruhe selbst dann noch ansehen können, wenn ich mir eine Papiertüte über meinen Kopf stülpen würde.

»Och, nur so. Du machst irgendwie so einen abwesenden Eindruck, und du scheinst ständig irgendetwas in deiner Tasche zu suchen. Oder willst du einen Blick auf dein Handy werfen …« Sie hebt vielsagend ihre Augenbrauen und grinst.

»Na gut«, gebe ich mich geschlagen und lehne mich in meinem Korbstuhl zurück. »Da ist wirklich jemand. Aber es ist kein ›neuer Kerl‹!«

»Sondern?«

»Eine Bekanntschaft.«

»Wieder so eine arme Wurst, bei der du Zuneigung mit Mitleid verwechselst? Oder so ein Idiot, der deine Naivität schamlos auszunutzen versucht?«

»Also, der braucht garantiert kein Mitleid«, erwidere ich mit einem schiefen Lächeln. »Dem geht es bestens, in allen Bereichen. Und außerdem« – ich verschränke meine Arme – »bin ich nicht naiv!«

»Kann man es dann treudoof nennen?«

»Nein. Romantisch.«

»Schrullig.«

»Hoffnungsvoll.«

»Also doch naiv.«

»Das ist keine Naivität! So sollte eigentlich jeder Mensch ticken!«, mache ich einen neuen Versuch, mich zu verteidigen. Marlene rollt mit den Augen.

»Ist schon gut, Schwesterchen. Jedem das Seine. Und? Wer ist jetzt dieser ominöse Typ, der kein Mitleid braucht?«

»Kennst du nicht.«

»*Noch* nicht. Wenn er es ernst mit dir meint, dann musst du ihn mir unbedingt vorstellen. Und wenn er es nicht tut, dann wird er erst recht meine Bekanntschaft machen müssen.« Sie blickt so entschlossen drein, dass ich lachen muss.

»Warten wir es ab. Das kann alles dauern, denn dieser Mann hat eine ziemlich lange Prioritätenliste, auf der ich vermutlich nicht besonders weit oben stehe.« Ich seufze und male mit dem Finger gedankenverloren Muster vor mir auf die Tischplatte. Plötzlich schnellt meine Schwester in ihrem Stuhl nach vorne, stößt mit einem ihrer langen Beine an ein Tischbein und lässt das Geschirr auf dem Tisch scheppern, sodass ich erschrocken aus meinen Gedanken hochfahre.

»Du bandelst doch nicht etwa mit diesem Anwalt an, Laura, oder?«, fragt sie atemlos.

»Also, das ist so …«

»Ich hätte es wissen müssen! Mann, Laura! Kannst du dir nicht einmal einen Kandidaten aussuchen, bei dem es wenigstens geringe Aussichten auf ein Happy End gibt? Warum kannst du dich nicht einfach mal an einer einfachen Rechenaufgabe versuchen, anstatt dich immer gleich an Einsteins Relativitätstheorie heranzuwagen?«

»Weil ich ihr vielleicht irgendwann gewachsen sein werde?«, antworte ich und nuckele beleidigt am Strohhalm meines selbst gemischten Aperol Sprizz. Marlene bedenkt mich still mit einem langen Blick, der Bände spricht. »Ich kann doch nichts für meine Gefühle!«, füge ich dann verzweifelt hinzu und stütze schwer meinen Kopf auf. »Meinst du nicht, dass ich auch endlich gerne jemanden finden würde, der für mich gemacht ist? So wie du und Christoph zum Beispiel, ihr seid einfach das perfekte Paar! So etwas will ich auch, aber das ist eben keine Selbstverständlichkeit, und manchmal muss man seinem Glück eben hinterherjagen und dabei auch ab und zu schmerzhaft auf die Schnauze fallen! Irgendwann erwische ich es schon.«

»Hm, so toll ist es bei Christoph und mir auch nicht, wie du vielleicht denkst«, murmelt meine große Schwester und beobachtet ihren Sohn, der gerade angestrengt versucht, einen Fußball möglichst lange auf dem Kopf balancieren zu können. Gerade als ich Luft holen und sie fragen will, was es damit auf sich hat, ruft sie quer über den Rasen zu ihm hinüber:

»Clemens! Es ist gleich Schlafenszeit. Gehst du bitte schon mal Zähneputzen und deinen Schlafanzug anziehen. Dann kannst du im Bett noch eine halbe Stunde lesen.«

»Och Menno, jetzt wo ich den Dreh gerade rausbekommen habe.«

»Du kannst ja morgen weiterüben«, tröste ich ihn, als er zu uns herüberkommt, und wuschele ihm durch die rötlich schimmernden kurzen Haare.

»Bist du morgen auch noch da?«, fragt er, und sofort fangen seine Augen an zu strahlen.

»Also, ehrlich gesagt ...«

»Du hast doch morgen frei, oder? Und Christoph kommt wenn überhaupt eh erst sehr spät nach Hause, die strukturieren in der Firma derzeit wohl irgendetwas um, und du kannst guten Gewissens bei uns schlafen«, kommt Marlene ihrem Sohn zu Hilfe, und beide sehen mich erwartungsvoll an. Na ja, warum eigentlich nicht? Paul wird sich mit Sicherheit nicht mehr melden oder zu Hause vor meiner Wohnung stehen und dort sehnsuchtsvoll an der Tür kratzen. Was sollte ich also verpassen? Und meine Familie sehe ich sowieso selten genug!

»Okay, dann schlafe ich heute Nacht bei euch.«

»Hurra!«, jubelt Clemens und springt begeistert auf und ab. »Kommst du mit zum Zähneputzen?«

»Tante Laura muss jetzt aber noch nicht ins Bett gehen, Schatz«, versucht ihn meine Schwester zu bremsen.

»Ist schon gut.« Lächelnd stehe ich auf und lasse mich von ihm am Ärmel durch die bunt eingerichtete Doppelhaushälfte in Richtung Bad zerren, wo er mir stolz seine elektrische Zahnbürste mit Mickymaus-Motiv präsentiert, die eine Melodie spielt, wenn man ausreichend lange geputzt hat. Nach einer Viertelstunde, aus der dann eine ganze Stunde geworden ist, stoße ich wieder zu Marlene ins Wohnzimmer, wo sie gerade Bettzeug für mich bezieht und die Couch auseinanderklappt.

»Na? Schläft er?«

»Wie ein Baby.«

»Gut. Mach dich darauf gefasst, dass er morgen früh um sechs vor dir steht und mit dir Lego bauen will.«

»Das ist kein Problem. Dafür sind Tanten doch da.« Ich helfe ihr den schweren Couchtisch beiseitezuschieben und mustere sie dabei unauffällig. Irgendwie sieht sie plötzlich unsagbar müde und erschöpft aus, so als hätte sie den ganzen Tag vor Clemens nur eine Rolle gespielt und jetzt, wo er im Bett ist und sie nicht mehr sehen kann, die Clownsschminke und den lächelnden Mund aus dem Gesicht gewischt, um den immer tiefer werdenden Schatten um die Augen herum Platz zu machen. So kenne ich meine große, stets fröhlich und optimistisch gestimmte Schwester gar nicht, und ihr Anblick versetzt mir einen unerwarteten schmerzhaften Stich.

»Geht das mit Christoph schon lange so?«, versuche ich mich an den Grund ihrer Veränderung heranzutasten. Sie seufzt und zuckt mit den Schultern.

»Ja. Erst war es nur ein- oder höchstens zweimal die Woche, dass er vielleicht ein paar Stunden später als sonst nach Hause kam. Dafür hat er auch immer extra angerufen, um mir Bescheid zu sagen. Dann wurde es aber immer häufiger, inzwischen kommt er fast jeden Abend viel zu spät nach Hause, und er meldet sich auch gar nicht mehr erst, um mich darauf vorzubereiten. Seit ein paar Wochen essen Clemens und ich schon ganz selbstverständlich alleine zu Abend.«

»Und warum genau? Weil sie in der Firma umstrukturieren, hast du gesagt? Kann ihm denn niemand ein bisschen Arbeit abnehmen?« Ich schüttele mein Kopfkissen auf.

»Keine Ahnung.« Marlene wischt sich mit dem Handrücken über die Stirn und schließt für einen kurzen Moment die Augen. »Ich habe, glaub ich, zurzeit von nichts mehr eine Ahnung. Ich habe kein gutes Gefühl bei der Sache, aber vielleicht kommt das Gefühl einfach von der Einsamkeit, die sich irgendwann vom Herzen bis ins Hirn hochfrisst und dort totales Chaos anrichtet, bis man nicht mehr klar denken kann.« Einen Moment lang sehe ich sie nur schweigend an und suche nach irgendwelchen tröstenden Worten. Sie erwidert meinen Blick und zuckt schließlich wieder nur mit den Schultern, eine Geste purer Hilflosigkeit. Eine Mischung aus unbändiger Wut (auf Christoph), kalter Angst (um die Ehe der beiden) und Trauer (angesichts dieses ungewohnten Bilds meiner sonst so starken Schwester) überkommt mich, so stark und unerwartet, dass ich unwillkürlich nach Luft schnappe. Und dann mache ich einen Schritt auf sie zu, ziehe sie in meine Arme und halte sie einfach nur ganz, ganz fest. Und zum ersten Mal in unseren gemeinsamen achtundzwanzig Jahren bin ich die Beschützerin von uns beiden.

Treibst du mich auch manches
Mal in den Wahnsinn wenn du
dort auf mich wartest,
will ich genau da hin.

Mein Neffe hat mich nicht um halb sechs geweckt. Nein. Er hat schon um fünf Uhr (morgens!!!) vor meiner Schlafstätte gestanden, in seinem dunkelblauen Frotteepyjama mit den grauen Hammerhaien drauf, eine Kiste voller Legosteine in den Händen und einem erwartungsvoll auf mich gerichteten Blick, den ein Hund hinter Tierheimgittern nicht besser hinkriegen würde, da bin ich mir ganz sicher.

»Clemens?«, nuschele ich in mein Kissen und klappe das eine Auge wieder zu, das ich kurz geöffnet hatte, um das schnaufende Geräusch in meiner Nähe orten zu können.

»Ja?«

»Wie spät ist es?«

»Weiß nicht.«

»Es ist noch gar nicht richtig hell.«

»Wir können doch die Lampen anmachen.« Grelles Licht blendet mich, als schonungslos die Deckenbeleuchtung über mir angeschaltet wird. Mit einem Stöhnen kneife ich meine Augen zusammen und lege vorsorglich noch meinen Arm darüber.

»Willst du nicht noch 'ne Stunde schlafen, bevor du in die Schule gehen musst?«

»Nö.«

»Sicher? Musst du nicht noch schnell irgendwelche Hausaufgaben fertig machen, die du gestern ›vergessen‹ hast?« Auf meine Frage folgt ein amüsiertes Kichern.

Dann ein entschiedenes: »Nein.«

»Willst du nicht eine Runde mit Schlunz Gassi gehen?«

»Aber, Tante Laura«, seufzt Clemens und klingt dabei wie ein Erwachsener, der gerade ein Kind belehren muss. »Der schläft doch noch!« Hm, kluges Tier, dieser Hund.

»Warum weckst du nicht ihn und spielst mit ihm ein bisschen Lego? Und ich kuschele mich in der Zeit in sein Körbchen und schlafe noch ein wenig weiter«, schlage ich vor, woraufhin wieder das Kichern ertönt, diesmal begleitet vom Scheppern ausgekippter Plastikteile auf Fliesenboden.

»Schlunz kann doch gar nicht Lego spielen, Tante Laura!«

»Ach so.« Einen Moment lang ist es angenehm still. Dann höre ich erneut dieses andächtige Schnaufen neben mir und klappe wieder ein Auge auf, wobei ich direkt in das sommersprossige Gesicht meines Neffen blicke.

»Stehst du jetzt auf?«, fragt er ungeduldig.

»Hast du Kaffee?«, frage ich zurück. Er schüttelt den Kopf. Ich seufze und hieve langsam meinen Oberkörper in die Senkrechte.

»Na, dann solltest du aber schleunigst etwas daran ändern.«

Drei Tassen Kaffee, zwei provisorisch erbaute Fernsehtürme, eine wackelige Burg Trausnitz und eine rot-blau gemusterte Version der Münchener Frauenkirche später verabschiedet sich Clemens nach dem Frühstücken einer Schüssel Cornflakes von mir, um mit dem Bus zur Schule zu fahren, die von seiner Mama geschmierten Pausenbrote in der einen, den Schulranzen in der anderen Hand. Während sein Tag gerade erst anfängt, könnte meiner schon wieder vorbei sein. Ich bin ja soooo müde. Schwach lege ich meinen Kopf auf die Tischplatte und schließe nochmal für einen gaaaaaaanz kurzen Moment die Augen. Nur mal kurz durchschnaufen. Vielleicht hilft eine Dusche. Oder noch eine Tasse Kaffee. Ich sollte jetzt die Augen wieder aufmachen. Ich sollte …

»Laura?«

»Hm?« Erschrocken hebe ich meinen Kopf, und ein kurzer Schmerz zuckt durch mein Genick und meine Schultern. »Autsch!«

»Du solltest vielleicht mal deine Position ändern. Du schläfst jetzt seit einer Dreiviertelstunde mit dem Kopf auf dem Tisch«, amüsiert sich Marlene.

»Was? Ich hab doch nur ganz kurz …«

»War wohl nichts mit ganz kurz. Na? Wann hat er dich geweckt?«

»Um fünf Uhr!«, rufe ich mit einer Mischung aus Empörung und Fassungslosigkeit. »Kannst du dir das vorstellen? Wie kann so ein kleiner Mensch so früh wach sein? Der muss doch schlafen, dabei ganz viel wachsen und im Schlaf neue Synapsen im Gehirn bilden, damit er schlau und später mal ganz gebildet und reich wird und …« Ich kann nur den Kopf schütteln, und meine Schwester lacht.

»Warte ab, bis er sechzehn ist. Dann ist er nachmittags um fünf noch nicht auf, und du wirst vor seinem Bett stehen und ihn an der Schulter rütteln.«

»Pah, das wird sich alles rächen. Der braucht nicht zu glauben, dass ich ihn schlafen lassen werde!« Während ich meine Rachepläne schmiede, fällt mir auf, dass mein Schwager gar nicht anwesend ist. »War Christoph heute Nacht gar nicht zu Hause?«

Sofort verschwindet das Lächeln wieder aus Marlenes Gesicht, und augenblicklich bereue ich meine Frage. »Vielleicht ist er ja vor Erschöpfung auch am Schreibtisch eingeschlafen und hat jetzt eine Genickstarre wie ich?!«, versuche ich sie aufzumuntern. Sie lächelt nur schief und wendet sich dann von mir ab, um zum zehnten Mal mit einem Lappen über die Küchenablagen zu wischen.

Als ich unter der Dusche stehe und das heiße Wasser auf mich herabprasselt, fällt mir auf, dass das Spielen mit Clemens und die Sorge um Marlene Nebenwirkungen gezeigt haben: Ich habe gar nicht mehr an Paul gedacht! Ich habe mich endlich mal nicht gefragt, wie es wohl sein muss, in seinen Armen liegen und den Geruch seiner Halsbeuge einatmen zu können, oder wie sich die Härchen unter seinem Bauchnabel unter meinen Fingerspitzen anfühlen mögen. Ich habe ganz vergessen, an die Farbe seiner Augen zu denken, die mich immer an meine geliebte Isar erinnern, wie sie an sonnigen Sommertagen hell glitzern und funkeln, die braunen Sprenkel in seiner Iris wie feine Kiesel am Grund, oder aber in Regen- und Winterzeiten ebenso dunkel wirken, durchzogen von wilden Strudeln, die einen in die Tiefe hinabziehen können. Hach, Paul! Warum kannst du nicht einfach so bleiben, wie du bist, und gleichzeitig ein bisschen mehr wie mein Sinn des Lebens sein? Weniger Gigolo, weniger ichbezogen, weniger gefährlich und schnell von seinen Opfern gelangweilter Jäger? Vielleicht sollte ich doch nochmal einen Blick auf mein Handy werfen. Nicht, dass ich tatsächlich glauben würde, er hätte sich in den letzten Stunden (vor allem mitten in der Nacht – nicht alle sind wie siebenjährige Jungs, Laura!) spontan bei mir gemeldet und sein unbändiges Verlangen nach meiner Person mitgeteilt. Aber nachsehen kann man ja mal … Ich tappe aus der Dusche, wickele mich in ein großes Handtuch und husche dann hinaus, um meine Handtasche zu suchen. Kram, räum, klapper. Wo ist denn wieder dieses verflixte Handy? Ah, da ist es ja. So, gucken wir mal.

Hey, wieso geht das jetzt nicht? Es wird doch nicht … Es kann doch nicht wirklich … HILFE! Mein Akku ist leer!!!

Als ich einige Stunden (in denen ich keine zwei Minuten still auf meinem Hintern sitzen konnte) später in meinem Mini sitze und auf dem Weg zurück Richtung München bin, habe ich mein Handy wieder in der Mittelkonsole liegen, auch wenn es ja tot und somit völlig nutzlos ist. Immer wieder wende ich meinen Blick von der Autobahn vor mir ab und sehe flehend auf das schwarze Display, als könnte mein Handy jederzeit wie Phoenix aus der Asche auferstehen und mit einem fröhlichen Dingelingeling sein Licht anknipsen und mit einem blinkenden Briefumschlagsymbol auf zwanzig ungelesene Nachrichten von Paul Mölling verweisen. Natürlich hat er mir nicht geschrieben, versuche ich mich selbst zu beruhigen. Gaaaanz ruhig! Ich mache mich jetzt völlig verrückt, und wenn ich dann schließlich mein Ladegerät anschließe, habe ich entweder gar keine Mitteilung oder nur wieder Werbung vom M-Park, der einen mit irgendwelchen unnützen Getränkespecials zu locken versucht. Aber wenn er vielleicht doch geschrieben hat? Ich kann mich ja einfach ein bisschen mehr beeilen …

Natürlich ist mir mein Parkplatzgott Jildrim heute nicht hold. Was habe ich auch erwartet? Es ist Montagmittag, und ich bin in München. Das Leben ist kein Science-Fiction-Film und das Auto zum Zusammenklappen und einfach Unter-den-Arm-Klemmen ist leider noch nicht erfunden worden. Nach schier endlosen Runden um den Block finde ich schließlich eine Parklücke, die mir an normalen Tag viel zu gefährlich schmal gewesen wäre, sich heute aber als absolut perfekt erweist und in die ich mich mutig (oder einfach nur dumm?) ohne großes Tam-

tam hineinzwänge. Die Treppe zu meiner Wohnung laufe ich immer zwei Stufen auf einmal nehmend hinauf. So, wo ist nun mein Ladegerät? Ich wühle mich hektisch durch sämtliche Schubladen und Wäscheberge. Oh Mann, wenn ich nicht sofort dieses verdammte Ladegerät finde, dann muss ich mich in meinen Flur stellen und auf der Stelle anfangen zu schreien! Gut, da ist es ja! Was macht das denn in meinem Süßigkeitenschrank? Egal. So, erst mal tieeeef durchatmen. Ein und aus. Ein und aus. Whoooooozzzzaaa. Und jetzt ab in die Steckdose. Akku lädt. Perfekt. Mein Daumen huscht über die Tastatur, als er die PIN eingibt und endlich der erlösende Startbildschirm vor mir erscheint. Habt ihr dem lieben Gott eigentlich schon mal für unsere geregelte Stromversorgung in Deutschland gedankt? Ihr solltet dieses Thema unbedingt mal in euer nächstes Abendgebet einschließen; wir wissen diesen Luxus nämlich gar nicht mehr richtig zu schätzen!

Dingelingeling. *Sie haben 3 ungelesene Nachrichten.* Was? Drei Nachrichten? Da meldet sich oft tagelang kein Schwein bei mir, und dann bin ich mal ein paar Stunden nicht verfügbar und bekomme gleich mehrere SMS auf einmal? Die erste SMS:

> *Lust auf einen Spaziergang an der Isar? Die Lügen müssen ihre Beine kurz halten. ;) Lieben Gruß, Paul*

Oh nein!!! Er hat sich tatsächlich mit mir treffen wollen? Und ich habe es nicht mitbekommen??? Nächste SMS:

> *Super Friday – komm diesen Freitag in den M-Park und bringe vier Freunde mit, und ihr bekommt einen Getränkegutschein über 20 Euro.*

War ja klar. Verdammte Werbung! Wenn ich wüsste, wie die an meine Handynummer gekommen sind, und vor allem, wie ich sie ihnen wieder entwenden kann. Grmpf. Na gut, letzte ungeöffnete SMS:

Schade, dass du dich nicht gemeldet hast.
Ich hätte mich sehr gefreut, dich zu sehen.
Ich wünsch dir trotzdem einen schönen Abend!
Bis dann, Paul

Ich hätte mich auch sehr gefreut, Paul! Aber wer sollte denn auch ahnen, dass du so viele freie Kapazitäten für mich übrig hast? Und dass mein Handyakku ausgerechnet bei meiner Schwester in Landshut abkacken würde? So ein Mist! Wie schön wäre es gewesen, mit ihm an der Isar entlangzubummeln, den knirschenden Kies unter den Schuhen, vorbei an Studenten, die ihre Semesterferien begießen und den hier illegalen Duft von Grillfleisch und Joints über das Wasser zu uns herüberziehen ließen, vielleicht sogar irgendwann meine Hand in seiner … Okay, stopp! Das wird an dieser Stelle eindeutig zu unrealistisch! Immerhin hätte das einen deutlich romantischen Touch. Und Paul und Romantik? Das passt ebenso wenig zusammen wie Cindy aus Marzahn auf einem Playboy-Cover.

Ich bin frustriert. Was hilft bekanntlich gegen Frust (zumindest bei uns Frauen)? Richtig: Shopping. Also gehe ich los Richtung Kaufinger Straße, steuere Geschäfte wie Zara und Mango an, freue mich über tolle Schnäppchen, ärgere mich über zickige Verkäuferinnen (die wohl genau wissen, dass sie anstatt hier an der Kasse auch gut vor einer Kameralinse stehen könnten. Mmpf) und fühle mich hinterher schon ein klein wenig besser und über mein verpasstes Date mit Paul hinweggetröstet. Trotzdem schaue ich auf dem Heimweg noch bei einem Handyshop vorbei und kaufe mir ein mobiles Ladegerät für mein Auto. Sicher ist sicher.

Wir sind für zwei Sekunden Ewigkeit unsichtbar.
Ich stopp die Zeit,
kann in Sekunden fliegen lernen
und weiß, wie's sein kann, nie zu sterben.

Ich kann es nun wohl leider nicht mehr länger leugnen: Ich bin verknallt. Verknallt in Paul, ausgerechnet den Mann, der so ganz anders ist, als ich mir meinen Traummann backen würde, und der in Bezug auf mich so gegensätzlich ist. Aber man sagt ja nicht umsonst: »Wo die Liebe hinfällt«, man sucht es sich bekanntlich nicht aus. Und mittlerweile bin ich an dem Punkt angelangt, an dem der Verstand schon lange nichts mehr zu melden hat und die Vernunft ganz ausgeschaltet worden ist, quasi zu spät, um mich noch irgendwie aus dieser Geschichte zu retten, die bei diesem Mann aus bekannten Gründen kein Happy End haben wird (zumindest nicht für mich oder nicht so, wie ich es mir für mein persönliches Märchen immer vorgestellt hatte). Aber daran will ich nicht denken (wen interessiert auch jetzt schon das Ende?), kann ich auch gar nicht, denn wie immer, wenn ich dieses Grinsen und die damit verbundenen Grübchen in den stoppeligen Wangen sehe, verwandeln sich alle grauen Zellen in meinem Hirn scheinbar zu einem einzigen großen Klumpen; eine homogene Masse ehemals sehr aktiver kleiner Kerlchen, die sich nun nur noch im Kreis drehen und steinzeitähnliche »Ugah«-Laute ausstoßen können. Und aus diesem Grund schaue ich Paul wohl in diesem Moment auch ziemlich verklärt und wenig klug an, doch das ist mir egal.

»Laura?«

»Hm?«

»›Ich dich auch!‹ ist keine ausreichende Antwort auf die Frage, was du trinken möchtest.«

»Was? Zu trinken?« Ich blinzele und erkenne nun auch den Grund von Pauls Grinsen. Die Bedienung steht nämlich neben uns und wartet ungeduldig auf unsere Bestellung. Immerhin sind wir nicht die Einzigen hier, die durstig sind.

»Also, auch ein Weißbier?«

»Nein, ich krieg ein Almdudler-Radler, bitte schön.« Ich räuspere mich verlegen, und der Kellner wieselt davon, wahrscheinlich mit den Augen rollend und »dumme Kuh« murmelnd, aber ich will natürlich an das Gute im Menschen glauben, und deshalb hat er bestimmt gerne die Trinkgelder an anderen Tischen verstreichen lassen und mir die zehn Minuten dabei zugesehen, wie ich mein Gegenüber anhimmle.

»Na, hast du gerade im Geiste den Kellner mit der Ausschankhilfe verheiratet?«, zieht mich Paul auf und fährt in einer unerwartet zärtlichen Geste mit den Fingern über meine Hand, die auf dem Tisch liegt und einen Bierdeckel umklammert hält, nur um sich an irgendwas festhalten zu können, sollte ich in Pauls Blick zu ertrinken drohen.

»Nein, habe ich nicht«, erwidere ich gespielt beleidigt. »Ich habe Feierabend, ich verheirate heute niemanden mehr, auch nicht in Gedanken. Oder fragst du, damit du sie gleich hättest wieder scheiden lassen können?«

»Nein, auch ich habe Feierabend. Ich habe heute schon genug Menschen ihre Freiheit wiedergeschenkt.« Er weiß ganz genau, dass er mich mit diesem Satz ärgern kann, also tue ich ihm nicht den Gefallen, darauf einzugehen. Dafür ist der Tag viel zu schön, und ich will nicht streiten oder über unsere unterschiedlichen Sichtweisen grübeln. Heute sind wir genau eine Woche ein

Paar, Paul und ich. Ja, jetzt sind wir es endlich, ein richtiges Pärchen. Angefangen hat es genau hier, wo wir nun sitzen, im Augustiner Keller, wo wir uns eigentlich nur getroffen haben, weil Paul gerade frisch aus Frankfurt kam, am Münchner Hauptbahnhof aus dem ICE stieg und es ihn laut seiner SMS nach einem kühlen bayerischen Bier in einem lauschigen Biergarten gemeinsam mit einem original Münchner Kindl (also mir) gelüstete. Da kam der Augustiner Keller aufgrund seiner Nähe zum Bahnhof und seiner trotzdem so urig schönen Idylle gerade recht, und ich verzichtete auf meinen Mini Cooper, setzte mich auf mein Mountainbike und schoss damit kreuz und quer durch den irrsinnigen Großstadtverkehr, auf dessen Straßen an diesem Tag die Hitze förmlich flirrte und mir zusätzliche Schweißausbrüche bescherte, die ich wegen meiner Nervosität ohnehin schon auszutragen hatte. Und als ich von meinem Fahrrad fiel, mit hochrotem Kopf und aufgeblähten Backen wie ein Frosch, stand er da, an eine Kastanie gelehnt, das Sakko ausgezogen und über die Schulter geworfen, die Hemdsärmel hochgekrempelt, und als er mich entdeckte, mit einem Strahlen im Gesicht, das mich um ein Haar aus meinen Sneakers geworfen hätte. Ich ging auf ihn zu, und er löste sich von seinem Baum und kam mir entgegen.

»Hi«, begrüßte er mich überschwänglich.

»Hi«, brachte ich atemlos hervor und versuchte dem Drang zu widerstehen, mir eine Hand aufs Herz zu pressen, das sich gebärdete wie ein Rennpferd, kurz bevor die Gatter hochgelassen werden. Ob das jetzt von meiner ungewohnt sportlichen Betätigung (es ist ja nicht so, dass man Alter und Zigarettenkonsum nicht irgendwann zu spüren bekommen würde …) oder von seiner Anwesenheit herrührte, kann ich bis heute nicht sicher sagen. Vielleicht war es die Kombination aus beidem.

Als wir uns an einen der Biertische gesetzt und unsere Getränke geordert hatten, begann er mir von seiner Geschäftsreise und einigen Anekdoten seiner Mitreisenden im gleichen Zugabteil zu erzählen. Ich glaube, selbst wenn er mir die Reinigungsintervalle der Zugtoiletten der Deutschen Bahn erläutert hätte, hätte ich noch gebannt an seinen Lippen gehangen und mir vorgestellt, wie sich diese wohl auf meinen anfühlen mochten. Warm und weich? Leicht rau und fest? Und wonach mochten sie schmecken? Wie wohl sein ganz persönlicher Paul-Geschmack war?

»… und du hast mir gefehlt.«

»Wie bitte?« Entgeistert hatte ich ihn angestarrt, voller Angst, diese Worte aus seinem Mund gerade nur geträumt zu haben. Doch er hatte nur genickt und mich ernst angeschaut.

»Ich habe wirklich sehr viel an dich denken müssen, Laura. Und zwar in einer Art, wie es mir schon sehr, sehr lange bei keiner anderen Frau mehr gegangen ist. Ich habe wirklich versucht, mich dagegen zu wehren …« Er bemerkte meinen Gesichtsausdruck und fügte dann erklärend hinzu: »Ich meine, die paar Mal, die wir uns bisher getroffen haben, reichen meiner Meinung nach nicht, um ernsthafte Gefühle zu entwickeln. Bei dir ist das allerdings irgendwie anders. Ich weiß nicht warum, aber …« Paul hatte nach Worten gerungen, trocken geschluckt und dann erst mal sein Glas angesetzt. »Ich glaube, ich hab dich wirklich ernsthaft gern«, meinte er dann, und es klang beinahe entschuldigend. Während er mich abwartend ansah, das erste Mal seit ich ihn kannte, dass er tatsächlich unsicher wirkte, verschwamm alles vor meinen Augen. Die rege Betriebsamkeit um uns herum, die wuselnden Bedienungen, die lachenden und scherzenden anderen Gäste, alles verschwamm, als würde man mit einem nassen Finger über eine Bleistiftzeichnung wischen. Nur mein Gegenüber war klar und deutlich zu erkennen, seine dichten blonden Haare, die vom vielen nervösen Hindurchfahren ganz zerzaust waren, die leichten Schatten wiederkehrender Bartstoppeln auf Kinn und Wangen, die ihn in seinem Anzug beinahe rebellisch wirken ließen, die dichten und leicht geschwungenen dunkelblonden Brauen über seinen grünen Augen, deren Blick immer noch auf mich geheftet war und auf eine Reaktion wartete. Irgendwo tief in mir drinnen begann ein Chor das Halleluja zu schmettern, und gleichzeitig hatte ich Angst, ich würde jeden Moment aus dem Schlaf hochschrecken, mich in meinem Schlafzimmer mit den blau gestrichenen Wänden und dem großen Marilyn-Monroe-Poster befinden, nur um festzustellen, dass Laura Lowe mal wieder das getan hat, was sie am besten kann: Träumen. Unauffällig zwickte ich mich kräftig in den Oberschenkel. Aua, das tat weh! Aber Tatsache: Paul saß mir immer noch gegenüber, mit diesem Blick purer Hoffnung, den ich nie von diesem Mann erwartet hätte. Plötzlich schien er sich noch einen weiteren Ruck zu geben, holte tief Luft und sagte dann mit ruhiger und tiefer Stimme, die dennoch einen verletzlichen Unterton hatte:

»Es tut mir wirklich leid, aber ich frage mich jedes Mal, wenn wir uns sehen, nur noch, wie sich wohl deine Lippen auf meinen anfühlen mögen. Darf ich es testen?« Ich konnte angesichts dieser Worte nur stumm nicken, und so beugte er sich mit kurzem Zögern über den Tisch, legte eine Hand um meinen Hinterkopf, zog mich sanft, aber bestimmt zu sich herüber und küsste mich. Und was soll ich sagen? In den Sekunden, in denen ich an seinen Lippen hängen, seine Wärme spüren, ihn schmecken und riechen durfte, fühlte ich mich kurzzeitig unsterblich. Ich wusste jetzt, wie der Paul-Geschmack war, weshalb ich eines befürchtete: Es war nur der Anfang einer vermutlich lebenslangen Sucht, von der man, wenn überhaupt, auf nur sehr qualvollem Wege wieder loskommen konnte.

Wovon sollen wir träumen?
So wie wir sind, so wie wir sind, so wie wir sind.
Woran können wir glauben?
Wo führt das hin? Was kommt und bleibt?
So wie wir sind.

Es regnet, es ist kalt, und es mutet eigentlich mehr herbstlich an als sommerlich. An solchen Tagen sitze ich oft daheim, hocke an meinem Küchentisch, genieße das beruhigende Geräusch der an die Fensterscheiben schlagenden Regentropfen und denke über mein Leben nach. Ich weiß nicht, warum solche Tage diese Wirkung auf mich haben. Ansonsten geht mir das nur noch bei Langstreckenfahrten (hauptsächlich bei Nacht) so, wenn außer mir nur meine Gedanken und die Jungs von Kings of Leon in meinem Auto sitzen.

Aber ich will jetzt eigentlich gar nicht so viel nachgrübeln, denn mir geht es doch gerade ziemlich gut, oder? Ich bin frisch verliebt in einen Mann, der es tatsächlich auch in mich zu sein scheint. Ich habe einen sehr schönen Job, den ich unheimlich gern mache. Ich habe sehr gute Freunde, auf die ich mich immer verlassen kann, ebenso wie auf meine Familie. Und ich bin gesund und noch dazu weder sehr dumm noch sehr hässlich. Würde ich nun zu viel über alles nachdenken, würde ich doch nur wieder irgendwelche Haken an Dingen finden, an denen man sich eigentlich nicht aufhängen sollte, sondern sie stattdessen aus der Wand ziehen und das Loch ordentlich mit Spachtelmasse zukleistern. Oder ignorieren im besten Fall. Ich glaube, wir Deutschen sind die Weltmeister im Suchen und Finden von Haken an eigentlich glatten Dingen, über die wir uns einfach nur freuen sollten. Selbst wenn es nur das Aufrufen der Seite der Unwetterzentrale an einem eigentlich sonnigen, warmen und mit strahlend blauem Himmel versehenen Sommertag ist.

Ich mache es mir jetzt einfach gemütlich, werde eine Flasche Cola aufmachen, eine Tüte Chips killen und mich über meinen freien Tag freuen, während beispielsweise Paul in seiner Kanzlei sitzen und Gesetze aus dicken Büchern herausfiltern muss. Ich gehe in die Küche, hole mir alles, was ich brauche, und lasse mich dann mit einem lauten Plumpsen auf die Couch fallen. Doch anstatt nach der Fernbedienung oder dem noch ungelesenen Roman neben mir zu greifen, betrachte ich nachdenklich die Getränkeflasche in meiner Hand. Manchmal wünscht man sich, dass die Flasche Pepsi vor einem nicht nur eine koffein- und sehr zuckerhaltige braune Brühe enthält, von der man körperlich abhängig geworden ist, sondern dass man eines Tages den Verschluss öffnet und sich ein Flaschengeist aus der länglichen PET-Flasche windet. (Wahrscheinlich hat er das Aussehen von Britney Spears oder Christina Aguilera – oder haben die gar keinen Vertrag mehr mit Pepsi? Na egal!) Britney, ähm, der Flaschengeist reckt seine müde gewordenen und von den vielen Farbstoffen schon ganz verfärbten Glieder und schwebt dann in einer rosafarbenen Wolke vor einem herum, um einem freundlich mitzuteilen, dass er einem aus Dankbarkeit über seine Befreiung jeden Wunsch erfüllen wird. »Wie viele Wünsche denn? Drei?«, würden wir fragen. »Nein, so viele Wünsche du willst. Schließlich bin ich ein Flaschengeist – keine Märchenfee«, würde der Geist antworten, einen erwartungsvoll ansehen und dabei die Melodie von *Baby One More Time* summen.

Hm, so viele Wünsche man möchte? Quasi bis man wunschlos glücklich ist? Gibt es diesen Zustand überhaupt? Kommen nicht ständig neue Wünsche auf, wenn sich andere erfüllt haben, und vor allem, was wären wir ohne Wünsche? Wenn wir uns alles erfüllen könnten, wovon sollten wir dann noch träumen? Ich kann mir nicht vorstellen, dass man einen Zustand ohne Wünsche und Träume als Glück bezeichnen kann.

Aber gut, tun wir dem Flaschengeist den Gefallen und denken nach. Was würden wir uns also wünschen? Mir fallen da so einige Lebensträume und Wünsche ein, die ich hätte. Wünsche, die sich teilweise gar nicht miteinander vereinbaren ließen. Wünsche, die man sich vielleicht irgendwann selbst erarbeiten könnte. Oder Wünsche, die schlicht und einfach nicht machbar sind. Aber die man vielleicht gerade deswegen behält, damit man sie aus weiter Ferne betrachten und ihre bunt schillernden Farben bewundern kann, weil man Angst davor hat, dass sie in der Realität und bei näherer Betrachtung doch nicht so funkelnd und glitzernd wären und man sich ein Leben lang an etwas Falsches geklammert hat.

Also, was würde ich mir denn wünschen? Da wäre beispielsweise das eigene Café, in dem es immer frisch gebackenen Kuchen »ganz wie bei Muttern« geben und das gleich bei der Uni um die Ecke liegen würde, damit die Studenten bei Heimweh zu mir in den Laden kommen und sich mit meinem gedeckten Apfelkuchen trösten könnten. Oder die Tierauffangstation auf Mallorca, die ich mir einbilde, seit ich eine Reportage über die herrenlosen Hunde dort gesehen habe. Meinen Mini Cooper würde ich manchmal gerne gegen einen Audi Q7 oder aber einen weißen schicken Sportflitzer à la Audi R8 tauschen wollen. Oft verfluche ich den leichten Höcker auf meiner Nase und meinen schiefen großen Zeh, der meine Füße in den schicksten Peep Toes total unansehnlich macht, und hätte dafür lieber die vollen Lippen meiner Mutter oder die besagten schönen Sommersprossen meiner Schwester geerbt. Manchmal würde ich anstatt als Standesbeamtin lieber als Radiomoderatorin mit einer eigenen Morning Show, als Profi-Fußballerin oder als Archäologin arbeiten. Oft genug wünschte ich, ich hätte mein Abi dazu genutzt, um dann auch wirklich zu studieren, und nicht nur, um mich auf den Feierlichkeiten danach hemmungslos zu betrinken und am nächsten Tag bei der Zeugnisübergabe vor den Augen des gesamten Gymnasiums auf die Schuhe unserer Direktorin zu reihern. Ein bisschen mehr Glück mit den Männern wäre auch nett gewesen. Hm, das ist überhaupt ein sehr großer Wunsch von mir, nämlich dass das mit Paul etwas richtig Ernstes ist und so lange hält wie möglich. Außerdem möchte ich natürlich gesund bleiben. Ich würde gerne spontaner werden und nicht immer erst lange vorher alles überdenken wollen. Ich will Neuseeland und Australien sehen, ohne dafür so lange im Flugzeug sitzen zu müssen. Ich würde gern noch ein oder zwei Fremdsprachen mehr sprechen, denn außer Englisch (was ich eigentlich ziemlich gut kann) und Französisch (bei dem ich leider nur noch weiß, wie ich meinem Gegenüber meinen Namen und mein Alter mitteilen sowie einen Hinweis auf den Mangel weiterer Kenntnisse dieser Sprache geben kann). Ich will endlich lernen, selbst eine Bohrmaschine zu benutzen, und richtig gute Semmelknödel machen können, die nicht immer im Kochwasser auseinanderfallen und nur noch zu einem Grösti taugen. Ich will Kinder bekommen und eine möglichst gute Mutter werden. Ich will …

»Und? Hast du dich schon entschieden?«, würde der Flaschengeist unsere Überlegungen irgendwann ungeduldig unterbrechen und seine Nagelfeile beiseitelegen. Wir würden ihn einen Moment lang nachdenklich anschauen, schließlich schwer seufzen, ein Glas aus dem Küchenschrank holen, es mit Pepsi vollllaufen lassen und antworten: »Ach, weißt du was: Mach einfach nur, dass dieses Zeug hier nicht länger so schrecklich ungesund ist!«

I sometimes wish you were a mermaid,
I could raise you in the tub at home.
We could take a swim together
on weekly day trips to the bay.

Ich lasse meine Augen geschlossen, spüre der Wärme auf meinem Rücken nach, die die Sonne dort hinterlässt, und atme tief den Duft von frisch gemähtem Gras um mich herum und dem Arm unter meinem Kinn ein, der diesen typischen Geruch gebräunter Haut sowie frischer Wäsche und herben Duschgels verströmt. Mmh, einfach nach Paul eben. *Meinem Paul*! Hihi. Selig lächelnd tastet meine Hand nach rechts und lässt sich auf seinem Schulterblatt nieder, was ein zufriedenes Brummeln seinerseits hervorruft.

»Wollen wir ins Wasser gehen?«, fragt er.

»Hier?« Ich weiß, ich klinge gerade richtig anstrengend mädchenhaft. Normalerweise bin ich kein so ein »Huch und Hach«-Typ, sondern eine der Frauen, die gerne im Matsch wühlen, keine Angst vor abgebrochenen Fingernägeln haben und beherzt zupacken, wenn es sein muss. Lediglich in Hinsicht auf ein ganz bestimmtes Thema bin ich die typische Tussi, nämlich dann, wenn es um Insekten und Schlangen geht. Und beides gibt es hier, an diesem naturbelassenen Badeweiher am Rande von München, an dessen Ufer wir gerade im Gras liegen, dicht aneinandergekuschelt auf einer ausgebreiteten Decke, um uns herum die fernen Geräusche johlender Kinder, von Plastikbällen, die auf der Wasseroberfläche aufprallen, Musik aus mitgebrachten Radios oder Handys und dem Vogelgezwitscher aus den Zweigen der vielen Bäume und Sträucher. Ich liebe Natur und ich bin auch wirklich gerne hier, aber mich ins Wasser zu trauen stellt jedes Mal eine große Überwindung für mich dar.

»Hier sind keine Schlangen im Wasser«, versucht mich Paul zu beruhigen.

»Sind sie doch«, beharre ich und drehe mich auf die Seite, um ihn ansehen zu können. Er hat die Augen immer noch geschlossen, lächelt jetzt aber.

»Und die kleinen Krabbelkäfer um uns herum sind doch auch völlig harmlos. Vor mir musst du viel mehr Angst haben!«, fährt er fort.

»Ich will vor dir keine Angst haben müssen! Du sollst mich ja vor denen beschützen!«, widerspreche ich und klinge dabei wohl wie ein kleines Mädchen, das jede Nacht Panikattacken vor der Hexe im Kleiderschrank hat.

»Muss man dich denn wirklich beschützen?« Ja. Denn alles Krabbelgetier scheint es auf mich abgesehen zu haben. Das sage ich auch Paul.

»Einmal hätte ich deshalb sogar fast meine Babysitterlizenz für meinen Neffen Clemens entzogen bekommen«, schließe ich.

»Ach ja?« Mein Freund (klingt das nicht prima?) schlägt die Augen auf und blickt mich neugierig an. »Erzähl!« Also folge ich seiner Aufforderung und erzähle ihm von dem einen der vielen Abende, an denen ich auf meinen Neffen aufpassen sollte, weil Marlene und Christoph zu einem wichtigen Geschäftsessen eingeladen waren und erst sehr spät zurückkommen würden. Clemens, der damals noch ein Baby von gerade mal einem halben Jahr war, war bei mir und schlief in Ermangelung eines speziell für ihn eingerichteten Kinderzimmers in der Wohnung seiner Tante in meinem Bett. Nachdem ich sichergegangen war, dass mein Neffe tief und fest schlief, schlich ich hinüber ins Wohnzimmer, um unbedingt in meinem dicken Schmöker weiterlesen zu können, der gerade unerträglich spannend geworden war. Plötzlich schreckte mich ein lautes Surren aus meiner Lektüre. Ich sah von meinem Buch auf und erblickte einen großen Nachtfalter, der meine Deckenleuchte umkreiste und immer wieder bedrohlich auf mich herabstieß. Meine Angst vor diesen Tierchen (die ich ja mit meiner Schwester teile) habe ich ja bereits erwähnt. Irgendwann war es mir also zu blöd, mich ständig vor diesem Viech in Sicherheit bringen zu müssen, und ich beschloss, bei Clemens im Schlafzimmer weiterzulesen. Also machte ich alle Lichter aus, ging zu ihm hinüber und schloss die Tür hinter mir. Es dauerte nicht lange, da hörte ich erneut dieses Flattern und Surren, das immer beharrlicher klang und lauter wurde. Ich hob meinen Kopf, und ich konnte es kaum glauben, denn plötzlich fühlte ich mich wie in einem Alfred-Hitchcock-Film: Der Nachtfalter quetschte sich unter der Tür durch. Erschrocken schoss ich nach vorne und machte nun auch das Deckenlicht an, um den Eindringling ausfindig machen und eliminieren zu können. Clemens begann schon bedrohlich zu schmatzen und seinen Kopf hin und her zu drehen. Ich musste ganz leise sein, wenn ich nicht wollte, dass er aufwachte. Ich verlor den Falter aus den Augen, ich stand auf, um ihn zu suchen, mein Lesezeichen klebte an meinem nackten Unterschenkel fest, und ich wähnte anstatt einem Stück Papier das Insekt auf meiner bloßen Haut. In Panik stieß ich einen hellen Schrei aus, der nun auch Clemens endgültig aus dem Schlaf hochfahren und ebenso laut schreien ließ, nur länger und ausdauernder. Und als wäre das nicht genug, hatte ich mit meinem Gequietsche eine Kettenreaktion in Gang gesetzt: Von dem Gebrüll meines Neffen wurde nämlich nun auch das Baby aus der Wohnung über mir wach und machte es seinem Kollegen in gleicher Lautstärke und Ausdauer nach. Folglich musste ich in den sauren Apfel beißen und wohl oder übel den verrückt gewordenen Falter vorerst verdrängen, wenn ich Clemens beruhigen wollte. Also gab ich ihm seinen Schnuller und wiegte ihn zurück in den Schlaf. Gerade, als er endlich wieder ins Reich der Träume zurückgefunden hatte, entdeckte ich den Nachtfalter wieder, wie er über das hölzerne Fußteil meines Bettes krabbelte. Ich zögerte nicht lange, griff nach meinem Buch und schlug beherzt zu. Der Knall ließ Clemens und das Nachbarskind, das zwischenzeitlich auch wieder eingeschlafen war, gleichzeitig wieder hochschrecken und erneut in lautes Geheul ausbrechen. Gestraft war ich aber ohnehin genug, denn als ich später vorsichtig und mit spitzen Fingern das Buch anhob, um das Opfer mit einem Kehrblech zu beseitigen, fehlte ein entscheidendes Detail: Die Leiche war weg! Lediglich ein Beinchen lag noch am Tatort. So verbrachte ich demzufolge eine sehr nervöse und unruhige Nacht in einer Wohnung, in der in irgendeiner Ecke ein fünfbeiniger Nachtfalter mit Racheplänen auf mich lauerte, immer bereit ein Attentat auf mich auszuüben, sollte ich einen Moment lang nicht aufpassen. Nun ja, diese Geschichte hat meine Freundschaft zu Insekten nicht tiefer werden lassen.

Paul lacht laut und herzlich, und ich bin mir gerade nicht ganz sicher, ob er mich an- oder auslacht. Letzteres könnte ich aber auf jeden Fall verstehen.

»Gut, dass du Standesbeamtin und nicht Kammerjägerin geworden bist.« Er schüttelt den Kopf. »Du bist wirklich süß!«, brummt er schließlich und drückt mir einen Kuss auf den Mund. Sofort schießt wieder eine ganze Ladung Glückshormone in meine Blutbahn. Ich liebe es, wenn er das sagt. Sein »Du bist süß!« hat überhaupt nichts Abwertendes oder Lächerliches, wie man vielleicht meinen könnte, sondern ist jedes Mal wie eine einzelne kleine Liebeserklärung oder Teil einer großen. Seine Stimme wird dabei einen Ton tiefer, seine Augen funkeln irgendwie glücklich, und die zwei Grübchen graben sich wieder links und rechts neben sein Lächeln.

»Komm.« Er steht auf und hält mir seine Hand hin. »Wir gehen jetzt ins Wasser. Und ich verspreche dir, ich beschütze dich vor allem, was sechs oder acht Beine hat. Ach ja: oder fünf.« Wieder lacht er, und als ich nach seiner Hand greife und ebenfalls zum Stehen komme, zieht er mich in seine Arme, ganz dicht an sich ran, sodass mein Gesicht auf seiner Brust liegt und ich sein Herz schlagen hören kann. Eine Hand legt er sacht auf meinen Kopf, und auf diese Weise hält er mich fest, sicher und geborgen.

»Gut so?«, fragt er leise, und ich kann an meiner Schläfe spüren, wie sich sein Mund beim Reden bewegt.

»Perfekt«, murmele ich in ihn hinein, und in diesem Moment könnte wahrscheinlich die Welt um uns herum untergehen, mir würde hier drinnen nichts passieren, nicht der kleinste Kratzer, da bin ich mir ganz sicher.

»Na, dann komm.« Er lässt mich frei, und ich bin fast ein bisschen enttäuscht, denn ich hätte hier noch bis in alle Ewigkeiten so stehen können. Ich folge ihm zum Wasser, wo er sich, typisch Mann, gleich kopfüber in die Fluten stürzt. Ich will mich gerade vorsichtig vortasten, da kommt er wieder auf mich zu. Das Wasser reicht ihm bis zur Hüfte, und Wassertropfen fallen aus seinen Haaren und glitzern auf seiner Haut. Wow, so ein Bild sollte jede Frau als Mister Juli als Schwarz-Weiß-Foto in ihrem Kalender haben. Er grinst gut gelaunt, schnappt mich an der Taille und zieht mich, ohne meinen Protest zu beachten, zu sich ins Wasser und auf seine Hüften, um die ich meine Beine schlinge.

»Na, fühlst du dich noch sicher bei mir?«

»Hm.« Skeptisch beäuge ich einen Wasserläufer, der

auf Augenhöhe an mir vorüberzieht. »Ja doch, eigentlich schon.«

»Genieß es einfach und denk nicht nach. Du bist doch sonst auch nicht der Kopf-, sondern der Herztyp.« Komisch. Habe ich diesen Satz nicht schon einmal von irgendjemand gehört? Egal jetzt. Ich versuche, seinem Rat zu folgen, halte ihn weiter umklammert, um nicht wegzutreiben, lehne mich zurück und breite meine Arme aus, sodass mein Oberkörper auf der Wasseroberfläche schwebt, ich meine Haare um mein Gesicht herumtreiben spüre und das leise Gluckern der kleinen Wellen in meinen Ohren hören kann. Pauls irgendwie nachdenklich wirkender Blick ruht auf mir, und ich schaue ihn fragend an.

»Was ist los?«

»Ich habe mir nur gerade gedacht, dass du aussiehst wie eine kleine Meerjungfrau.« Er lächelt. »Und dass ich dir das jetzt eigentlich noch gar nicht sagen wollte, aber ich liebe dich, du Insektenopfer, du!«

Gestern hob i oane laffa gseng.
Wia da Wind is sie durch mi durch grennt.
Schaut ned links, schaut ned rechts
und aa mi ned o.

Heute bin ich schon wieder bei meiner Schwester in Niederbayern. Diesmal jedoch nicht, um mich dort mit Apfelkuchen vollzustopfen oder auf der Couch zu schlafen, sondern um meinem Neffen eine Freude zu machen. In Landshut ist nämlich gerade Volksfest, die sogenannte Dult, und da muss jeder siebenjährige Junge natürlich ganz vorne mit dabei sein und sich die eine oder andere Runde Autoscooter oder Ähnliches antun. Da seiner Mutter momentan nicht der Sinn nach solchen Vergnügungen steht und sein Vater ja bekanntlich zu neunundneunzig Prozent nur noch in seiner Firma zu finden ist, habe ich mich angeboten, als Clemens' Animateurin zu fungieren. Also habe ich mich trotz sengender Hitze (es hat in der Sonne laut Thermometer fünfzig Grad!) in ein volksfesttaugliches T-Shirt (nicht weiß, falls man nassgespritzt wird, nicht zu tief ausgeschnitten, damit nichts rausfallen kann, falls man mal vorneüber hängen muss, nicht zu neu, falls ein Betrunkener oder ein mit Zuckerwatte überfressenes Kind drauf kotzen sollte), meine knackigen Jeanshotpants und Turnschuhe angezogen, mir meine Haare hochgeknotet, kaum Make-up ins Gesicht geschmiert (läuft bei der Hitze ja sowieso ständig davon) und fühle mich jetzt jung und vergnügungssüchtig genug, um mit meinem liebsten Neffen »einen draufzumachen«. Heute ist Familientag auf der Dult, das heißt, die Fahrgeschäfte und die Fressalien sind günstiger als an den restlichen Tagen, dementsprechend ist der Andrang. Während wir uns also durch Landshuts Mini-Oktoberfest schieben, Clemens bei mir an der Hand, schauen wir uns erst mal alles an, bevor wir uns entschließen, mit welchen Freuden des Lebens wir nun genau die deutsche Wirtschaft ankurbeln wollen. Aber erst will ich Paul noch schnell eine SMS schreiben.

Wäre schön, wenn du jetzt mit uns auf der Dult wärst! Wäre bestimmt lustig! Vermisse dich! Kuss

»Willst du Pony reiten?«, frage ich schließlich und deute auf ein paar arme Zotten, die mit gesenkten Köpfen entsetzlich brutale Kleinkinder, die an ihren Mähnen reißen und ihre spitzen Fersen in ihre Seiten hacken, im Kreis tragen. Das verärgert mich jedes Jahr aufs Neue. Wo ist PETA, wenn man sie braucht? Wo der Tierschutzbund? Warum wird Ekelpaket Michael Wendler ans Bein gepisst, wenn er sein Hausschwein für einen Moment in der Duschkabine wohnen lässt, aber hier, wo wirklich Not am Mann ist, sieht keiner hin? Auch Clemens schüttelt nur den Kopf und zieht mich schnell weiter.

»Will nicht. Die tun mir leid«, murmelt er bedrückt. Ja, mir auch. Ich hoffe aus tiefstem Herzen, dass diese Ponys doch irgendwann zu einem angenehmen Gnadenbrot auf irgendeiner schönen Wiese kommen werden. Und dass sie dann zum Abschied nochmal die Möglichkeit bekommen werden, ihren ehemaligen »Chefs« ihren beschlagenen Huf ins Gesicht zu drücken …

»DAS will ich machen«, johlt da mein Neffe begeistert und zerrt mich zur Schiffsschaukel.

»Wirklich?«, hake ich ungläubig nach und kann gar nicht fassen, dass es tatsächlich noch Kinder gibt, bei denen etwas nicht blinken und laut hupen muss, um ihr

Interesse zu wecken. Er nickt heftig, und wenig später sitzen wir beide laut jauchzend und kichernd in einer der blau-weißen Gondeln und schaukeln immer höher und höher. Nur den Überschlag schaffen wir leider nicht. Danach genehmigen wir uns beide erst mal ein Eis, dann eine Portion Pommes. Wir trauen uns in die Geisterbahn (also wenn ich zur Mittagszeit RTL oder Sat1 einschalte, kriege ich mehr Angst), fahren eine Runde Autoscooter und machen eine Gruppe pubertärer »Jo, Mann, bin ich cool, Mann«-Jungs platt, was mich mit feixendem Grinsen und hämischem Winken in ihre Richtung aus unserem Fahrzeug steigen lässt.

»Krieg ich noch einen Crêpe?«, fragt mein Neffe irgendwann.

»Du hast doch schon ein Eis, Pommes, eine Zuckerwatte und einen glasierten Apfel gegessen«, staune ich.

»Na und?«, wundert sich auch Clemens, allerdings über mich, nicht über sich. Hm, ist eben doch alles eine Familie. Ich bin ja genauso verfressen, nur gut, dass man uns unsere Leidenschaft nicht ansieht (andere Frauen hassen einen übrigens dafür! Also immer schön wegen irgendwelcher Figurmakel jammern, auch wenn es nichts zu jammern gibt!). Und meine Schwester ist ja auch nicht da, um mir irgendwelche Vorträge über Karies, Diabetesrisiko oder Ähnliches zu halten.

»Okay, dann komm.« Wir sitzen auf den Stufen zum Autoscooter, jeder von uns eine dampfende Crêpe in der Hand, meine mit Zimt und Zucker, Clemens' mit Nutella, und mampfen zufrieden vor uns hin.

»Hi«, kommt es da von oben. Ich fühle mich erst nicht angesprochen, erst als mir mein Neffe mit dem Ellenbogen in die Seite stößt, sehe ich auf. Ein junger Mann, gerade mal Anfang zwanzig würde ich schätzen, dunkler Latin Lover mit zurückgegelten schwarzen Haaren, langen Koteletten, selbstverliebtem Zug um den Mund und generell der Schleimtyp à la »Señorita, du machst mein Corazón ganz bingedibang!«.

»Hi«, erwidere ich und beiße ungerührt von meinem Pfannkuchen ab.

»Ich bin Enrique«, kommt seine Schmachtstimme näher. Oh nein, der wird doch nicht … Doch, er wird. Und schon sitzt er neben mir. »Du bist mir sofort aufgefallen.«

»Ach ja?«

»Du hast tolle Augen.«

»Hm.«

»Bist du öfter hier?«

»Hm.«

»Vielleicht magst du heute Abend nochmal wiederkommen, wenn du deinen kleinen Bruder nach Hause gebracht hast? Dann können wir eine Runde im Riesenrad fahren, was meinst du?«

»Nee, ich hab Höhenangst. Ab drei Metern krieg ich ganz schlimme Schüttelanfälle und totaaal die ekligen Stresspickel.« Doch Latin Lover Enrique, König der Dult und Mr Lover Lover persönlich, versteht meinen Wink mit dem Zaunpfahl nicht und rutscht näher. Puh, womit hat der sich denn daheim noch so eingedieselt? Deo anstatt Duschen, oder wie?

»Na, dann gehen wir nur vorne zur Cocktailbar, und ich spendiere dir was Leckeres, ja? Lass mich raten, so eine süße Señorita wie du steht bestimmt auf was Süßes wie Erdbeerdaiquiri, hab ich recht?« Ich stopfe meinen Rest Crêpe in den Mund, knülle meine Serviette zusammen, nehme Clemens, der Enrique die ganze Zeit über verwundert anstarrt, an die Hand und stehe auf.

»Nee, ich steh nur auf die harten Sachen. Servus«, antworte ich mit noch halb vollem Mund und ziehe meinen Neffen hinter mir her durch das Gedränge.

»War das ein echter Spanienmann gerade? So wie die mit den Stieren im Fernsehen immer?«, werde ich von einer Jungenstimme rechts neben mir gefragt, als wir etwas abseits des Tumults stehen und uns wieder in normalem Tonfall unterhalten können. Ich schüttele den Kopf.

»Quatsch. Der hieß in echt bestimmt Erich anstatt Enrique, die dunkle Hautfarbe hat er dank einiger Stunden im Münzmallorca, und mit Stieren hat der nichts zu tun, außer vielleicht mit seinem Milchvieh auf dem heimischen Hof seiner Eltern in Baierbach oder Geisenhausen.«

»Was ist ein Münzmallorca?«

»Ein Solarium. Weißt du, was das ist?«

»Ja. Das sind doch diese Särge aus Plastik, in denen die Sonne scheint.«

»Genau. Komm, wir gehen jetzt langsam mal nach Hause.« Ich drehe mich ruckartig um und – wumm! – renne mit voller Wucht in etwas Weiches und gleichzeitig Festes. »Oh, Entschuldigung«, murmele ich und hebe den Kopf, um den Besitzer der breiten Brust erkennen zu können, in die ich hineingelaufen bin.

»Laura?«

»Michi?« Erstaunt mache ich einen Schritt rückwärts, um die Person vor mir genauer betrachten zu können. »Was machst du denn hier?«

»Heimaturlaub bei der Family. Und du? Bist du etwa nicht mehr in München?«

»Doch doch, ich bin heute nur Clemens' Begleiterin.« Da steht er tatsächlich, Michael, mein Ex, mit dem ich bis vor drei Jahren sage und schreibe einundzwanzig Monate lang zusammen gewesen war. Für mich damals eine Rekordzeit. Kennengelernt hatten wir uns hier in Landshut, wo er ursprünglich herkommt und ich mit meiner Schwester einen Abend in ihrer Lieblingskneipe Unicorne Inn verbracht hatte. Michael arbeitete dort hinter dem Tresen, damals neben seinem Studium, und er gefiel mir sofort mit den dunklen Locken, die ihm verwegen vom Kopf abstanden, den dunklen Augen, die eine unheimliche Ruhe ausgestrahlt hatten, und sein Tattoo auf seinem Handgelenk (drei leicht verwischte Sterne) ließ mich neugierig auf den Rest seiner Haut werden, die seinen Körper unter der Cargo Pants und dem schwarzen T-Shirt mit dem Emblem des Pubs bedeckte. Also setzte ich mich kurzerhand auf einen der Barhocker in Nähe des Zapfhahns und verwickelte ihn in ein Gespräch. Wie genau weiß ich inzwischen gar nicht mehr, auf jeden Fall ging das Guinness schließlich aufs Haus, inklusive dem Bierdeckel mit seiner Handynummer darauf. Drei Monate später zog er schon bei mir in München ein, wo wir dann auch eineinhalb Jahre zusammen wohnen sollten. Dann haben wir uns getrennt, und ich bin in München geblieben, er ist nach Regensburg gegangen, um dort irgendwas mit Technik bei einem Radiosender zu machen.

»Ich war mit meinen Jungs ein Bierchen trinken und wollte gerade nach Hause gehen. Wenn ihr wollt, begleite ich euch noch ein Stück«, schlägt Michi vor. Irgendetwas in mir wispert den Namen Paul, aber ich versuche, die Stimme zu ignorieren. Würde Paul Rücksicht auf mich nehmen? Wohl kaum, Männer sehen in nichts ein Problem, was umgekehrt meist sehr wohl eines für sie wäre. Außerdem ist vielleicht wirklich nichts dabei, und ich mache mir nur wieder völlig umsonst ein schlechtes Gewissen.

»Ja klar, gerne.«

»Guck mal!«, ruft Clemens begeistert und deutet auf einen von einer Budendecke herabbaumelnden (und ehrlich gesagt sehr hässlichen) Sponge Bob aus Plüsch. »Krieg ich den?« Ich schüttele den Kopf.

»Den kann man nicht kaufen, den muss man schießen, und das kann ich leider nicht.«

»Schießen?«, fragt mein Neffe irritiert, und Michi erklärt ihm, worum es dabei geht.

»Soll ich es mal versuchen?«, bietet mein Ex schließlich an, als er in Clemens' enttäuschtes Gesicht blickt. Der nickt als Antwort nur heftig, und seufzend kramt Michael in seinen Hosentaschen, um ein paar Euro daraus hervorzukramen.

»Wenn ich schon mal dabei bin, kann ich der schönsten Exfreundin der Welt ja auch eine Rose schießen«, grinst er, zwinkert mir zu und wendet sich dann von uns ab, um sein Ziel ins Visier zu nehmen. Huch, war das etwa ein versteckter Flirt? Quatsch, Laura!, schelte ich mich gleich selber wieder. Das mit euch ist doch schon langer kalter Kaffee, und außerdem steht das Wort »Paul« seit ein paar Wochen mit ziemlich sicherer Wahrscheinlichkeit schon deutlich lesbar in Großbuchstaben auf meiner Stirn. Unübersehbar: Die Frau ist vergeben. Aber hatte mich dieser Enrique nicht kurz zuvor auch schon angegraben? Sind denn alle Männer blind? Analphabeten für die Sätze zwischen den Zeilen? Ja, sind sie. Und stattdessen haben sie ein feines Näschen dafür, wann etwas begehrt wird und ein Konkurrenzkampf in Aussicht gestellt wird. Sich auf die Brust trommeln und die Nackenhaare sträuben, nur um zu zeigen, wer hier der Chef ist und die Mädels abschleppen darf, wollen sie alle, egal ob das Objekt der Begierde nach dem Sieg dann auch tatsächlich noch von Interesse ist oder nicht. Es geht nur ums Gewinnen. Alles rein hormonell natürlich; der Steinzeitmensch schlummert noch tief in jedem Mann (man kann ihn nachts auch oft neben sich im Bett laut schnarchen hören).

Für den Sponge Bob hat es schließlich nicht gereicht, dafür aber für einen nicht hübscheren Teddy in ähnlichen Neonfarben, dessen Herstellung vermutlich ein ganz eigenes Ozonloch verursacht hat.

»Und die sind für dich.« Lächelnd überreicht mir Michi einen kleinen Strauß, bestehend aus Plastikblümchen und glitzernden Herzen an dünnen Plastikstielen.

»Danke«, murmele ich. Und – was war das denn eben? Hey, Gefühl! Nochmal zurückkommen! War das etwa gerade Verlegenheit, was mir da durch die Blutbahn geschossen ist? Ich bin verlegen, weil mir ein Exfreund, mit dem ich gefühlte zwei Leben vor dem jetzigen zusammen war, ein paar kitschige Rosen auf einem Jahrmarktstand geschossen hat??? Was ist denn zurzeit nur mit mir los, verdammt?

Wie New York ohne Sinatra,
wie Wien ohne den Prater,
wie ein Herzschlag ohne Blut,
wie Lindenberg ohne Hut,
wie 'ne Eiszeit ohne Schnee,
England ohne Tee,
so als ob bei Steve McQueen
die ganze Coolheit fehlt.

Ich bin immer noch nicht wieder zu Hause in München, sondern nach wie vor in Niederbayern bei meiner Schwester und deren Anhang. Nicht, weil es mir hier so außergewöhnlich gut gefallen würde (Landshut ist eine schöne Stadt mit einer tollen mittelalterlichen Burg, Kopfsteinpflaster und netten bunten Häusern – aber in meinem Alter reichen einem ein paar Bäcker, Metzger und ein H&M in einer Fußgängerzone nicht aus, um sich wohlzufühlen, und ich möchte abends nicht schon um zehn von den hochklappenden Bürgersteigen erdrückt werden), sondern weil es gestern Abend doch ein bisschen später geworden ist ... Ja, ich war mit Michi noch etwas trinken, und nein, ich bin nicht rückfällig geworden. Im Unterschied zu meinen anderen Exfreunden sehe ich bei Michi kein Fragezeichen über dessen Kopf schweben, was ich um Himmels willen mal an *dem* gefunden haben mag – im Gegenteil: Ich kann meine Entscheidung von damals immer noch sehr gut nachvollziehen. Trotzdem ist dieses Flattern zwischen Magen und Herzgegend einem lediglich warmen und angenehmen Gefühl gewichen. Das war es dann allerdings auch schon. Wieder aufgewärmt schmecken nur Eintopf und Gulasch – keine Beziehungen. Aber: Es war ein wirklich netter Abend mit Michael, und es hat gutgetan, wieder mal mit jemandem in Erinnerungen schwelgen und über alte Zeiten reden zu können. Und ich habe endlich mal einige Stunden nicht auf mein Handy geschaut. Seit ich angefangen habe, mit Paul anzubandeln, habe ich das keine fünfzehn Minuten mehr ausgehalten. Ich bin stolz auf mich. Dafür war es umso enttäuschender, als ich wieder auf der ausgeklappten Couch meiner Schwester lag, den Blick auf die tickende Wanduhr, die mir versprach, dass in wahrscheinlich gerade mal zwei Stunden schon wieder mein um Animation bettelnder kleiner Neffe an meiner Schulter rütteln würde und ich schleunigst einschlafen sollte, und dann mein Handy zur Hand nahm, um das Display zu checken.

»Bestimmt hat er mir eine oder zwei SMS geschrieben, sich gewundert, warum ich mich gar nicht melde, und mir mitteilen wollen, dass ich ihm fehle. Oder dass er es bedauert, heute einen Termin beim Gericht und danach ein Geschäftsessen zu haben und deshalb nicht mit nach Landshut kommen zu können. Oder dass er bei mir geklingelt hätte, um bei mir zu schlafen, und mich trotz der späten Stunde nicht vorgefunden und sich jetzt Sorgen zu machen begonnen hatte. Vielleicht waren da auch ein paar Anrufe in Abwesenheit oder ein gehauchter Gute-Nacht-Kuss auf der Mailbox? Mein Herz klopfte in freudiger Erwartung wie ein wedelnder Hundeschwanz auf Holzboden, und in meinem Kopf formten sich schon die verschiedensten sehnsuchtsvollsten Antwort-SMS, schon bevor ich mein Sony Ericsson aus meiner Handtasche gekramt hatte. Und was musste mein müdes Auge da erblicken? Nichts. Außer dem Akkubalken, der E-Plus-Anzeige und der Empfangsskala war der Bildschirm gähnend leer. Kein kleines Briefumschlagsymbol, keine Info über einen entgangenen Anruf und kein Hinweis auf Gänsehaut verursachende Worte einer zärtlichen Männerstimme, die jemand für mich aufgezeichnet hätte. Ein Kübel Eiswasser über meinen Kopf hätte mich nicht mehr aus meiner wohligen Müdigkeit hochfahren lassen können. Die zwei Stunden Schlaf, die mir noch vergönnt gewesen wären, waren also schon mal für die Tonne.

Umso erstaunter war Clemens, als er seine Tante morgens um fünf nicht wie erwartet auf der Couch liegend und tief und fest schlafend vorfand, sondern im Garten, wo ich mich in eine Decke eingewickelt auf einen Gartenstuhl gesetzt hatte, die Füße auf einen Hocker gelegt, mit gerunzelter Stirn schmollend vor mich hin starrend und eine Zigarette rauchend. Selbst er, obwohl ein sonst skrupelloses und ahnungsloses Kind und noch dazu von der gegenüber Frauen so verständnislosen Spezies Mann, sah bei diesem Anblick ein, dass es wohl wenig Sinn machte, mich jetzt zu hemmungslosen Legobaugelagen aufzufordern. Also blieb er einige Minuten stumm in seinem Superman-Pyjama vor mir stehen, betrachtete mich mit schief gelegtem Kopf nachdenklich und drehte sich schließlich um, um ins Haus zurückzugehen. Als ich eine Stunde später seinem Beispiel aufgrund eiskalter Füße und bereits taubenetzter Haare folgte, fand ich ihn auf der für mich hergerichteten Couch vor: eingerollt wie ein Igel und schnarchend wie ein Grizzlybär. Vorsichtig schob ich ihn ein Stückchen zur Seite, drapierte mich dann um ihn herum, deckte uns gut zu und schaffte es tatsächlich, auch noch ein wenig zu schlafen.

Wach wurde ich schließlich durch lautes Stimmengewirr aus dem Stockwerk über uns. Meine Schwester schrie irgendwas, und ich konnte Christophs ernste Stimme etwas erwidern hören. Ich hatte gar nicht gewusst, dass er zu Hause war. Jetzt wurde er etwas lauter, und man hörte etwas erst auf Wand und dann auf Boden treffen, als hätte jemand einen Schuh oder Ähnliches geworfen. Daraufhin hörte ich wieder meine Schwester, ihre Stimme voller Wut, konnte allerdings nur Gesprächsfetzen auffangen, die nicht ausreichten, um den Grund ihres Streits verstehen zu können. Ich hob leicht den Kopf, um nachzusehen, ob auch Clemens von dem Getöse über uns aufgewacht war, aber er hatte die Augen immer noch geschlossen, und auch sein Atem ging relativ gleichmäßig, also legte ich mich wieder hin und hielt die Luft an, um die Streithähne besser verstehen zu können, obwohl es mich ja eigentlich gar nichts anging.

»… spät … immer alleine …«

»… Geld herkommt … viel Arbeit …«

»… verdammte Sekretärin …«

»… eifersüchtig … du bist total paranoid … Projekte abzuschließen …«

»… hasse dich! Du …« Das war alles, was ich von dem Geschrei verstehen konnte.

»Das geht inzwischen fast jeden Tag so. Na ja, also wenn Papa eben mal zu Hause ist«, hörte ich da Clemens neben mir leise sagen. Oh, er war ja doch wach! Wie lange er da oben wohl schon zugehört hatte? Ich hob wieder den Kopf und konnte sehen, dass er unverändert dalag, nur die Augen hatte er inzwischen aufgeschlagen.

»Wirklich?«, fragte ich beunruhigt und strich ihm zärtlich die Haare zurück. »So schlimm wie jetzt?«

»Ja. Manchmal streiten sie ganz lange, das sind bestimmt Stunden. Und der Papa guckt danach immer ganz böse und poltert ganz laut, wenn er geht, und dann läuft er einfach weg und kommt ganz lange nicht wieder und die Mama schaut immer ganz traurig und die Farbe von ihren Wimpern geht ab und die hat sie dann überall auf der Backe. Ich glaub, die Mama weint ganz viel, aber sie will das nicht vor mir machen, ich glaub, das ist ihr peinlich«, flüsterte mein Neffe. Wieder hörte man seine Mutter etwas schreien, und ihre Stimme überschlug sich jetzt beinahe. Anschließend hörte man sie laut schluchzen, und Christophs Antwort klang wie das hungrige Brüllen eines Löwen, das von kargen Felswänden widerhallt. Eine Tür knallte, und man hörte Schritte über uns hinweglaufen, hinter der anderen Person her. Ich spürte, wie mein Hals eng wurde.

»Komm, Schatz. Zieh dir Schuhe und eine Jacke an, und hol Schlunz, und dann gehen wir eine Runde spazieren, ja? Der freut sich bestimmt, wenn er mit uns ein bisschen Gassi gehen darf.« Clemens nickte und stand auf, um sich fertig zu machen. Ich schlüpfte schnell in meine Jeans und meine Ballerinas, zog mir einen dünnen Pulli über, kämmte mir kurz mit den Fingern durchs Haar und griff nach meiner großen Sonnenbrille, die meine dunklen Schatten unter den Augen verbergen sollte. Ich schnappte mir noch meine Handtasche und ging zur Tür, wo schon Kind und Hund auf mich warteten. Doch keiner von beiden machte ein freudiges Gesicht, sondern beide sahen verschreckt und verunsichert die Treppe hinauf, von der weiteres Gebrüll die Stufen hinunterschwappte.

»Na kommt«, sagte ich und schob die beiden schnell zur Tür hinaus in die warme Morgensonne, die im Hause Faltermeyer schon lange nicht mehr zu strahlen schien.

Tja, und deshalb bin ich jetzt also hier und nicht daheim in meiner Wohnung in München. Gut, dass das Standesamt heute wegen Renovierungsarbeiten geschlossen ist und ich somit keine Pärchen zu verheiraten hätte. Stattdessen bin ich nun mit den drei großen »K«s an der Isar unterwegs: Kind, Köter und Kaffee. In der einen Hand halte ich einen großen Becher Latte Macchiato vom Bäcker um die Ecke, in der anderen mein Handy (ja, der Mensch braucht lange, bis er etwas wirklich glauben kann …), und einige Meter vor mir laufen Clemens und Schlunz um die Wette und haben wenigstens für einen Moment die Streitigkeiten daheim vergessen und können wieder Spaß haben. Schade, dass es so schwer ist, unangenehme Dinge zu vergessen. Verdrängen ist da wesentlich einfacher, aber eben auch keine Lösung, sondern nur ein etwas schmerzfreierer Umweg, der dafür allerdings auch erheblich länger dauert. Wie gerne würde ich jetzt zum Beispiel einfach vergessen, dass Paul *mich* scheinbar vergessen hat. Oder wie sonst ist es zu erklären, dass seit Tagen nicht die kürzeste Nachricht von ihm kommt? Ich meine, er hat meine Nummer, und er hat ein Handy. Es ist nicht mehr so, dass der Wind Rauchzeichen verwischen, Buschtrommeln abschwächen oder sich die Lieblingsbrieftaube unterwegs verirren oder gar vom Himmel geschossen werden kann. SMS kommen an, und wenn nicht, dann kann man ja vorsichtshalber nochmal anrufen und persönlich nachfragen. Ich erwarte ja keine ganze Abhandlung von ihm, ein knapper Text mit drei Wörtern wie beispielsweise »Ich vermisse dich!«, »Ich liebe dich!« oder »Wo bist du?« würde mir vollkommen reichen. Er kann nicht kein Guthaben mehr haben, Paul hat einen Handyvertrag. Er kann nicht keine Zeit dafür haben, denn SMS kann man zur Not auch schnell auf dem Klo schreiben. Meine Nummer kann er nicht verloren haben, und falls doch, könnte er auch in der Arbeit nachfragen oder seine persönliche Miss Moneypenny recherchieren lassen. Ich dagegen kann Pauls Telefonnummer schon laaaange auswendig. Ich kann die seiner Kanzlei (dabei hab ich da bisher nur einmal angerufen), seine Mobil- und seine Festnetznummer daheim im Schlaf aufsagen. Ich weiß seine Adresse und sein Autokennzeichen auswendig. Männer wissen so was von ihren Frauen meist auch nach dreißig Jahren Beziehung immer noch nicht.

»Fängt deine Vorwahl mit 016 oder mit 017 an, Schnuppel?« Ne, so was könnte mir nicht passieren. Und ich glaube, Paul auch nicht. Oder? Ist er nicht anders als andere Männer?

»Alles Quatsch!«, nörgelt eine innere Stimme. »Männer sind alle gleich, und das solltest selbst DU inzwischen gelernt haben! Und *gerade* Paul ist ein typischer Vertreter seiner Spezies!«

»Pah! Ist er nicht! Paul ist intelligent und charmant und schön, ohne *zu* hübsch zu sein, und clever und spontan und …«

»… nicht da«, schließt die innere Stimme trocken, und ich kann nur zustimmend nicken und deprimiert den Kopf senken. Vielleicht sollte ich einfach mal bei ihm anrufen? Beherzt wähle ich seine Nummer und lausche dem »Tuuuut« am anderen Ende, das jedoch abrupt nach zwei Malen abgebrochen wird. Was? Er hat mich doch nicht etwa weggedrückt? Er hat mich weggedrückt! Er antwortet nicht auf meine SMS, meldet sich nicht, und nun geht er nicht ans Handy, wenn ich ihn anrufe? Was soll mir das jetzt bitte sagen?

Als ich Clemens und Schlunz zu Hause abliefere, ist Christoph natürlich wieder weg, ebenso das früher so fröhliche Wesen meiner Schwester, die inzwischen nur noch ein blasses Gespenst mit hartem Zug um den Mund und hängenden Schultern geworden ist. Ich habe gestern schon festgestellt, dass sich in ihren Handflächen Abdrücke ihrer Fingernägel abzeichnen. Wenn Marlene kontinuierlich ohne es zu merken die Hände zu Fäusten ballt, dann geht es ihr innerlich richtig dreckig. Es tut mir weh, zwei meiner Lieblingsmenschen in solch einem bedrückenden Umfeld mit ihrem Kummer alleine zurückzulassen. Aber ich kann ihnen momentan nicht helfen, und morgen muss ich auch wieder arbeiten und deshalb dringend zurück nach München, in mein eigenes chaotisches Leben, mit den trampelnden Kindern im Haus, den Wäschebergen überall, dem ständig dreckigen Geschirr, meiner viel zu verklärten und wahrscheinlich wirklich viel zu oft naiven Weltanschauung und dem einfach nur rätselhaften Paul. Vielleicht muss ich tatsächlich mal erwachsen werden und aufhören, an Märchen zu glauben. Schade eigentlich. Wenn das schon mit dem Traumprinzen nicht zu klappen scheint, hätte ich mich wenigstens auf die Sache mit den Heinzelmännchen gefreut.

I don't need to try
to control you.
Look into my eyes
and I'll own you.

Irgendwie ist es doch immer das Gleiche mit mir. Erst verliebt, auf Wolken Sieben schwebend, und dann wird mir plötzlich brutal die rosarote Brille von der Nase gerissen, und ich muss erkennen, wie schrecklich dumm ich wieder mal gewesen bin. Und jetzt soll es wieder passiert sein? Wieder einmal bitter getäuscht, Opfer meiner Sehnsucht nach Liebe und Happy End? Aber ich kann es mir irgendwie nicht vorstellen. Ich meine, es ist Paul! Paul, der mir nie Honig ums Maul geschmiert, sondern mir von vornherein seine Meinung zu meinem Job gesagt und in Kauf genommen hat, dass er mich damit verschreckt. Und der von Anfang an keinen Hehl daraus gemacht hat, ein Womanizer zu sein. Die anderen Typen hatten sich von der ersten Minute an immer in den schönsten Farben gemalt und sich als männliche Engel verkauft, was mich eigentlich schon hätte stutzig machen sollen. Paul hatte das nicht getan. Und seine Liebeserklärung hatte er mir auch nicht schon nach dem ersten Abend gemacht oder mit der Absicht, mich leichter ins Bett zu kriegen. Er hatte es erst richtig fühlen und sich ganz sicher sein wollen, und ich hatte auch den Eindruck, als wüsste er ganz genau, wie schwer diese Worte wiegen und wie sparsam man damit umgehen sollte. Und jetzt sollten das Geschehene und Gesagte nicht ernst gemeint gewesen sein? Ich habe noch ein, zwei SMS geschrieben und auch auf seine Mailbox gesprochen. Nichts, und das seit Tagen schon. Wenn er kein Interesse mehr an mir hat, warum kann er mir das nicht einfach sagen? Kurz und knapp würde ja reichen, aber es wäre auf jeden Fall besser, als einfach so den Kontakt abzubrechen!

Das Schlimmste ist, dass es mir dieses Mal irgendwie mehr wehzutun scheint als früher, und das, obwohl ich Paul doch anfangs gar nicht leiden konnte! Ich verstehe mich selbst nicht mehr. Und die Männerwelt ja sowieso nicht.

Mein Handy piept. Eine SMS von Attila.

*Tausche Schuh gegen Mann. 15 Uhr am Stachus. Küsschen :-**

Damit meint er Frustshopping gegen Liebeskummer, eine eigentlich oft bewährte Medizin, die allerdings meinem Kontostand weniger guttut. Aber egal, irgendwas muss ich nun tun. Vielleicht sollte ich Franzi fragen, ob sie uns begleiten will.

Nur wenig später stehe ich bei Lush, einem meiner Lieblingsläden. Sollte der Himmel einen eigenen Duft haben, dann wird es dort garantiert so riechen wie in einer Lush-Filiale.

»Hier, schnupper mal!« Ich halte Franzi ein kleines Fläschchen unter die Nase. »Soll ich das nehmen oder lieber das hier?« Ich drücke versehentlich ein wenig zu fest, und ein paar Tropfen Duschgel schießen aus der Flasche und verteilen sich als lustige Sprenkel zwischen Franzis Nase und ihrem Mund. »Hups«, grinse ich.

»Ich würde das nehmen.« Sie nimmt mir eine der braunen Flaschen aus der Hand und liest das Etikett. »*It's raining men*. Klingt ja vielversprechend. Wäre das nicht eher was für Attila?«

»Also, ich hab jedenfalls vorerst genug von den Männern; ich brauche erst recht keinen ganzen Regenschauer davon!«, mosere ich vor mich hin. »Und Attila hat seine Balzphase dank seinem Sven ja hinter sich.«

»Deswegen kann so ein Duschgel doch trotzdem nie schaden!«, flötet der prompt hinter meinem Rücken. »Lass mal riechen! Mmh, Honig! Ich glaube, das wird auch meinem Schatz gefallen.« Franzi rollt mit den Augen.

»Deinem *Schatz*? Nicht deinem Sexgott, deiner Perle, deinem Pupsbärchen oder Ähnlichem?«

»Spotte nur, du bist ja nur neidisch!«, feixt Attila und streckt ihr die Zunge heraus. Franzi erwidert seine Geste und greift nach dem anderen Duschgel.

»Dann nimm doch das hier, das riecht auch toll! *Flying Fox*«, schlägt sie mir vor.

»Aber ich wollte mir doch auch noch ein neues Stück *Honey-I-washed-the-kids*-Seife mitnehmen«, jammere ich und muss wohl einsehen, dass ich diesen Laden heute nicht verlassen werde, ohne ein kleines Vermögen gegen geradezu göttlich riechende Mittelchen wie bunte Seifen, glitzernde Badekugeln oder süßlichen Lippenbalsam ausgegeben zu haben. Was ja normalerweise kein Problem wäre, so ab und zu zumindest, wenn ich nicht vorhin schon so viel Geld bei meinen Freunden H&M und Mango gelassen hätte. Dass Herzschmerz auch immer so teuer werden muss!

»Irgendjemand hat gerade eine SMS bekommen«, informiere ich meine Freunde, denn keiner scheint auf das gerade verklungene Piepsen reagieren zu wollen.

»Ja, du«, erwidert Franzi ungerührt. »Ich glaub, ich muss mal kurz an die frische Luft, sonst krieg ich hier drinnen alleine vom Einatmen einen Zuckerschock.« Kaum dass sie ausgeredet hat, steht sie schon draußen vor dem Schaufenster, wo sie sich erst einmal mit einer Zigarette gegen ein Zuviel an Wohlgeruch und damit verbundenem Glücksgefühl therapiert.

»Ich?«, frage ich entgeistert und starre wohl ziemlich blöd in die Tiefen meiner Handtasche.

»Du hast doch sonst ständig und überall dein Handy in der Hand oder am Ohr?!«, wundert sich Attila, der inzwischen eine kleine Tüte in der rechten Hand schwenkt und über das ganze Gesicht strahlt. »Und inzwischen liegen zwischen SMS-Empfang und Öffnen ebendieser bestimmt schon fünf Minuten! Das ist Rekord!« Ich krame nach meinem Handy, und tatsächlich, ich habe eine neue Nachricht.

»Wer kann denn das sein?«, murmele ich, und plötzlich habe ich unerklärlicherweise Angst, dass es meine Schwester sein könnte. Mein Daumen zittert leicht, als er die Öffnen-Taste drückt.

Hallo, Kleines. Hast du heute Abend Zeit? Tut mir leid, dass ich mich erst jetzt melde, hatte so viel zu tun. Vermisse dich und deine Haut an meiner und den Duft deiner Haare auf meinem Kopfkissen! Kuss, Paul

Wuuuuusch … Sofort fühle ich mich wieder, als wäre ich der Kojote der Looney Tunes, und Road Runner wäre gerade mit seinem fröhlichen »Mäp, mäp« über mich hinweggerauscht und hätte mich auf den Asphalt planiert. Paul denkt sich nämlich mit ziemlicher Sicherheit gar nichts bei seiner Aktion gerade – und ich bin im wahrsten Sinne des Wortes einfach nur platt.

»Schätzchen, lass mich raten: Die SMS ist von Paul?«, höre ich Attila neben mir fragen.

»W…w…wie kommst du drauf?«

»Weil du gerade innerhalb von Sekunden so weiß geworden bist, da hat ja selbst Svens Hintern mehr Farbe als du! Und außerdem kenne ich dieses schwere Schlucken und das nachfolgende nervöse Flattern deiner Augenlider genau!« Franzi kommt wieder zurück in den Laden geschlendert, eine kalte Rauchwolke hinter sich herziehend und für einen Moment die süßlich-schwere Luft im Geschäft teilend wie das warme Messer die Butter. Abrupt bleibt sie vor mir stehen und sieht zu mir hinauf, die Hände in die Hüften gestemmt. Dann weiten sich ihre Augen, und sie blickt fragend zu Attila.

»Hat ihr etwa Paul die SMS geschrieben? Sie hat diesen typischen Gesichtsausdruck und schon rote Flecken auf den Handrücken!« Attila nickt nur stumm. »Was hat er denn geschrieben?« Mir wird das Handy aus den Fingern gezogen, und beide lassen ihren Blick über das Display fliegen. Dann schauen sie sich an und anschließend wieder zu mir.

»Der will nur vögeln«, erklärt Franzi.

»Na und?«, fragt Attila.

»Na und?«, fragt Franzi ihn zurück, und ihre Augenbrauen ziehen sich gefährlich zusammen. »Findest du nicht, dass unsere beste Freundin mehr sein sollte als nur ein Betthase für einen dusseligen Rechtsanwalt mit irgendwelchen Egoproblemen oder anderen, die er irgendwie kompensieren muss?«

»Doch, natürlich!« Es ist immer wieder ein lustiger Anblick, wie solch ein breitschultriger und wikingerhafter Hüne wie Attila immer weiter vor meiner kleinen angriffslustigen Franzi zurückweicht. Als würde ein biestiger Chihuahua ständig an einer Deutschen Dogge hochspringen und versuchen, ihr in die Nase zu beißen.

»Aber?«

»Aber was erwartet ihr? Dass er mit einer Rose vor ihrem Balkon aufschlägt und jault, wie sehr er das Funkeln ihrer Augen und ihren einzigartigen Krustenbraten mit Brezenknödel vermisst hat?«

»Ja!«, sage ich.

»Nein!«, widerspricht mir Franzi. »Aber dass es ihm

nicht nur um das Körperliche geht, sondern dass es tatsächlich *sie* ist, die er vermisst!«

»Vielleicht tut er das ja!«, werfe ich ein, doch mein Einwand wird mit bösen Blicken gestraft.

»Sei nicht so dumm!«, kriege ich zu hören, und diesmal kommt die Schelte nicht von Franzi, sondern tatsächlich vom Hunnenkönig. »Wach endlich mal auf, und find dich damit ab, dass in nächster Zeit kein Prinz auf weißem Gaul angaloppiert kommen wird, und falls doch, dann wird es auch einfach nur ein Mann sein! Laura, Männer ticken anders als ihr Frauen!« Ich schlucke. Das hatte ich nun eigentlich nicht hören wollen, schon gar nicht von meinem besten Freund. Klar, ich weiß das ja alles selber. Aber gerade jetzt, wo die Gefühle in mir Achterbahn fahren und ich mich fühle wie im freien Fall, hätte ich gerne irgendwas gehabt, das mich auffängt. Auch wenn es nur rosarote Wolken gewesen wären, die meinen Sturz etwas gemildert hätten. Ich versuche, etwas zu sagen, doch Franzi unterbricht mich schon, als ich nur den Mund aufmachen will.

»Du schreibst ihm nicht zurück, basta! Außer, du bist dir darüber im Klaren, dass du nicht mehr, aber auch nicht weniger als eine Nummer in seinem Tussifonbuch bist, in dem du vielleicht auf der Prioritätenskala relativ weit oben stehst, die über dir allerdings gerade langweilig geworden oder nicht verfügbar sind.« Ich starte einen neuen Versuch, etwas dazu zu sagen, mögliche Einwände meinerseits werden hingegen ignoriert. »Süße, ich mach mir doch nur Sorgen!« Plötzlich weichen Strenge und Wut in Franzis Gesicht Mitleid und Fürsorge, und sie stellt sich auf die Zehenspitzen, um ihre Hand auf eine meiner hängenden Schultern legen zu können. »Ich meine, seit ich dich kenne, hast du genaue Vorstellungen von deiner Zukunft und deinem Sinn des Lebens, den du irgendwann zu finden hoffst und der einfach perfekt für dich sein wird. Und ich weiß, dass es ihn irgendwo gibt, genauso wie ich weiß, dass es auch für mich irgendwo einen geben wird.« Sie hält einen Moment inne und seufzt schwer. »Aber verschwende bitte deine Gefühle und all deine Hoffnungen und Träume nicht an so jemanden wie diesen Paul. Er kennt solche Frauen wie dich und hat daraus gelernt – zu seinem Vorteil. Du kennst auch solche Männer wie ihn, jedoch hast du überhaupt nichts dazugelernt und tappst immer wieder in ihre Fallen. Und irgendwann wirst du davon so müde geworden sein, dass du Herrn Sinn des Lebens gar nicht mehr erkennen wirst, wenn er dann doch endlich mal auf den Plan tritt.« Attila, der mit verschränkten Armen gegen ein Regal gelehnt neben uns gestanden und zugehört hat, erkennt die Wasseransammlungen in meinen Augeninnenwinkeln sofort und ehe irgendwer der anderen Kunden um uns herum auch nur eine Träne meine Wange hinabrinnen sehen kann, hat er mich schon an seine große, breite und nach Bodylotion duftende Brust gezogen, wo ich mein Gesicht in sein Designerhemd vergraben und ihm schwarze Mascaraflecken hineinmachen kann, die ihn zwar hinterher schrecklich ärgern werden, weshalb er mir aber niemals einen Vorwurf machen würde.

Den ganzen restlichen Tag über laufe ich wie auf Autopilot. Meine Gedanken kreisen ständig um die SMS auf meinem Handy, das sich in der Tasche meiner Jeans befindet und durch den Stoff auf meiner Haut brennt, so sehr konzentriere ich mich auf mögliche Vibrationen weiterer SMS. Aber wieso sollte auch eine kommen? Ich habe ja gar nicht auf Pauls letzte geantwortet. Bin ich wirklich so blöd zu glauben, dass er mir jetzt bettelnd hinterherlaufen wird? Warum hat er mir denn überhaupt wieder geschrieben? Oder war die Nachricht vielleicht am Ende gar nicht für mich bestimmt? Und warum um alles in der Welt schafft Paul es immer, mich derart aus der Bahn zu werfen? Wieso kann ich nicht einfach nur mit dem Kopf schütteln, milde lächeln und die SMS in den Papierkorb verschieben, wo sie hingehört, nachdem er sich einfach nicht mehr gemeldet und ich mich schon als eine seiner vielen Exfreundinnen erkannt hatte? Wir Frauen sind schon komplexe Wesen; kein Wunder, dass die Männerwelt sich so schwer damit tut, uns zu verstehen. Ich glaube, wir lernen sehr wohl aus vergangenen Beziehungen und wissen auch, was man(n) tatsächlich von uns will und worauf das Ganze hinauslaufen wird. Das ist das, was wir in unseren Köpfen manifestiert haben. Und da wäre noch das Wünschen. Wenn Frauen sich etwas wirklich aus tiefster Seele wünschen, dann gehen sie irgendwann so sehr in diesem Wunschtraum auf, dass er für sie zur Wirklichkeit wird, so wie es eben auch schon bei Pippi Langstrumpf hieß: »Wir machen uns die Welt, wie sie uns gefällt.« Dann überlagert unser Wunschdenken alle Vernunft in unseren Köpfen und Realität und Traum verwischen schleichend, sodass wir selbst irgendwann beim besten Willen keine Trennlinien mehr zwischen ihnen ausmachen können. Und schon wird aus einem »Aber er hat mich doch geliebt!« oder einem »Wir hatten doch bald heiraten und eine Familie gründen wollen!« schnell eine sehr fragwürdige Aussage, die wahrscheinlich von der männlichen Seite so nicht bestätigt werden kann.

Ein weiteres Phänomen der Frauenwelt, das den Umgang mit solchen Männern wie Paul nicht leichter macht: die krassen Gegensätze, die wir in uns vereinen. Einerseits ist keine Frau mit sich zufrieden und findet überall Verbesserungspotenzial an sich. Anstatt einfach mal vor dem Spiegel zu stehen und zu sagen: »Dein Hintern sieht in dieser Jeans heute einfach sensationell aus, Baby!«, finden wir einen Makel nach dem anderen, sei es

Cellulite am Oberschenkel, der kleine Höcker auf dem Nasenrücken, die Blinddarmnarbe am Unterleib oder zu große oder zu kleine Brüste. Und auch an unseren Fähigkeiten, sei es im Berufsleben oder als Mutter, zweifeln wir in einer Tour. Aber trotz unserer Perfektion darin, uns selbst klein und nichtig zu machen, besitzen wir noch ein Talent, was im Gegensatz dazu geradezu absurd wirkt: Würden wir unseren Beschreibungen von uns selbst tatsächlich entsprechen, wären wir wie die buckelige und zahnlose Hexe im Wald, aus deren Warze auf der Nase drei Haare sprießen und die noch dazu dumm wie Stulle und schon mit dem Unterscheiden von Hänsel und Gretel völlig überfordert wäre. Und jetzt das große ABER: Wir halten uns trotz dieser Verinnerlichung völliger Selbstunterschätzung für die einzig wahre Traumfrau unseres Zielobjekts! Wie das? Ist unser Mann der Begierde etwa auch nur eine schlechte Version von Nosferatu? Nein, nein, ganz im Gegenteil! Er ist perfekt, und selbst George Clooney kann gegen ihn nur verlieren. Warum sollte so ein Traumtyp dann ausgerechnet auf so jemanden wie uns gewartet haben? Ist das nicht verrückt? Ist es. Aber ganz egal, jede von uns, die in so einen Mann wie Paul verliebt und sich eigentlich der von ihm ausgehenden Gefahr bewusst ist, kennt den Gedanken, dass bei ihr alles anders werden wird als bei ihren Vorgängerinnen und diese einfach nicht Carolin, Susanne oder, wie in meinem Fall, nicht Laura genug für ihn waren. Und jetzt treten wir in sein Leben, er erkennt endlich, was ihm all die Jahre wirklich gefehlt hat, und badabumm – der Bann ist gebrochen, wir haben ihn gezähmt und anstatt wie all die anderen als Kerbe am Bettpfosten zu enden, vergöttert er uns als Einzigste und Frau seines Herzens bis an sein Lebensende.

Mädels: Wir sind doch bekloppt!

In the nighttime when the world is at its rest,
you will find me in the place I know the best
dancing, shouting, flying to the moon.
Don't have to worry 'cause I'll be come back soon
and we build up castles in the sky and in the sand,
design our own world ain't nobody understand.
I found myself alive in the palm of your hand
as long as we are flying all this world ain't got no end.

Die Vorhänge sind offen, erste Sonnenstrahlen kämpfen sich durch den herbstlichen Nebel, und frühe Vögel wagen zaghafte Singversuche und hüpfen wohl gerade steif von Ast zu Ast, um etwas Wärme in ihre klammen Füße zu kriegen. Kleine Lichtflecken beginnen über die hohen weißen Wände zu wandern, über ein Ölgemälde hinweg (ist das Klimt?), und brechen sich in einem schmalen, leicht gekippten Standspiegel. Meine Zehen streifen das kühle Fußende des weißen, aus glattem und schnörkellosem Holz gefertigten Bettes, und ich ziehe sie schnell zurück unter die dunkelblaue, noch schlafwarme Steppdecke. Ich ziehe sie ein wenig höher und atme tief den Duft der Bettwäsche ein, die nach Waschmittel, Männerduschgel, -deo oder Ähnlichem, Schweiß und Schlaf riecht. Ich drehe mich auf die Seite und betrachte die blonden, schon von einzelnen, jedoch kaum erkennbaren grauen Strähnen durchzogenen wuscheligen Haare, die sich ohne Wachs ganz weich zwischen den Fingerspitzen anfühlen. Das Gesicht ist in einem von goldenen Härchen und einzelnen blassen Sommersprossen übersäten Arm vergraben, der zu einer männlich breiten Schulterpartie hinaufführt. Mein Blick wandert den leicht V-förmigen Rücken hinab, bleibt kurz an den rötlichen feinen Linien in der Haut hängen, die meine Fingernägel dort nur wenige Stunden zuvor verursacht haben, und folgt dann weiter der Wirbelsäule bis zur Wölbung des Pos, der unter der Bettdecke verborgen bleibt. Der Männerkörper neben mir hebt und senkt sich gleichmäßig, begleitet von ebensolchen tiefen Atemzügen, die von entspanntem Schlaf zeugen. Als würde Paul meine Blicke auf sich ruhen spüren, holt er mit einem leisen Seufzen Luft und dreht leicht seinen Kopf, ohne aufzuwachen. Beim Anblick der stoppeligen Wangen, der leicht geöffneten Lippen, der kleinen sternförmigen Narbe am Kinn, die mir bei unseren ersten Begegnungen gar nicht aufgefallen war, werde ich von solch einer Glückswoge überrollt, dass ich von deren Wucht völlig überrascht nach Luft schnappen muss. Was interessiert es mich schon, was die anderen sagen? In solchen Momenten wie diesen gibt es eh nur Paul und mich auf der Welt.

Ich hatte wirklich nicht auf seine SMS geantwortet. Aber als ich gestern von der Arbeit nach Hause kam und er dort auf den Stufen gesessen und auf mich gewartet hatte, konnte ich ihn nur noch schlecht ignorieren. Die Art, wie er mich angesehen, und seine Stimme, als er mich mit einem leisen »Hi« begrüßt hatte, hatten einfach – wuaaah – echte Schauer über meinen Rücken und meine Arme laufen lassen.

»Warum hast du dich nicht mehr gemeldet?«, wollte er von mir wissen, und ich hatte ihn nur überrascht anblicken und empört kontern können:

»Warum *ich*? Warum hast *du* dich denn nicht gemeldet? Ich habe oft genug Versuche unternommen, dich zu erreichen. Ich habe jede Minute an dich gedacht und auf irgendeine Reaktion auf meine SMS, E-Mails oder Ähnliches gehofft, und nichts kam. Ich bin fest davon ausgegangen, dass du kein Interesse mehr an mir hast. Und jetzt kommst du mir mit solch einer Frage?« Ich konnte es nicht fassen. Ich hatte wirklich gelitten, richtigen Liebeskummer zu bewältigen gehabt, und nun stand er wieder hier, völlig arg- und verständnislos und mit der Überzeugung, dass alles bei uns beim Alten wäre?

»Wie kommst du denn darauf, dass ich kein Interesse mehr an dir haben könnte?« Jetzt war es an Paul, ehrlich überrascht zu sein. »Ich hatte einfach nur jede Menge zu tun! Einer meiner Partner in der Kanzlei ist verreist, und ich habe einige seiner Mandanten zur vorübergehenden Mitbetreuung zugeteilt bekommen. In deren Fälle muss ich mich auch einlesen, damit ich überhaupt weiß, was Sache ist, und diese dann auch gut machen kann. Ich habe einfach kurzzeitig meine Prioritäten anders setzen müssen, aber das heißt doch noch lange nicht, dass du mir egal bist!« Paul trat auf mich zu, legte sanft eine Hand um meinen Nacken, und sein Daumen strich dabei zärtlich über mein Gesicht. Und dann war es auch schon passiert: Ein Stück seiner Haut auf meiner, ein Blick in diese grünen, gerade sehr ernst dreinblickenden Augen, und die Zellen in meinem Kopf verfielen wieder in den bereits erwähnten urzeitlichen Ugah-Modus und ich in völlige Wehrlosigkeit und Verdummung.

»Wollen wir irgendwo einen Kaffee trinken gehen oder so?«, fragte er leise, ohne mich loszulassen.

»Wäre irgendwo Currywurst essen auch okay? Ich hab deinetwegen nämlich längere Zeit nicht richtig essen können und hätte einen gewissen Kaloriennachholbedarf«, krächzte ich, da mein Mund gerade ziemlich ausgedörrt war. Paul lachte amüsiert.

»Bist du nicht so ein Frustfresser wie ich?«

»Nein, ein Kummer-Futterverweigerer bin ich. Und das bekommt mir über längere Zeit gar nicht gut.«

»Na, dann komm.« Er ließ mein Gesicht los und griff

dafür nach meiner Hand, um mich hinter sich herzuziehen. »Ich weiß da was, wo du eine sensationelle Currywurst mit Pommes bekommst. Und da du meinetwegen hungern musstest, wenn auch völlig zu Unrecht, ist es ja wohl das Mindeste, dass ich dich jetzt dorthin entführe!«

Und dann saßen wir in der U-Bahn, eng aneinandergedrückt, und es wäre mir noch lieber gewesen, ich hätte in ihn hineinkriechen können, so sehr hatte ich ihn vermisst und mich nach seiner Nähe gesehnt. Wir sind nach Ludwigsvorstadt gefahren, wo wir im Bergwolf beide zwei riesige Portionen Currywurst mit Pommes verdrückten und dabei die meiste Zeit schwiegen, uns über den Tisch hinweg ansahen und unerklärlicherweise ständig dümmlich grinsen oder kichern mussten wie Teenies. Als ich später in der U-Bahn wieder dicht an ihn heranrutschte und meine Finger in seine schob, zog er schließlich mein Gesicht an seines heran und begann mich zu küssen. Und dank seiner Küsse, die sich so schön vertraut anfühlten und nicht viel später in wilder Rumknutscherei endeten, vergaß ich ganz, dass ich ja eigentlich nach Hause fahren wollte, und landete schließlich bei ihm in Haidhausen. Genau dort, wo ich jetzt gerade eben aufgewacht bin.

Eigentlich sollte ich mich deswegen schlecht fühlen und ein ebensolches Gewissen haben. Immerhin bin ich (mal wieder) weich geworden, habe gegen meine Vorsätze verstoßen und (tatsächlich) wieder mal nichts dazugelernt. Vernunft ist also nicht mein zweiter Vorname. Aber ist Vernunft nicht manchmal auch einfach nur schrecklich langweilig? Was ich in meinem Leben schon alles Schönes verpasst hätte, hätte ich immer nur auf meinen Verstand und nicht auf mein Bauchgefühl oder mein Herz gehört!

»Woran denkst du?« Oh, ich hab gar nicht bemerkt, dass er aufgewacht ist. »An Brautsträuße, Treuegelübde und pinke Hochzeitstorten?«

»An die Falle, in die ich blindlings hineingetappt bin.«

»Was für eine Falle?«

»Na, das alles hier.« Ich mache eine weit ausholende Bewegung mit meinem Arm. »An das Netz, in dem alle Mädels kleben bleiben und in dem du sie einwickelst und ihnen jeden Rest von Verstand und Selbsterhaltungstrieb aussaugst.«

»Hm.« Paul runzelt die Stirn. »Dann ist es mir doch lieber, du denkst an pinkfarbene Hochzeitstorten.« Er hebt auffordernd einen Arm, und ich schiebe mich schnell zu ihm hinüber und schlüpfe bei ihm unter, wo es sich warm und geborgen anfühlt. »Glaub mir, du bist nicht wie die anderen Mädels«, murmelt er in meine Haare, und sein Arm zieht sich dabei fester um mich und drückt mich an seine Brust. »Du bist etwas ganz Besonderes für mich, etwas sehr Ernstes, und das ist einfach noch total ungewohnt für mich. Ich muss erst lernen, mit solchen Gefühlen umzugehen, ich hatte solche noch nie.« Er hält inne, und ich weiß nicht, ob er nach Worten sucht oder auf eine Reaktion von mir wartet. Also mache ich nur leise »Hm« und drücke meine Nase dichter an seine Haut. »Du musst einfach Geduld mit mir haben, Laura, ja?«, fährt er dann fort.

»Hast du das zu den anderen auch immer gesagt?«, will ich wissen und könnte mich im gleichen Augenblick schon wieder für meine Frage selbst ohrfeigen. Paul holt hörbar Luft, und ich habe Angst, er könnte nun aufstehen, sich anziehen und dieser Moment, der sich von gestern Abend bis zum Jetzt erstreckt und nur uns beiden gehört, mit einem Mal abrupt vorbei sein. Weg und nur noch eine Erinnerung, an die man später wehmütig zurückdenkt. Es bleibt einem nicht mehr, als den

Gefühlen nachzuspüren, die man damals empfunden haben mag.

»Du weißt doch, dass ich nie so der Beziehungstyp war«, sagt er dann, und seiner Stimmlage sind keinerlei Gefühlsregungen zu entnehmen. »Meiner Meinung nach sind Menschen nicht für feste Partnerschaften vorgesehen, und die Kirche und die Film- und Musikindustrie wollen es ihnen nur weismachen und mit Romantik und dem ganzen Gedöns ihr Geld verdienen. Man sollte sich nicht zu sehr auf irgendwas oder irgendwen festlegen lassen und einfach sehen, in welche Richtung es einen verschlägt, und nach dieser Vorstellung habe ich bisher eben auch mein Leben gelebt. Mit allem, was dazugehört«, fügt er hinzu. Inzwischen hat er sich auf den Rücken gedreht, die Arme hinter dem Kopf verschränkt, und starrt an die Decke. Anscheinend hat er nicht immer diese Meinung gehabt, sonst hätte er ja wohl kaum früher schon einmal den Plan gehabt, eine bestimmte Frau zu heiraten, doch das sage ich ihm jetzt lieber nicht.

»Aber widerspricht sich das nicht?«, wage ich stattdessen einzuwenden.

»Was?«

»Dass du denkst, das mit uns könnte etwas Ernstes sein, und du Gefühle für mich hast, die du zuvor nicht kanntest? Und gleichzeitig glaubst du nicht daran beziehungsweise willst keine feste Beziehung haben?« Paul antwortet nicht, und ich schlucke schwer. Irgendwie fühle ich mich plötzlich mutterseelenallein. Eben noch in der kuscheligen Kuhle seiner Armbeuge und einen Augenblick später alleine auf einer kalten und einsamen Bettseite. »Ich glaube, ich geh dann mal besser nach Hause.« Ich mache Anstalten aufzustehen, doch Pauls Hand schnappt auf einmal nach meinem Arm und zieht mich zurück.

»Bitte bleib hier!«, murmelt er. »Ich hab doch gesagt:

Du musst Geduld mit mir haben!« Ich lasse mich zurücksinken und genieße das Gefühl seiner weichen Lippen auf meiner Haut, begleitet von dem leichten Kratzen seiner Bartstoppeln, während er über meinen Arm und meine Schulter kleine Küsse verteilt. Klar hab ich Geduld mit dir, Paul. Immerhin habe ich jetzt so lange nach meinem Sinn gesucht, da macht das bisschen Abwarten auch nichts mehr aus. Und vielleicht bist du ja genau dieser? Ach was, ganz bestimmt sogar!

Du bist mutig, weil du mir Treue schwörst
zwischen all den schönen Souvenirs.
Sprich mich an, in dem Takt,
der dieses Lied zu unserem Hit macht.

Man merkt, dass der Herbst kommt. Nein, nicht daran, dass jetzt die Morgen nebeliger, die Bäume kahler, die Nächte kälter und die Supermärkte schon wieder mit Schokonikoläusen und Lebkuchen zugebaut sind. Sondern daran, dass wieder weniger geheiratet und dafür mehr gestorben wird. Der eine Papierstapel auf meinem Schreibtisch wächst, während der andere deprimierend schrumpft. Es scheinen die alten Leute beim ersten Aufdrehen ihrer Heizungen und beim Anblick der ersten Herbststürme und Regengüsse zu denken: »Das will ich mir dieses Jahr glaub ich nicht mehr antun. Ich denke, für mich ist die Zeit gekommen.« Und wenn sie dann friedlich einschlummern, ist ihr letzter freudiger Gedanke wahrscheinlich, dass sie im kommenden Jahr endlich mal keine völlig überteuerte Abrechnung mehr an die Stadtwerke werden bezahlen müssen und dafür noch einen schönen Sommer erleben durften. Anders kann ich mir dieses jährliche Phänomen jedenfalls nicht erklären. Paul nutzt mein Gejammere über die nun weniger angenehmen Seiten meines Jobs natürlich, um mich wieder damit aufziehen zu können.

»Kein Wunder, dass die sich alle umbringen, wenn du sie ein paar Jahre zuvor verheiratet hast! Die Ehe ist der sichere Tod – meine Rede! Das hast du jetzt davon!« Hach, Paul. Überhaupt wäre ich gerade viel lieber in seinem kuscheligen Bett, meinen Kopf auf seiner Brust liegend und vor mich hin dösend, und würde bei jedem

Atemzug seinen Geruch einatmen und das Gefühl meiner Wange auf seiner Haut und den blonden Härchen genießen. Dass er im Augenblick auch nicht in seinem Bett liegt, sondern in seiner Kanzlei sitzt und Gesetzestexte durchforstet, lässt den Gedanken an ihn nicht weniger sehnsuchtsvoll werden. Ich werfe einen Blick aus dem Fenster, wo rot-braune Laubblätter vom Wind durch die Luft gewirbelt und dann von schweren Regentropfen zu Boden gedrückt werden. Der Himmel ist trist und »in heiterem Betongrau«, wie Franzi ihn in ihrer typischen Ironie bezeichnen würde. Vielleicht sollte ich mich mit ihr treffen? Ein Cappuccino mit ihr im Café Jasmin oder meinetwegen auch in einem Starbucks ihrer Wahl würde meine Laune bestimmt heben! Und vorher vielleicht noch ein kleiner Bummel durch ein paar Klamottengeschäfte? Ist ja nicht so, dass ich nach meinem Herzschmerz-Frustshopping vom letzten Mal nicht für die nächsten zwei Jahre pleite wäre ... Aber ich könnte noch ein paar nette Unterwäsche-Sets gebrauchen, damit Paul was zum Auspacken hat (hihi), und wenn es jetzt tatsächlich so kalt bleiben sollte, sollte ich meinen Kleiderschrank noch mit ein oder zwei wirklich warmen Pullis bestücken. (In meinem bereits vernünftigen Alter bedeutet »wirklich warm« Folgendes: Sie sind vorne nicht so weit ausgeschnitten, dass man bis zum Bauchnabel gucken kann, und außerdem, dass ihre Länge auch die Nieren bedeckt. Und nein, nur weil ein Pullover aus mehr als nur dreißig Zentimeter Stoff oder Wolle besteht, bedeutet das nicht, dass er zwangsläufig unsexy aussehen muss! Wirklich stylishe Frauen wissen, wie man den Wow- mit dem Wärme-Effekt vereinen kann).

Nur zwei Stunden später stehe ich mit meiner Franzi im Einkaufszentrum (weil im Gegensatz zur Stadt kuschelig beheizt!) und begutachte verschiedenste Slips, Pants, Strings und Tangas.

»Ich bin echt froh, dass in dir endlich wieder ein Stück deines Selbsterhaltungstriebes keimt und du dir schon wieder ein paar Dessous für dein Selbstbewusstsein gönnst!«, freut sich meine beste Freundin und folgt mir quer durch die Regalreihen.

»Hm«, mache ich nur. Sollte ich ihr wirklich sagen, dass mein Selbstbewusstsein Paul heißt und ich somit ihren klugen Ratschlägen nicht gefolgt bin?

»Ist sowieso viel besser, sich für sich selber so nette Dinge wie schöne Unterwäsche zu kaufen. Kerle nehmen so ästhetische Details schließlich überhaupt nicht wahr; die sind doch in ihrem Hormonrausch so blind wie nach zwei Flaschen illegal gemixtem Absinth!«

»Hm«, mache ich nur wieder. »Ja, stimmt schon.« Während ich eine mit einem funkelnden Strassstein besetzte Hotpants aus schwarzer Spitze begutachte, zieht Franzi staunend einen BH in Größe 90 E aus dem Regal und hält ihn mir mit hochgezogenen Augenbrauen vors Gesicht.

»Also, meiner Meinung nach machen solche BHs Sozialbauten echt überflüssig! Da passt ja in jede Schale eine ganze Familie mit drei Kindern plus Pitbull Kevin rein!«

»Franzi!«, tadele ich, muss aber trotzdem grinsen.

»Ist doch wahr!« Kopfschüttelnd hängt sie das riesige Ungetüm zurück an seinen Platz. »Mal ehrlich: Wer solche Brüste hat, ist ja wohl besser beraten, wenn er zum Bauern fährt und dort nach Euternetzen fragt!«

»Pst! Franzi!«, ermahne ich sie entsetzt, allerdings muss ich ebenfalls laut lachen. Meine Freundin ist wirklich skrupellos! Zufrieden blickt sie mich an.

»Immerhin lachst du schon wieder. Seit wann bist du denn schon wieder so gut drauf? Jetzt war mal eine Woche lang meine Familie bei mir und ich ein paar Tage auf Geschäftsreise, und schon kriege ich überhaupt nichts mehr mit! Als ich dich das letzte Mal gesehen habe, warst du noch ein Häufchen Elend!«

»Also … So seit zwei Wochen oder so …«

»Ehrlich? Wie das denn so plötzlich?«

»Hm, also, weißt du …«, stottere ich und verschwinde mit meinem Kopf sicherheitshalber zwischen BHs und Slips und täusche die angestrengte Suche nach der für mich passenden Größe vor. Da scheint Franzi die Lunte schon zu riechen.

»Warte mal …« Ein großer Nachteil ihrer Kleinwüchsigkeit ist, dass sie einem verdammt gut von unten prüfend ins Gesicht sehen kann. Und genau das tut sie jetzt in diesem Augenblick auch. »Laura!«, schreit sie plötzlich auf und klingt dabei wütend und entsetzt zugleich, so wie wenn man seinen kindergleich verhätschelten Hund dabei ertappt, wie er genüsslich aus der Kloschüssel säuft.

»Der Geist war ja willig!«, jammere ich und kapituliere. »Aber plötzlich saß er da, und dann hat er mich angeschaut und angefasst und ich …«

»Laura Lowe, das kann ja wohl nicht wahr sein!« Die Augen meines Gegenübers beginnen zu funkeln, und sie stemmt erbost ihre Hände in die Hüften. Nun gleicht meine bezaubernde Hobbitfrau eher einem todbringenden Kampfzwerg, mit dem keinesfalls zu spaßen ist. »Wie kann aus so einer intelligenten Frau wie dir nur auf einmal so ein Volltrottel werden?« Mir fällt auf diese beinahe unverschämte Frage keine passende Antwort ein, und ich starre hilflos auf weißen und roten Spitzenbesatz.

»Kann ich Ihnen behilflich sein?«, fragt da eine Verkäuferin höflich in meine Richtung. Ich hatte sie gar nicht kommen sehen oder hören.

»Nein danke, der Dame ist nicht mehr zu helfen!«, schimpft Franzi, und die Verkäuferin schaut verwundert von ihr zu mir und wieder zurück.

»Danke, ich sehe mich erst mal nur ein wenig um«, versuche ich das Ganze etwas abzumildern und lächele freundlich. Vertraulich beugt sich die Verkäuferin ein Stück nach vorne und meint leise zu mir:

»Wenn Sie einen Moment Ruhe von Ihrer Tochter haben wollen, dann kann ich Ihnen unsere Kinderecke dort drüben empfehlen. Vielleicht lässt sie sich ja mit einem netten Zeichentrickfilm beruhigen, und Sie können sich ungestört bei uns umgucken.« Meine Tochter? Ich kann mich immer noch nicht daran gewöhnen, dass so viele Leute auf den ersten Blick glauben, Franziska wäre aufgrund ihrer Größe und Statur gerade einmal zwölf Jahre alt. Ich spähe zu meiner Freundin hinüber, die solche Verwechslungen normalerweise relativ gelassen hinnimmt, in ihrer jetzigen Stimmung aber geradezu überbrodelt vor Wut.

»Gute Frau, ich bin neunundzwanzig Jahre alt und habe wahrscheinlich mehr Lebenserfahrung als Sie! Und Ihre Kundin dort kann ich so viel stören, wie ich will, denn ich lasse mich im Gegensatz zu Ihnen nicht von irgendwelchen ersten Eindrücken täuschen und werde nicht dabei zusehen, wie meine Freundin treudoof und naiv in ihr Verderben rennt!« Die Verkäuferin stottert verlegen irgendeine Entschuldigung und schaut verschämt zu mir.

»Nein, mir tut es leid! Bitte entschuldigen Sie meine Begleiterin!« Ich packe Franzi am Arm und bugsiere sie aus dem Laden hinaus. »Sie hat es doch nicht böse gemeint!«, verteidige ich dort die Angestellte von eben.

»Na und? Sie wird aber darüber hinwegkommen. Du, meine Liebe, wirst über ein neues Beziehungsdrama nicht so schnell hinwegkommen, das weiß ich und das weißt du! Warum tust du dir das an? Ich verstehe das einfach nicht!«

»Weil ich ihn gernhabe, deshalb!«, erwidere ich, jetzt ebenfalls laut. »Und ich weiß selbst, dass er ein Herzensbrecher ist und dass er eigentlich genug Gründe aufweist, warum ich ihm weiträumig aus dem Weg gehen sollte! Aber, Franzi, inzwischen kenne ich auch genug Gründe, warum ich in seiner Nähe sein will! Und es reicht, dass ich mich dafür ständig vor mir selbst zu rechtfertigen versuche, ich möchte es nicht auch noch vor anderen tun müssen!« Meine Freundin hat schweigsam zugehört und mich nur stumm angesehen. Nun holt sie tief Luft.

»Du sollst dich nicht vor mir rechtfertigen. Ich mache mir einfach nur Sorgen um dich!«

»Ich weiß. Und ich bin auch echt froh, dass ich dich habe und dass da jemand ist, der sich Gedanken um mich macht. Aber überleg doch mal: Selbst wenn nicht Paul mein Herr Sinn des Lebens ist, sondern ein anderer, wer sagt mir, dass mir nicht sogar der Richtige wehtun wird? Vielleicht gibt es ja gar keine Beziehung ohne Nebenwirkungen?«

»Hm, ziemlich sicher sogar.«

»Siehst du. Und du kannst dir nicht immer Sorgen um mich machen! Und ich will mir nicht ständig einen Kopf über mögliche Risiken machen müssen! Ich will einfach nur lieben und zurückgeliebt werden. Und wenn das nicht zu gleichen Teilen passieren wird, auch egal. Aber lieber so, als auf dieses Gefühl ganz verzichten zu müssen.«

»Ja, du hast ja recht.« Franziska zuckt ratlos mit den Schultern, und dann nimmt sie mich in den Arm beziehungsweise umarmt meine Körpermitte. »Du wirst sicher das Richtige tun, du bist ja schon erwachsen«, murmelt sie in meinen Bauch. Ich nicke.

»Bestimmt.« Ich streichle ihr über den dunklen Lockenkopf, und für einen kurzen Augenblick frage ich mich, ob ich wirklich das Richtige tue. Aber wenn nicht, ist es auch egal. Jeder Moment mit Paul ist für mich so wertvoll, dass ich dafür so einiges in Kauf nehmen würde. Auch eine Fahrt mit 220 km/h in eine Sackgasse. Mit Totalschaden. Und so wie ich Paul bisher kennengelernt habe, werde wohl ich diejenige sein, die mit dem Schaden zurückbleibt.

Don't get me wrong
if I'm acting so distracted.
I'm thinking about the fireworks
that go off when you smile.

Ich beneide ja alle Frauen, die Bad Hair Days haben. Warum? Ich kenne so etwas nicht. Ich habe ein einziges Bad Hair Life. Über einzelne Tage, an denen meine Haare nicht das tun, was ich will, wäre ich froh! Und so stehe ich auch jetzt wieder in meinem Bad vor dem Spiegel und versuche alle Tricks, die ich jemals in Zeitschriften gelesen habe, um Volumen in zu feines Haar zu bekommen. Volumenschaum, föhnen über die Rundbürste, über Kopf, die Haare mit den Fingern anheben und Haarspray in die Ansätze sprühen etc. Schließlich sind meine Haare noch platter und strähniger als zuvor. Da hilft nur eines: nochmal waschen. Ist ja nicht so, dass in einer halben Stunde schon Paul vor meiner Tür stehen würde, um mit mir ins Kino zu gehen … Und nun läutet auch noch das Telefon. Einfach klingeln lassen, sage ich mir, für irgendwelche Gespräche mit Attila über irgendwelche Schlagsahneschlachten mit seinem Sven oder tiefschürfende Gespräche im Englischen Garten habe ich jetzt schlichtweg keine Zeit, genauso wenig wie für Franzis Tiraden über ihren blöden, frauenfeindlichen Chef, bei dem sie jeden Tag wieder an Kündigung denkt und es dennoch nie durchzieht. Und falls Linda mir von ihrem zweiwöchigen Urlaub auf Bali erzählen will … Es klingelt immer noch. Ich kann trotzdem nicht rangehen, denn mein Kopf hängt bereits wieder über dem Badewannenrand, und meine Hand tastet nach Duschkopf und Warmwasserhahn. Der Anrufbeantworter springt an.

»Mäuschen, bist du da?« Mäuschen? Aber, das kann ja nur … »Ich bin's, deine Mutter.« Mama??? Wieso ruft meine Mama an, jetzt, um diese Zeit? Wenn sie überhaupt anruft, dann immer möglichst früh, um mich aus dem Bett jagen und scheinheilig die Zeitverschiebung als Entschuldigung angeben zu können, an die sie einfach nie denkt, wenn sie kurz vorm Schlafengehen mit mir sprechen will. Ich lasse den Duschkopf mit einem Scheppern in die Wanne fallen und rase aus dem Bad, um mein Telefon zu suchen. Kann ich mir nicht einfach irgendwann angewöhnen, den Hörer auf die Station zu legen, da, wo er hingehört? Nein, ich muss bei jedem Anruf immer erst einen Suchmarathon durch meine ganze Wohnung starten.

»Also, ich hatte eigentlich gehofft, dass du da bist. Ich stehe nämlich am Flughafen. Also, ähm, bei dir in München …« WAS? Hektisch reiße ich Klamottenstapel hoch und ziehe Schubladen auf. »Ich wollte fragen, ob du mich vielleicht abholen kannst? Aber dann nehme ich mir eben ein Taxi.« Kurze Pause. »Oder ich rufe einfach gleich nochmal an.« Zack. Stopppp! Toll, jetzt habe ich das Telefon gefunden. Es steckt in der Kühlschranktür, eingeklemmt zwischen einer Tüte Milch und einer Flasche Asti.

»Hallo?«, rufe ich atemlos. Nichts. Entweder ist mein armes Telefon erfroren oder aber meine Mama hat schlicht und einfach schon aufgelegt. Warum steht sie am Flughafen? Wieso kann sie mir das nicht einfach wie andere Mütter schon einen Tag eher ankündigen? Und was um Himmels willen mache ich jetzt mit Paul? Und mit meinen Haaren???

»Flap, flap, quiiieeetsch, flap, flap, quiiieeetsch« machen meine Scheibenwischer, während sie kleine Wellen Regenwasser zur Seite drücken.

»Also, ich bin jedenfalls gespannt darauf, deine Mutter kennenzulernen«, grinst Paul vom Beifahrersitz zu mir herüber und legt seine Hand auf mein Knie.

»Hm«, brummele ich nur und starre stur geradeaus auf die Straße, während ich mich mit dem gesamten Feierabendverkehr über die Autobahn Richtung Erdinger Moos vorkämpfe.

»Und mit deiner Mütze siehst du richtig sexy aus.« Ich werfe ihm einen vorwurfsvollen Blick zu. Will er mich verarschen? »Du scheinst nicht wirklich begeistert über den Besuch deiner Mutter zu sein, was?«

»Wie kommst du denn darauf? Nur weil ich mich heute eigentlich in meine neuen Dessous geworfen, mich auf einen gemütlichen Kinoabend mit dir und einen netten Ausklang bei mir zu Hause gefreut hatte? Meine Haare aussehen, als hätte ich sie eine Woche lang nicht gewaschen und eine schwere Grippe hinter mir? Weil es wie aus Eimern gießt und ich mich mit unzähligen anderen über eine rutschige Autobahn zum Flughafen wälzen muss, um meine liebende Mama abzuholen, die nicht auf die Idee kommt, mir ein paar Tage vorher oder wenigstens kurz vor ihrem zwölfstündigen Flug Bescheid zu sagen, dass sie nach fast einem Jahr mal wieder nach München kommt, um mir einen Abend mit meinem Freund zu versauen? Wer würde sich da nicht freuen?«

»Weiß auch nicht«, lacht Paul, und seine Hand, die immer noch auf meinem Knie liegt, drückt es kurz aufmunternd. »Außerdem hat deine Mutter bestimmt ein Hotelzimmer reserviert, oder? Wir können doch trotzdem unseren Abend miteinander verbringen. Wir holen sie ab, fahren sie zu ihrem Hotel, und dann gehen wir entweder in die Spätvorstellung oder gleich zu dir. Ich kann uns ja auch noch eine Portion Pasta kochen, wenn du willst. Und dann gibt es nur noch uns beide.«

»Ihre Nudeln schmecken wirklich ausgezeichnet, Herr Mölling!«, ruft meine Mutter begeistert und schiebt auffordernd ihr leeres Weinglas zu mir herüber. Unlustig fülle ich es wieder auf.

»Ach, sagen Sie doch einfach Paul zu mir«, bietet er ihr mit charmantem Lächeln an, und ich kann nicht anders, als mit den Augen zu rollen.

»Ich weiß gar nicht, warum mir meine Tochter nicht schon eher von so einem Schatz wie Ihnen erzählt hat?!«, wundert sie sich und sieht mich kopfschüttelnd an. Tja, das weiß ich auch nicht genau. Wahrscheinlich, da ich nicht noch mehr Mitwissende um mich herum haben wollte, die mir kluge Ratschläge zu Dingen erteilen, über die ich mir selbst erst noch klar werden muss. Mein Freund sieht nun ebenfalls fragend zu mir, und ich kann seinem Gesichtsausdruck entnehmen, dass er damit nicht ganz glücklich ist. Ebenso wie mit der Tatsache, dass wir vorhin mit meinem Mini Cooper anstatt mit seinem Auto gefahren sind. Nicht, dass er ein Problem mit mir als Fahrerin oder mit meinem Mini hätte. Eher damit, dass mir seine Bonzenkarre peinlich gewesen war und ich damit nicht so hatte wirken wollen, als würde ich angeben. Oder als hätte ich mir Paul seines Geldes wegen angelacht. Immer noch ruhen die Blicke der anderen auf mir.

»Na ja, war viel los die letzten Wochen«, nuschele ich und beuge mich tief über meinen Teller, wo ich nur lieblos in meinen Nudeln herumstochere. Es ist ja nicht so, dass ich mich nicht freuen würde, meine Mutter nach so langer Zeit mal wiederzusehen! Natürlich tue ich das! Aber andere Umstände hätten ihren Besuch deutlich erfreulicher machen können. Ein anderer Termin oder eine rechtzeitige Vorwarnung zum Beispiel. Allerdings wollte sie, wie sie mir auf der Heimfahrt zu meiner Wohnung erklärt hat, ja gar nicht zu mir, zumindest vorerst nicht.

Eigentlich hatte sie ihre beste Freundin Ursula besuchen und eine reine Weiberwoche mit ihr verbringen wollen, inklusive Extremshopping die Kaufinger Straße hoch und runter und Besuch in dem tollen Spa an der Oper. Dann musste Ursula aber überraschend für eine krank gewordene Kollegin einspringen und sich nun für zwei Tage die Füße auf einer Messe platt stehen. Der Rest ist bekannt.

»Kannst du nicht trotzdem bei ihr schlafen?«, frage ich jetzt.

»Bei wem?«, fragt meine Mutter irritiert zurück, die sich gerade bei Paul nach dem Namen des Rotweins erkundigt hatte.

»Bei deiner Ursula.«

»Ich kann doch nicht bei ihr in der Wohnung schlafen, während sie nicht im Haus ist!«, lautet die leicht empörte Antwort.

»Warum nicht?«

»Laura!« Paul schüttelt tadelnd den Kopf. »Es ist doch nicht schlimm, wenn deine Mutter bis morgen Abend bei dir bleibt. Ihr habt euch doch so lange nicht gesehen!« Ein Tag länger wäre auch nicht weiter tragisch gewesen, will ich antworten, oder eigentlich hätte ich *dich* sehen wollen, nämlich mit möglichst wenig an oder zumindest ohne Statisten, die im Hintergrund durch meine Wohnung laufen. Stattdessen kontere ich spitz:

»Ach ja? Wo ist denn *deine* Mutter?«

»In ihrem Haus am Starnberger See. Und da ist sie auch bestens verräumt!«, erwidert mein Freund mit leicht eisigem Unterton. Klar weiß ich inzwischen, dass er und seine Eltern kein besonders inniges Verhältnis miteinander pflegen und dass sie sich deshalb auch nicht öfter als einmal im Jahr, nämlich höchstens mal an Weihnachten oder bei Todesfällen im Verwandtschaftskreis, zu Gesicht bekommen. Aber das musste einfach sein. Ich meine, auf welcher Seite steht er eigentlich? Und außerdem muss er ja jetzt und hier auch nicht einen auf Traumschwiegersohn machen!

»Wenn ich euch bei irgendwelchen geplanten Aktivitäten im Wege stehe, warum geht ihr dann nicht einfach zu Paul?«, schlägt meine Mama vor.

»Dann wärst du doch auch alleine in meiner Wohnung, während ich nicht im Haus bin? Was ist denn bei mir anders als bei Ursula?«

»Du bist meine Tochter! Du wirst mir doch hoffentlich trauen! Ich würde dir ja schließlich auch blindlings vertrauen!«

»So? Bist du dir sicher, dass das Grüne da *wirklich* Oregano in deiner Nudelsauce war?« Ich stehe auf und fange an, den Tisch abzuräumen. Toll, eigentlich hätten hier heute ganz andere Dinge passieren sollen als ein nettes Pastaessen mit Mutter und Freund.

»Warum bist du auf einmal so garstig?« Sie schüttelt den Kopf und steht ebenfalls auf. »Ist dir etwa plötzlich dein Chaos peinlich?« Ihr Blick wandert missbilligend durchs Zimmer. Chaos? Für meine Verhältnisse finde ich es derzeit eigentlich richtig passabel! Ich hatte für uns alle drei sauberes Besteck in der Schublade, keiner musste die Spaghetti aus dem Topf essen oder den Wein aus der Flasche trinken (allerdings stehe ich kurz davor!), meine ungebügelte Wäsche hatte ich zwecks Pauls Besuch unters Bett gestopft und vorhandenes dreckiges Geschirr in den Backofen gestapelt. Mein Bad ist eigentlich sowieso immer sauber und duftet nach Flower Power, und mein Boden ist (fast) frisch gestaubsaugt. Was denn noch?

»Laura hat heute einfach nur einen schlechten Tag«, kann ich Paul mich verteidigen hören, während ich hinüber in die Küche gehe. »Und sie hat sich ihr erstes Wiedersehen mit Ihnen nach so langer Zeit bestimmt anders vorgestellt.« Na ja, jetzt übertreibt er aber. Oder? Obwohl, vielleicht war das doch mitunter auch der Grund. Immerhin habe ich meine Mama ziemlich lieb, und seit sie in Florida ist, fehlt sie mir doch ganz schön. Außerdem hätte ich auch gern meinen Papa wiedergesehen und überhaupt ... Ich spüre Wasser in meinen Augen aufsteigen und blinzele es schnell weg. Das fehlt jetzt auch noch, dass ich den beiden noch was vorheule! Emotional hin oder her, da muss auch bei mir Schluss sein! Ich gehe hinüber ins Schlafzimmer.

»Laura? Gehst du schon schlafen?«, ruft meine Mama irritiert und leicht enttäuscht hinter mir her.

»Ich gehe mein Bett frisch beziehen, dann kannst du das heute Nacht haben.« Ich seufze. »Und vielleicht können wir ja nachher noch gemeinsam eine DVD angucken. Dann hast du wenigstens einen Weiberabend mit mir, wenn Ursula dich schon im Stich lässt.« Die Antwort ist ein freudiges Strahlen, und meine Mutter springt zu ihrem Koffer, um nach ihrem Nachtzeug zu suchen. »Aber vielleicht solltest du heute Abend noch Marlene anrufen und ihr Bescheid geben, dass du hier bist. Nicht dass du sie genauso überfällst wie mich, falls du sie die Tage mal besuchen kommst«, schlage ich vor, bevor ich im Schlafzimmer verschwinde und frische Bettwäsche aus meinem Schrank krame. Plötzlich schließen sich zwei starke Arme um meine Taille und ziehen mich an einen breiten Oberkörper.

»Das ist echt nett von dir, dass du dir jetzt einen Ruck gegeben hast«, murmelt Paul in meine Halsbeuge, und sein Atem kitzelt meine Haut.

»Aus unserem Abend wird heute ja sowieso nichts mehr«, seufze ich und schlinge meine Arme um seinen Hals, ziehe sein Gesicht ein Stück zu mir herunter und drücke ihm einen Kuss auf die stoppelige Wange.

»Aber, Schatz, wir haben doch noch so viele Abende

für uns. Mindestens noch 14600 …« Mein Herz macht bei seinen Worten einen freudigen Hüpfer, und bei der Berührung seiner Finger der freien Haut zwischen meinem Jeansbund und meinem T-Shirtsaum rast eine Gänsehaut über meinen Rücken und meine Arme. Fast möchte ich wieder ins Wohnzimmer hinübergehen und meiner Mutter sagen, dass sie sich jetzt doch ein Hotelzimmer suchen gehen soll, aber ein kleiner Rest Verstand ist zwischen meinen Ugah schreienden und mit Keulen aufeinander einschlagenden Gehirnzellen anscheinend noch übrig geblieben, denn ich schnappe nur nach Luft und nicke.

»Ja, du hast recht.«

»Wir holen das morgen nach, in Ordnung?«

»Okay.« Mehr Worte kenne ich plötzlich nicht mehr, Pauls Mund streift nämlich mein Genick, bevor er mich loslässt und mir hilft, meiner Besucherin das Bett herzurichten.

»Es tut mir leid, dass ich dich heute so überfallen und dir deinen Abend mit deinem Freund verdorben habe«, entschuldigt sich meine Mutter und blickt zerknirscht auf ihre Schale Popcorn hinab. Ich zucke mit den Schultern.

»Ist schon okay. Der Tag heute hat es eh nicht gut mit mir gemeint, wahrscheinlich wäre unser Date auch ein Desaster geworden.«

»Seid ihr schon lange ein Paar, du und Paul?«

»Nein, das ist alles noch relativ frisch mit uns.« Ich erzähle ihr, wie ich ihn kennengelernt habe und dass ich ihn anfangs alles andere als sympathisch fand. Meine Mama lacht.

»Ja, so wie du das erzählst, hätte ich ihn wahrscheinlich auch einfach nur unverschämt und arrogant empfunden.«

»Auf den ersten Eindruck hin ist er einfach nur ein

oberflächlicher Womanizer, der nur für Prestige, Unabhängigkeit und Spaß lebt, ganz egal um welchen Preis.« Ich halte inne und muss an die wohl zahlreichen gebrochenen Frauenherzen denken. »Aber wenn man ihn besser kennenlernt, dann zeigt sich, dass er tief drinnen einfach nur sehr oft verletzt worden ist und seine Affären und Kurzzeitbeziehungen nur für seinen persönlichen Schutz sind. Und dass er diese ganzen Statussymbole sammelt, weil er seinen Eltern was beweisen will, denen trotzdem alles egal ist, was mit ihm zu tun hat.«

»Paul sucht einfach nur nach Liebe, genauso wie jeder andere auch.«

»Die würde ich ihm ja gerne geben.«

»Aber?«

»Ich habe die Befürchtung, dass es ihm irgendwann zu viel wird und er Panik bekommt. Oder er mich doch auch wirklich liebt, aber Angst vor sich selber oder vor neuen Verletzungen kriegt. Und dann ist er wieder weg.«

»Wenn Paul der Richtige ist, dann wird alles gut.« Darauf fällt mir nichts ein, und meine Mutter drückt aufmunternd meine Hand. Dann scheint das Thema für sie vorerst gegessen zu sein.

Als *Ocean's Thirteen* vorbei ist und der Abspann läuft, steht meine Besucherin auf und nimmt mich fest in den Arm.

»Schön, dich wiederzusehen, Mäuschen!« Sie drückt mir ein Bussi auf die Nasenspitze. »Schlaf gut.«

»Du auch.« Ich lächele sie an, und sie verschwindet im Schlafzimmer, um sich von ihrem langen Flug zu erholen. Ich schüttele mein Kissen und meine Decke auf und mache es mir auf meiner Couch bequem, wobei ich unweigerlich an die letzte Übernachtung bei meiner Schwester denken muss. Wie es ihr wohl geht? Und Clemens? Ob er immer noch unter den Streitereien seiner Eltern zu leiden hat oder ob es schon besser geworden ist? Ich hoffe es sehr. Nichts täte mir mehr leid, als wenn Marlenes kleine und einst so glückliche Familie auseinanderbrechen würde. Ich knipse das Licht aus, drehe mich auf die Seite und schließe die Augen. Irgendwie bin ich plötzlich doch ganz schön müde, aber gleichzeitig sehne ich mich nach Nähe und Schmuseeinheiten. Wie es wohl wäre, jeden Abend mit jemandem an seiner Seite einzuschlafen? Es ist lange her, dass ich einen Mitbewohner hatte, und das war auch nur von relativ kurzer Dauer, als ich während meiner Ausbildung bei meinem damaligen Freund Jens eingezogen war. Das Einzige, woran ich mich erinnern kann, ist das Ärgernis über das stundenlang besetzte Klo, auf dem er täglich seinen Kicker las und das danach kaum mehr zu betreten war, denn der von ihm hinterlassene Gestank konnte Geruchszellen zerstören und war selbst mit einer halben Dose Raumspray nicht zu bekämpfen. Außerdem verlor ich immer den Kampf über die Fernbedienung, und anstatt meine damals noch geliebten Soaps angucken zu dürfen, musste ich mir *Raumschiff Enterprise* und Ähnliches antun. Am Ende hatte ich das Gefühl, eine tiefere emotionale Bindung zu Mr Spock als zu Jens zu haben, und mir begannen an ihm die spitz zulaufenden Ohren zu fehlen. Irgendwann zog ich den Schlussstrich. Na gut, dann war da noch meine Zeit mit Michi. Die verlief eigentlich relativ harmonisch, aber das hat ja auch offensichtlich nicht für eine gemeinsame Zukunft gereicht. Ob es mir mit Paul in einer gemeinsamen Wohnung auch so gehen würde wie damals bei Jens, dass überall Streitpotenzial lauert? Ob wir überhaupt auf einen gemeinsamen Nenner kommen würden? Seine Möbel sind modern, teuer, genau aufeinander abgestimmt und seine 4-Zimmer-Wohnung dank seiner Putzfrau Elisabeth wie geleckt. Meine Möbel sind teils geerbt, teils von IKEA oder aber vom Flohmarkt und von mir selbst mit Farbe oder bunten Griffen aufgemotzt. Und der Sauberkeitsfaktor meiner Wohnung … Na ja, mein Hang zum Chaos ist ja inzwischen bekannt und leider nicht zu leugnen. Es ist ja nicht so, dass ich ein Messie bin. Ich mag es auch sauber und halte es auch so bei mir. Nur bin ich eben nicht wie meine große Schwester, die nach dem Putzen ihres Badezimmers Babyöl auf den Armaturen verreibt, damit es schöner glänzt. Oder zweimal am Tag mit Scheuermilch ihre Ceranfelder in der Küche peelt. Oder sogar ihre Geschirrhandtücher und die Boxershorts ihres Mannes bügelt.

Ich glaube, Paul und ich würden bestens miteinander harmonieren. Ganz bestimmt sogar. Wir würden an freien Abenden gemeinsam auf der Couch sitzen, ich meinen Kopf auf seinem Schoß und er mir durch meine Haare streichelnd, und uns bei *Schlag den Raab* gegen Stefan verschwören und den Kandidaten anfeuern und dabei zwei Tüten Chips verdrücken und die Brösel auf dem von ihm mitgebrachten weißen Flauschteppich verteilen. Wir würden im Bett nebeneinanderliegen und lesen, ich einen Liebesroman und er einen spannenden Krimi, bevor wir das Licht ausmachen und uns Bauch an Bauch kuscheln, mein Gesicht unter sein Kinn geschmiegt und die Arme um ihn geschlungen, während ich meine immer kalten Füße unter seine warmen schiebe. Wir würden Sonntagvormittag in einem Café sitzen, frühstücken und über den Rand unseres Cappuccinos über mögliche Treffen mit Freunden am Nachmittag diskutieren. Und samstags würden wir zusammen den Einkauf für die nächste Woche erledigen und uns über die Lagen des Klopapiers und den Fettgehalt der Milch streiten. Es wäre bestimmt super mit uns beiden.

Bei dem Gedanken daran schlafe ich schließlich ein, bis mich das Piepsen meines Handys, das neben mir auf dem Couchtisch liegt, aufweckt. Ich strecke meine Hand aus, und beim grellen Aufleuchten des Displays muss ich meine Augen zusammenkneifen.

Bist du noch wach? Ich kann nicht schlafen, du fehlst mir so! Willst du nicht doch noch zu mir kommen? Ich hole dich auch ab! Kuss, Paul

Ich werfe einen Blick auf die Uhr. Es ist ein Uhr nachts. Eigentlich doch eine gute Zeit, oder? Ich denke kurz nach. Mein Auto steht heute mangels Parkplätzen einige Straßen weiter. Da jetzt zu Fuß in Schlafshirt und Pyjamahose hinlaufen, noch dazu bei der Kälte und dem Wind? Vielleicht sollte ich sein Angebot einfach annehmen.

*Okay, bis gleich. :-**

Ich gehe auf Senden, laufe möglichst leise ins Bad, um mir nochmal schnell die Zähne zu putzen und mir einen Spritzer meines Lieblingsparfüms in den Ausschnitt zu sprühen, fahre mir zweimal mit der Bürste durch die Haare und schlüpfe dann in Turnschuhe und Kapuzenpulli. Ich laufe zur Tür, halte kurz inne, geh dann nochmal zurück und schreibe auf einen umgedrehten Kassenzettel:

Bin spontan zu Paul. Bin morgen früh wieder da. Hab dich lieb! Laura

Ich lege die Nachricht deutlich sichtbar auf den Küchentisch und trabe wenige Sekunden später erwartungsvoll die Treppen hinunter, wo tatsächlich schon Pauls Auto auf mich wartet.

»Ich bin geflogen«, erklärt er mit einem Lächeln auf mein überraschtes Gesicht hin, als ich mich neben ihn auf den Beifahrersitz gleiten lasse und er den Motor startet. Süß sieht er aus, so zerzaust vom Herumwälzen im Bett und mit den ersten neuen Bartstoppeln. Die Neandertaler-Zellen in meinem Kopf lassen bei diesem Anblick ihre Keulen fallen, reihen sich zu einer Polonaise auf, und während sie mit ihrem fellbehängten Hintern wackeln, singen sie *What a man, what a man, what a mighty good man!* Ich seufze angesichts des Chaos in meinem Hirn und versuche, seine Wirkung darauf zu ignorieren. Aber na ja, in seiner Jeans und dem kakifarbenen Shirt, das er trägt, sieht er noch viel sexier aus als in seinem teuren und gut sitzenden Anzug, den er jeden Tag zur Arbeit tragen muss und der ihn für so viele Frauen noch anziehender wirken lässt. Ich schlucke einmal ganz kurz. Jetzt nicht an seine lange Liste der Verflossenen denken, das zieht mich immer total runter. Eigentlich weiß ich gar nicht genau, warum. Liegt es daran, dass ich Angst davor habe, selbst bald eine von ihnen zu sein? Oder ist es die Eifersucht, er könnte neben mir noch zwei andere an der Hand haben? Fühle ich mich austauschbar? Oder ist es der schmerzhafte Gedanke, dass andere Frauen vor mir auch schon so viel wie ich von »meinem« Paul hatten? Ich schiebe den Gedanken schnell von mir weg. Jetzt bloß nicht trübsinnig werden!

Doch nur wenig später kann ich meine kurz aufwallende Depri im Auto schon gar nicht mehr nachvollziehen, denn ich liege postkoital entspannt und angenehm ermattet in Pauls zerwühltem Bett, dicht an seine warme und leicht verschwitzte Haut gepresst, und bin einfach nur endlos glücklich. Das jeden Abend zu haben muss wunderbar sein. Bei Paul und mir jedenfalls. Ganz bestimmt.

Beautiful girls all over the world,
I could be chasing but my time would be wasted,
they got nothin' on you, baby.
They might say hi, and I might say hey,
but you shouldn't worry about what they say.

»Na? War's schön bei Paul?« Meine Mutter grinst wissend, während sie da so mit einem Becher Kaffee und einem Kreuzworträtsel am Küchentisch sitzt und mich ansieht, als ich zerknautscht und mit debilem Strahlen nach Hause komme.

»Schön«, antworte ich und versuche, möglichst neutral zu klingen. Aber ich glaube, das himmelhohe Jauchzen habe ich trotzdem nicht verstecken können.

»Ursula hat angerufen, sie holt mich am Mittag ab, und dann gehen wir zusammen eine Kleinigkeit essen. Ab da hast du wieder deine Ruhe vor mir.« Sie lächelt.

»Okay.« Fast bin ich ein wenig enttäuscht. Ein bisschen mehr Zeit mit ihr wäre doch ganz schön gewesen. Gestern wollte ich sie ja noch schleunigst wieder loswerden. Das habe ich jetzt davon. »Meinetwegen musst du aber nicht so überstürzt zu Ursula.«

»Das weiß ich doch, Mäuschen. Aber ich bin ja auch ihretwegen hier, und ich möchte auch Marlene und Clemens nochmal kurz sehen, bevor ich wieder zu eurem Vater nach Florida fliege.«

»Wie geht es Papa denn so?« Sie zuckt mit den Schultern und lacht.

»Man merkt ihm das amerikanische ungesunde Essen inzwischen ganz schön an, doch es geht ihm gut. Noch, denn wenn er nicht bald aufhört, jeden Morgen Pancakes mit Ahornsirup und über den Tag ständig Weißbrot,

Cola, Burger oder Donuts in sich hineinzuschieben, werden ihn seine Cholesterinwerte früher oder später ins Grab bringen! Aber du kennst ihn ja, bevor er auf mich hört, stürzt er sich lieber bei uns in die Sümpfe und lässt sich dort von den Alligatoren fressen.«

»Na ja, scheint ja dann genug an ihm dran zu sein«, merke ich an und gehe mir auch einen Kaffee holen. Sie nickt bestätigend.

»Aber sonst ist bei uns daheim alles bestens. Mit unseren Nachbarn verstehen wir uns prächtig, es vergeht kaum ein Wochenende ohne ein gemeinsames Barbecue, und die Wärme und die Sonne tun unseren alten Knochen gut.« Bei den Worten »bei uns daheim« zucke ich kurz zusammen. Früher war ihr Daheim hier, in München. Jetzt ist ihr Zuhause ein Ort, der auf der anderen Seite des Ozeans liegt und für mich kaum vorstellbar und völlig fremd ist. Ein komisches Gefühl.

»Marlene wird sich bestimmt freuen, dich zu sehen«, sage ich und rühre Milch in meinen Kaffee. »Und Clemens vermisst seine Großeltern bestimmt auch ganz schrecklich!«

»Ja, ich freue mich auch schon. Am besten, ich rufe die drei mal kurz an und kündige meinen Besuch an. Nicht, dass sie mir am Ende genauso blass und überrumpelt gegenüberstehen wie du.« Sie lacht und kramt nach ihrem Handy. Die drei? Ich hoffe sehr, dass sie noch zu dritt sind. Und falls ja, dass es sich dabei dann nicht nur um meine Schwester, ihren Sohn und ihren Hund Schlunz handelt.

Als meine Mama später tatsächlich von ihrer besten Freundin abgeholt wird, treten mir Tränen in den Augen. Wie ein kleines Kind liege ich in ihrem Arm, und es ist mir auch völlig wurscht, ob das für mein Alter unangemessen ist oder nicht! Sie verspricht mir, dass Papa und sie schon in ein paar Monaten gemeinsam nach München kommen werden und das schon fest eingeplant ist, und steigt dann in Ursulas Auto, nicht ohne mir noch eine Kusshand zuzuwerfen. Ich stehe auf der Straße und schaue ihr nach, bis das Auto hinter einer Straßenbiegung aus meinem Sichtfeld verschwunden ist, danach gehe ich langsam und nachdenklich wieder hinauf in meine Wohnung. Irgendwie fühle ich mich plötzlich alleine und weiß gar nicht, warum, immerhin sind meine Eltern ja schon lange nicht mehr hier, dafür aber alle anderen, die ich um mich brauche: Attila, Franzi, Marlene, Clemens, Linda und vor allem Paul. Wieder drinnen sehe ich, dass etwas auf meinem Küchentisch liegt. Als ich näher trete und erkenne, was es ist, muss ich leise lachen, denn meine Mutter hat mir einen ordentlichen Notizblock gekauft. Dann bemerke ich, dass sie etwas auf die erste Seite geschrieben hat:

> *Das Herz hat seine Gründe, die der Verstand nicht kennt. Grübel nicht zu viel nach wegen dir und Paul; das Wichtigste ist, dass du ihn gern hast und er dich auch. Alles wird gut, du wirst sehen.*
> *Ich hab dich lieb!*
> *Bussi, Mama*

Wahrscheinlich hat sie recht. Mütter behalten letztendlich immer recht, nur will man ihnen das natürlich nicht zugestehen. Ich sollte endlich mal aufhören, mir Gedanken über das Wie und das Warum zu machen, und das Ganze einfach mal genießen. Hauptsache, es geht immer weiter. Alles andere ist egal. Ich hänge den Zettel an meinen Kühlschrank, sozusagen als tägliches Mantra, und ziehe mich dann um, um mit Paul in die Stadt zu gehen. Er braucht neue Hemden, und ich soll ihn begleiten und den Daumen hoch oder runter halten.

Es ist ganz schön kalt geworden und für Anfang Oktober beinahe winterlich, wäre da nicht noch das ganze bunte Laub an den Bäumen und der Geruch nach Moos und Pilzen in der Luft. Na gut, beides fehlt hier in der Münchner Fußgängerzone vielleicht, aber ich weiß, dass es da ist, im Englischen Garten und irgendwo am Stadtrand oder weiter draußen, wenn man am Starnberger oder Ammersee steht und Kastanien vom Boden aufsammelt und einem der kalte Wind eine rote Nase ins Gesicht zaubert. Hier in der Stadt ist es einfach nur kalt, ohne jegliche Herbstromantik. Das Einzige, was auf den Herbst und den bald hereinbrechenden Winter hindeutet, ist hier die Weihnachtsdekoration, die jetzt schon die Schaufenster schmückt. Ich gebe mir große Mühe, nicht mit den Zähnen zu klappern, während ich an Pauls Seite über den Stachus hinüber und dann durch die Kaufinger Straße laufe. Ich bin viel zu dünn angezogen mit dem Langarmshirt und meinem schwarzen Lieblingstrenchcoat darüber. Aber der Sommer ist eben erst vorbeigegangen, und der Winter ist noch nicht ganz da – die richtige Zeit also für sogenannte Übergangsjacken wie eben meinen Trench beispielsweise. Nur Kinder und Frauen haben Übergangsjacken, Männer halten sich mit so einem Firlefanz gar nicht erst auf. Entweder es ist warm (also keine Jacke) oder es ist kalt (dicke Winterjacke). Dazwischen gibt es nichts. Punkt. So auch bei Paul, der neben mir nur mit einem leichten grauen Pulli von Ralph Lauren herläuft und dabei den Eindruck macht, als hätte es angenehme fünfundzwanzig Grad. Die Ärmel hat er sogar leicht umgeschlagen, und auch bei genauem Hingucken kann ich nicht die kleinsten Anzeichen einer Gänsehaut bei ihm ausmachen. Beneidenswert.

Wir steuern Ludwig Beck an (»Da kriegt man wenigstens alles, ohne ständig von einem Haus ins nächste laufen zu müssen!« – Männer!), und nur wenig später sitze ich in einem Sessel vor den Umkleidekabinen und warte darauf, dass der Vorhang aufgeht. Ähnlich wie bei einer Peepshow, nur dass ich kein Kleingeld in einen Schlitz werfen muss und mein Objekt der Begierde freiwillig in regelmäßigen Abständen den Vorhang zur Seite schiebt und sich zeigt. Eine gefühlte Stunde lang werden mir also Hemden vorgeführt und von geht gar nicht (»Du siehst aus wie ein Azubi der Sparkasse!«) bis sehr attraktiv (»Schatz?« »Hm?« »Taschentuch?« »Wozu?« »Du sabberst!« »Oh!«) ist alles dabei.

»Hast du mich gerade fotografiert?«, fragt Paul irritiert.

»Äh, nö! Wieso?« Schuldbewusst schiebe ich mein Handy unter das Sitzkissen.

»Weil es gerade geblitzt hat?!«

»Vielleicht gewittert es draußen! Oder die Glühbirne in deiner Kabine flackert!«, mutmaße ich. Paul schüttelt nur mit dem Kopf und zieht wieder den Vorhang hinter sich zu, während ich erneut nach meinem Handy greife, das eben gemachte Foto mit einem *»Hehe, da biste neidisch, was?«* versehe und umgehend an Attilas Nummer schicke, während mein Freund sein letztes Hemd aus dem großen Stapel anprobiert. Die Antwort auf meine SMS kommt nur einen Wimpernschlag später.

Ganz nett. Aber was ist schon ein Brad Pitt, wenn man selbst einen George Clooney zu Hause hat? ;) Tja, leider verloren, Kleine. Aber netter Versuch! :-P

»Na? Was hat dir Attila geantwortet?«, höre ich Paul hinter dem dicken Vorhang fragen. Mist! Er kennt mich inzwischen einfach zu gut! Also versuche ich gar nicht weiter zu leugnen (einem Rechtsanwalt kann man einfach nichts vormachen) und antworte nur:

»Ach, der hat ja keine Ahnung!« und tippe währenddessen:

»Pah, George Clooney ist auch bald alt und kommt ohne sein tägliches Viagra nicht mehr zum Zug ... Außerdem nervt diese ständige Nescafé-Schlürferei doch auch irgendwann tierisch! Bei Brad aber waren seine sieben Jahre in Tibet nicht umsonst, der bringt einen immer wieder sicher zum Gipfel ... ;) Ach was sag ich, jeden Tag einmal durch das ganze Himalaya!«

Und ab dafür. Kaum habe ich die SMS versendet, piept mein Handy schon wieder.

Touché! :D

Ich grinse zufrieden und verstaue mein Handy in meiner Handtasche.

»So, ich wär dann so weit.« Paul schiebt den Vorhang zurück, einige der Hemden mit Wow-Effekt unter den Arm geklemmt, und streckt mir mit einem liebevollen Lächeln seine Hand entgegen. Ich greife danach und ziehe mich hoch.

»Du hast ja immer noch eiskalte Hände!« Fassungslos sieht er erst mich an, dann auf meine Hände, deren Nägel auch ganz ohne Alessandro-Lack einen leicht bläulichen Unterton aufweisen.

»Ach, ist doch kaum der Rede wert!«, wiegele ich ab, muss aber alleine bei dem Gedanken an den Schritt zurück ins Freie schon die Schultern hochziehen.

»Entschuldigung, wollen Sie die Hemden nehmen? Ich würde sie dann für Sie schon mal an die Kasse legen, dann können Sie sich noch etwas bei uns umsehen«, werden wir da von einem jugendlichen Verkäufer in rosa Polohemd und teuer wirkenden Jeans höflich unterbrochen. Mein Begleiter reicht ihm seine Beute hinüber und sagt lächelnd:

»Danke, das ist nett. Umsehen müssen wir uns nicht mehr, aber wir werden noch einen kurzen Umweg in die Damenabteilung machen und meiner Partnerin einen Pulli, ein Paar Handschuhe und eine warme Jacke kaufen, bevor sie mir auf dem Rückweg zur Tram erfriert.« Überrascht schaue ich ihn an.

»Du musst mir doch nichts kaufen!«

»Natürlich muss ich nicht. Ich möchte aber, immerhin hast du jetzt die ganze Zeit über geduldig ausgeharrt und mich beraten. Außerdem bist du wirklich eiskalt, und ich will dich zwar gerne in meinem Bett liegen haben, allerdings nicht mit einer Lungenentzündung oder Schlimmerem.« Meine Widerreden ignorierend zieht er mich bestimmt zur Rolltreppe und fährt mit mir wie vorgesehen in die Damenabteilung, wo er sich erwartungsvoll hinter mich stellt.

»Also, lauf los und such dir was aus!«

»Ja, Sir!« Ich salutiere und schlage mich zwischen die Kleiderständer, wo ich ehrfürchtig auf die Preisschilder starre. Ich kann mir doch keine Jacke für so viel Geld von ihm schenken lassen! Und der Pulli da erst … Normalerweise kriege ich für dessen Preis drei von der Sorte, wenn ich ihn bei H&M kaufe!

»Du brauchst kein schlechtes Gewissen zu haben!«, ruft Paul zu mir herüber, dessen Blick mir über Fellkapuzen, Daunenfüllungen und Strickmäntel gefolgt ist. »Du kriegst ja jetzt nicht jede Woche was von mir, das geht schon in Ordnung!«

»Wenn du meinst …« Immer noch skeptisch wage ich mich weiter vor und fange endlich an, die Klamotten in meinen Augen nach Gefallen und nach Nichtgefallen zu sortieren, so lange, bis ich beinahe in einen Kaufrausch verfallen könnte, so viele schöne Dinge finde ich plötzlich. Gar nicht so leicht, da bescheiden zu bleiben.

»Ach, zur Hölle mit deiner guten Erziehung und deinen Vorsätzen!«, sage ich mir halblaut und lasse meine Finger andächtig in honigfarbene Handschuhe gleiten, während die andere Hand nach dem passenden Schal im Regal fischt. Etwas später, während ich einen Rollkragenpullover vom Bügel nehme, den ich vermutlich, anstatt ihn zu tragen, den ganzen Tag auf dem Schoß haben und nur liebevoll streicheln werde, so toll fühlt er sich an, höre ich eine begeisterte Frauenstimme »Paul?« rufen. Witzig, haben zurzeit alle einen Freund, der so heißt? Ich sehe kurz auf, blicke wieder auf den dunklen Kaschmir hinab, und sofort ruckt mein Kopf wieder in die Höhe, denn die Frau, der die Stimme gehört, geht mit großen Schritten auf MEINEN Paul zu!

»Jasmin! So eine Überraschung, ich wusste gar nicht, dass du hier immer noch arbeitest!«, antwortet Paul, und der freudige Unterton lässt meinen Kamm schwellen. Sofort gerate ich in Alarmbereitschaft, und die Männchen in meinem Kopf setzen mutig ihre kleinen roten Helme auf und kurbeln schon mal den Feuerwehrschlauch von der Rolle, bereit, jederzeit das auflodernde Feuer in mir zu löschen, sollte es außer Kontrolle geraten. Der Kleiderbügel macht ein quietschendes Geräusch, als ich ihn etwas zu heftig zurück auf die Stange hänge und mich durch die Reihe hindurch zu meinem Freund schiebe, der von der Fremden mit Küsschen links und rechts begrüßt und umarmt wird. Hey, kann mal bitte irgendjemand auf Stopp drücken?! Irgendwie bin ich im falschen Film! Demonstrativ baue ich mich neben Paul auf und beäuge die Fremde misstrauisch.

»Na ja, eigentlich arbeite ich hier gar nicht mehr, aber ich habe eine Kollegin von früher besucht«, erklärt die gerade und wirft ihre dunkle Wallemähne über die Schulter. »Und was machst du hier? Große Shoppingtour?«

»Nein, nein, ich hab nur mal wieder ein paar Hemden gebraucht.« Hallooooo???

»Macht das nicht sonst eine eurer Sekretärinnen?« Sie lacht, und (verdammt!) ihr Lachen klingt weder hysterisch noch gackernd – im Gegenteil: Es hört sich melodiös und ansteckend an.

»Die Zeiten sind vorbei, sonst würden sie ja irgendwann merken, dass ihr Chef langsam einen Waschbärbauch ansetzt.« Ich schlinge einen Arm um seinen Oberarm und drücke mich ein wenig enger an ihn heran. Er wird mich doch angesichts dieser Frau mit den ellenlangen Beinen, großen braunen Kulleraugen, Kleopatra-Nase, seidigen langen Haaren und Wespentaille nicht wirklich vergessen haben? Klar hat er das. Selbst meine Kopfmännchen benutzen den Feuerwehrschlauch nicht mehr länger, um mein Feuer der Wut zu löschen, sondern um sich selbst nass zu spritzen und angesichts dieses Kim-Kardashian-Doubles abzukühlen.

»Du und Waschbärbauch?«, kokettiert Kim, ähm, die Frau, die er mit Jasmin begrüßt hat, und Paul grinst geschmeichelt. Jetzt reicht's! Ich verpasse ihm einen heftigen Knuff in die Seite.

»Ach ... ach so«, stottert er schuldbewusst und legt sofort seinen Arm um meine Schultern. »Das ist übrigens meine Freundin Laura.« Meine Freundin. Balsam für meine Seele.

»Oh, hallo.« Sie streckt mir ihre schmale und ordentlich manikürte Hand entgegen. Meine Hoffnung, dass sich ihr Händedruck schwitzig und irgendwie nach toter Frosch anfühlen würde, stirbt augenblicklich, als ihre warme weiche Haut meine streift und ihre Finger tatkräftig zupacken. »Ich bin Jasmin.«

»Hallo.« Ich versuche ein Lächeln aufzusetzen, aber ich spüre selbst, dass es leicht schwächelt.

»Habt ihr euch über die Kanzlei kennengelernt?«, fragt sie neugierig. Paul schmunzelt.

»Na ja, mehr oder weniger. Man könnte sagen, wir sind uns während einer PR-Aktion über den Weg gelaufen. Und was machst du jetzt?«

»Ich studiere Französisch.« Was? Einen Moment lang starre ich sie zweifelnd an, bis ich es schaffe, mich selbst wachzurütteln. Hallo, Laura! Sie meint die Sprache!!! »Und Amerikanistik«, fährt Jasmin fort. »Aber damit bin ich schon fast durch.«

»Wow«, kann ich nur anerkennend murmeln. Wie kann man bitte so aussehen UND klug sein? Normalerweise schließt sich so etwas doch gegenseitig aus. Ich meine, gibt es denn gar keine Gerechtigkeit mehr auf dieser Welt?

Ich weiß jetzt schon, worauf dieses Kennenlernen wieder hinauslaufen wird. Ab morgen werde ich für vier Wochen die Süddeutsche abonnieren (die ich anstatt sie zu lesen eh nur wieder zum Fensterputzen benutzen werde) und abends anstatt Comedy Central brav Reportagen auf N24 gucken, um meine Bildung zu vertiefen. Ich werde bei Starbucks nur noch Soja- oder fettarme Milch in meinen Kaffee ordern, und ich werde lostigern, um mir neue Laufschuhe zu kaufen, damit ich in Zukunft jeden Morgen eine Stunde joggen gehen kann. Und ich werde den Vorsatz fassen, alle zwei Wochen zur Maniküre zu gehen und nach jeder zweiten Haarwäsche eine Kur zu benutzen. Das Ende vom Lied ist dann meistens, dass ich bei N24 immer einschlafe, aufgrund des plötzlichen Fettentzuges dicke Bratensemmeln auf dem Viktualienmarkt kaufe und dessen Schwarte abknabbere und die Turnschuhe meiner Schwester schenke.

Die Haarkur schaffe ich dann wieder nur noch einmal im Monat, und für die Maniküre bin ich schnell wieder zu geizig. Klar, so werde ich nie eine Jasmin, aber wenn ich nach ein paar Wochen wieder mit einer Schüssel selbstgekochtem und noch warmem Schokopudding auf meiner Couch fläze und mir dusselige Sitcoms mit platten Dialogen angucke, bin ich dann auch wieder ganz zufrieden damit. Manche werden eben schon als Schwan geboren. Und manche bleiben hingegen irgendwo zwischen Küken und kanadischer Wildgans stehen (die übrigens auch sehr hübsch, sozial viel kompetenter und zudem viel weit gereister als Schwäne sind! So!).

»Ja, dann wünsche ich euch beiden noch einen schönen Nachmittag«, strahlt Jasmin gerade, und ehe ich mich versehe, streckt sie ihre Hand aus und fährt Paul über die blonden Haare. »Steht dir gut, so ein bisschen länger. Was Klara wohl dazu sagt?« Sie lacht. Klara? Soweit ich weiß, ist Klara seine Mutter! Woher bitte schön kennt sie seine Mutter?!

»Ach, du weißt ja, die wird immer etwas an mir auszusetzen haben.«

»Manche Dinge ändern sich eben nie. Na dann, macht's gut!«

»Du auch.« Und schon entschwindet das Kim-Kardashian-Double auf der Rolltreppe hinaus aus unserem Sichtfeld. Einen Moment lang sehe ich dem seidig glänzenden Schopf gedankenverloren hinterher, bis ich mich zu meinem Freund drehe und feststelle, dass er das Gleiche tut. Grrrr!

»Aua!«, ruft er und reibt sich den Arm. »Wofür war das denn jetzt wieder?«

»Ach nichts, ich dachte, du hättest da einen Fussel am Pullover.«

»Hm. Hast du dir inzwischen ein paar Sachen ausgesucht?«

»Also, weißt du … ja, hab ich!« Prima, wenn man plötzlich gar kein schlechtes Gewissen mehr hat. Wahrscheinlich ist es zusammen mit den Männchen der grauen Zellen in meinem Kopf ertrunken, soll mir recht sein.

Wenig später sitze ich in der Tram, tief in meinem streichelzarten neuen Pullover versunken und meinen flauschigen Schal bis zur Nasenspitze hochgezogen. Die Arme verschränkt und meinen Blick aus dem Fenster gewandt, sitze ich auf der gepolsterten Bank und versuche, Paul so gut zu ignorieren, wie ich kann. Der fühlt sich zunehmend unwohl, rutscht auf seinem Sitz hin und her, und in der Spiegelung der Scheibe kann ich erkennen, dass er mich alle paar Sekunden nachdenklich von der Seite her ansieht. Schließlich scheint er es nicht mehr auszuhalten und holt tief Luft.

»Sag mal, Schatz, ist alles okay? Weil du auf einmal so komisch bist?«

»Komisch?«, frage ich, ohne ihn anzuschauen. »Warum denn komisch?« Jede Frau hätte jetzt den frostigen Unterton meiner Stimme bemerkt, den Teppich beiseitegeschoben und die Falltür entdeckt, um ihr geschickt auszuweichen oder gleich besser auf der sicheren Seite zu bleiben, bis jemand anderes durch sie hindurchfällt und dort von fünfköpfigen Hunden zerfleischt oder von Schlimmerem gefressen wird. Männer aber bemerken so etwas wie die nahenden Abgründe in den Launen einer Frau nicht. Sie tapsen wie ein neugieriges Hundebaby auf den Teppich zu und hüpfen dann auch noch mit all ihrem Gewicht auf der Falltür herum. Und wenn sie dann mit nur einem Arm wieder ans Tageslicht kommen, schütteln sie verwirrt den Kopf, murmeln ein »Ich verstehe die Frauen einfach nicht!« oder »PMS, was?« und verpassen sich damit dann letztendlich noch den eigenen Genickschuss. Jungs, ihr lernt es einfach nicht!

»Du bist irgendwie so wortkarg«, setzt mein Freund zu einer Erklärung an und zuckt mit den Schultern. »Hab ich irgendwas Falsches gesagt?«

»Nö. War doch ganz nett, unser Shoppingbummel bei Ludwig Beck, wo man ja wirklich ALLES kriegt …«, zische ich und drehe jetzt den Kopf zu ihm herum, um ihn empört anzufunkeln. Paul runzelt verständnislos die Stirn.

»Also, was ist dann …«

»Mann!«, fauche ich. »Was schleppst du mich in diesen blöden Laden, wenn du weißt, dass da eine Exfreundin von dir anzutreffen ist? Von wegen du gehst da nur hin, weil es so ›praktisch‹ ist! Du willst einfach nur alte Betthasen wiedersehen!«

»Aber …«

»Weißt du, wie blöde man sich dabei vorkommt? Und gerade dann, wenn man so einem Modeltyp gegenübersteht? Meinst du, das pusht mein Ego ins Unermessliche, oder was? Stimmt, jetzt kann ich mein Gulasch und meine Schokolade nachher natürlich viel mehr genießen, und wenn ich mir heute Abend mein Make-up aus dem Gesicht wische, werde ich angesichts meines Knubbels auf der Nase, des Pickels auf dem Kinn und der zu kurzen Wimpern bestimmt nur müde über Jasmin lächeln können!«

»Ähm, Schatz …«

»Ich frage mich wirklich, was du überhaupt mit so einer wie mir willst, wenn du auch solche Tussen haben kannst wie die!« Nun wechselt meine Stimme von zischendem Zorn in weinerliche Verzweiflung, und ich hasse mich dafür, weil ich weiß, dass Männer so etwas hassen, aber ich kann eben nichts dafür, ich bin zu emotional für so etwas. »Und warum hat die deine Mutter gekannt, und warum hast du die so angesabbert, wenn du gar nichts mehr mit der hast? Und warum ist die so schlau und gleichzeitig so hübsch? Das ist ungerecht!« Passenderweise sollte ich diesen letzten Satz mit einem Fußaufstampfen unterlegen, aber dann wäre ich vermutlich ganz unten durch. Ich sehe Paul an, und Paul sieht mich an, inzwischen mutlos geworden, etwas einzuwerfen, und das Ende meiner Tiraden abwartend. Nachdem wir uns eine Zeit lang schweigend angestarrt haben, fragt Paul:

»Fertig?« Ich seufze.

»Glaub schon.«

»Darf ich dann jetzt mal etwas dazu sagen?«

»Okay.«

»Also, erst einmal hätten wir an der letzten Haltestelle aussteigen müssen. Aber egal, zum Thema: Ich habe wirklich nicht an Jasmin gedacht, als ich dir vorgeschlagen habe, ausgerechnet in diesen Laden zu gehen. Ich bin da relativ einfach gestrickt: Ich will in ein Geschäft rein, das kaufen, was ich brauche, und wieder raus. Da weiß ich eben, dass ich das bekomme, was ich will, und … pst!« Er hebt einen Finger, als er mich Luft holen sieht, um ihn zu unterbrechen. »… und damit meine ich keine Verkäuferinnen, sondern Hemden, Jeans oder was auch immer. Alleine mit diesem Gedanken bin ich da hin, und an Jasmin habe ich erst gedacht, als ich sie tatsächlich gesehen habe. Das mit uns ist schon Ewigkeiten her, wir waren mal kurzzeitig nach meinem Studium zusammen. Meine Mutter kennt sie genauso wenig persönlich wie du, auch nur aus Erzählungen, und sie hat mal ein Telefonat zwischen uns mitbekommen. Und ja, Jasmin ist schon ausgesprochen attraktiv. Aber ich finde, dass du genauso, wenn nicht sogar noch attraktiver bist, und ich weiß nicht, warum du das anders siehst. Und du bist auch nicht weniger klug als sie, du hast dich eben nur für einen anderen Lebensweg entschieden und nicht studiert. Deswegen bist du doch nicht dumm!« Ich bin noch nicht überzeugt.

»Warum bist du dann nicht mehr mit ihr zusammen, wenn sie so perfekt ist?«, hake ich nach.

»Sie ist nicht perfekt!«, widerspricht Paul und schüttelt bestimmt den Kopf. »Und außerdem haben wir einfach nicht zusammengepasst. Oder na ja, vielmehr habe ich sie einfach nicht genug geliebt. Oder vielleicht sogar gar nicht. So wie die anderen eben auch nicht. Erst bei dir ist das anders. Komm mal her!« Er breitet seine Arme aus, und als ich keine Anstalten mache, mich hineinzukuscheln, umschlingt er mich mit beiden Händen und zieht mich keine Widerrede duldend zu sich heran. »Andere Mädels interessieren mich doch gar nicht mehr! Hm?«

»Hm«, grummele ich.

»Bist du mir wirklich böse?«

»Ja. Und ihr auch. Wie kann man so viel Glück haben im Leben.«

»Also, ich finde, du hast mehr Glück als sie. Immerhin hast *du* mich, nicht sie«, schmunzelt mein Freund, und da muss ich ihm ausnahmsweise mal recht geben.

»Stimmt, so hab ich das noch gar nicht gesehen.«

»Siehst du. Und jetzt sollten wir langsam mal irgendwo aussteigen, damit wir nicht irgendwann am Rande von München stehen und am Schluss noch ein Taxi suchen müssen.«

Trotzdem kann ich nicht anders, als auf diese Jasmin neidisch zu sein. Aber es stimmt schon, was Paul gesagt hat; er hat sich schließlich für mich entschieden, nicht für sie. Und bestimmt sabbert sie ganz fies im Schlaf, und wenn sie ihre Body-Shape-Unterwäsche auszieht, hat sie einen Bauch wie Rainer Calmund. Außerdem muss sie jeden Tag einen hartnäckig nachwachsenden dunklen Damenbart wegrasieren, hat eine miefende Frettchenzucht in ihrer 2-Zimmer-Wohnung, deren pelzige Tierchen ihr in die Sockenschublade pullern, und fährt Auto wie ein fünfundachtzigjähriges Muttchen, das keine dreißig Zentimeter mehr weit sehen kann und seinen Fiat Cinquecento für einen Panzer hält. Und bestimmt sind da noch viel mehr Makel. Ich bin mir da zu fast fünf Prozent sicher.

I, I will be king
and you, you will be queen,
though nothing will drive them away.
We can be Heroes, just for one day.
We can be us, just for one day.

Und? Wie viele Pärchen hast du heute schon in ihr Verderben geschickt? ;) Kuss, dein Paul

Verderben? Du meinst wohl eher in ihr zukünftiges Leben voller Glückseligkeit und Liebe! Drei. Und wie viele hast du zurück in die Einsamkeit und Trostlosigkeit verbannt? Kuss, Laura

*Ich habe heute schon vier Paare von ihrem Leiden erlöst. Sieht so aus, als hätte ich gewonnen! (Und nein, ich meinte schon Verderben. *grins*)*

Na dann herzlichen Glückwunsch, du Liebestöter!

Wenn ich ein Liebestöter bin, dann bist du die Spaßbremse! :) Und? Was hat der Liebestöter jetzt gewonnen?

Gewonnen? Du meinst wohl eher verdient, und das ist auf jeden Fall unrechtmäßig viel!

Ach, das Verdienen interessiert mich schon lange nicht mehr, das ist alles nur oberflächlicher Quatsch.

Und dieser SMS-Dialog ist kein Quatsch? ;) Na gut, was möchtest du denn?

Begleite mich zu der Jubiläumsfeier der Kanzlei.

Das ist so, als würde ein Engel im Fegefeuer feiern gehen.

Na, dann pass auf, dass du dir nicht deine Flügel an den Flammen versengst. Ich liebe dich!

Du bist furchtbar! Ich dich auch! Over and out.

Ich versenke mein Handy in meiner Jeanstasche und schlage den Kalender auf meinem Schreibtisch auf. Noch eine Woche bis zu der Jubiläumsfeier. Was zieht man zu so einem Anlass an? Worüber unterhält man sich zwischen lauter Juristen? Über das letzte Skiwochenende in Aspen? Die viel zu hoch angesetzte Kfz-Steuer für den neuen Jaguar? Die Dummerchen im Vorzimmer, die ihrer Meinung nach nichts können, außer nett mit dem Hintern zu wackeln und Kaffee zu kochen? Und nach dem Essen spielt man mit der leeren Champagnerflasche Flaschendrehen, indem man Paragraphen in die Runde ruft, und der, auf den die Flasche zeigt, muss den dazugehörigen Gesetzestext herunterbeten? Na bestens. Ich brauche jemanden, der sich mit Männern auskennt, die den ganzen Tag im Anzug herumlaufen, sich für den Weltfrieden entscheidend halten und Vorzimmerdamen nur einen niedrigen IQ zugestehen. Also wähle ich Franzis Nummer.

»Franzi? Ich brauche deine Hilfe als erfahrene Assistentin der Geschäftsführung und als Mäuschen in der Blackberry-Society.«

»Ich hoffe, das mit dem Mäuschen ist nicht größenbezogen gemeint.«

»Nein, auf das, was du auf deinem Posten so mitbekommst natürlich! Mann!«

»Ach so. Was ist denn los?«

»Paul will, dass ich ihn auf eine Feier seiner Kanzlei begleite! Was ziehe ich an? Wie soll ich mich verhalten?«

»Frag doch Attila, der müsste sich dank seiner Staffel *Law & Order* und seiner früheren Schwäche für den Typen mit den grauen Schläfen aus *Edel & Stark* doch bestens mit der Materie auskennen!«

»Ach, Attila! Der fleht mich höchstens an, mitkommen und dort mit den Anwälten flirten zu dürfen! Nee nee, ich brauche wenn dann schon deine kompetente Beratung!«

»Okay. Ich schaue heute nach Feierabend bei dir vorbei, ja?«

»Super! Bis später.«

»Also, du solltest nicht zu leger dort auftauchen«, rät mir meine beste Freundin, die in (!!!) meinem Kleiderschrank steht und dort meine Habseligkeiten nach Brauchbarem durchforstet.

»Diese Spezies steht auf Aufgedonnert, allerdings sollte es edel wirken, nicht billig! Billig ist eher Managern zuzuordnen.« Ich ziehe die Augenbrauen hoch, doch Franzis Augen blicken ernst aus der tiefen Dunkelheit des Schranks zwischen einem rosafarbenen T-Shirt und einer nachtblauen Seidenbluse hindurch und zeigen keine Regung, die auf einen Scherz deuten lassen würde. »Am besten, du ziehst etwas Hochgeschlossenes an, was trotzdem ›Hui‹ ist; etwas, was vorne auf Kloster und hinten auf Titty Twister tippen lässt.« Wieder kann ich nur die Augenbrauen hochziehen, und wieder meint Franzi es absolut ernst. Ohne mit der Wimper zu zucken, schiebt sie Kleidungsstücke von rechts nach links und zurück und beäugt diese skeptisch von oben bis unten. »Hier«, sagt sie schließlich, und ihre Hand reckt sich aus dem Kleiderschrank gen Tageslicht und reicht mir einen glänzenden schwarzen Stoff, der wie ein stummer Wasserfall dem Boden entgegenfließt, als ich ihn entgegennehme. Es handelt sich um ein etwa knielanges Kleid mit ¾-Ärmeln, das ich mir mal für viel Geld geleistet und für die passende Gelegenheit, die bestimmt irgendwann einmal kommen würde, aufgehoben hatte. Es ist ganz schlicht, es hat keinen Ausschnitt, und es hat auch sonst keine aufregenden Besonderheiten, außer dass es sehr eng anliegt, trotzdem eine sagenhafte Sanduhrfigur formt und sich der Stoff dabei einfach zauberhaft anfühlt.

»Da ist aber nichts besonders ›Hui‹ dran«, wage ich einzuwenden.

»Ja, *noch* nicht.« Franzi klettert aus dem Schrank heraus und schließt die Türen hinter sich, dann nimmt sie mir meinen schwarzen Traum von Kleid aus den Händen und geht wie selbstverständlich zur Haustür, wo sie in Schuhe und Jacke schlüpft. »Morgen kriegst du es wieder. Ich kenn da so jemanden … Warte es einfach ab.« Sie zwinkert mir zu, und weg ist sie. Beinahe könnte man glauben, ich hätte nur eine große Kleidermotte zwischen meinen Sachen gehabt, die gerade zum Fenster hinausgeflogen ist. Na ja, eine sehr hübsche und nette Motte auf jeden Fall. Vielleicht sollte ich dem in Zukunft vorbeugen. Mottenkugeln oder Lavendelsäckchen werden hierbei wohl nur wenig helfen, aber ich könnte Lakritzschnecken in den Regalfächern auslegen. Franzi hasst Lakritze. Ich seufze und stehe auf, um mir ein Bad einzulassen, eine Muse-CD einzulegen und mich mit meiner neuesten *Instyle* in heißem Wasser einzuweichen, bis ich Schwimmhäute zwischen Fingern und Zehen bekomme. Prima, dann könnte ich auch gleich als kleine Meerjungfrau zu der Feier gehen. Mehr »Hui« dürfte dann ja eigentlich nicht mehr gehen.

Am nächsten Tag klingelt es wie vorher schon von meiner besten Freundin via Telefon angekündigt Punkt 14 Uhr an meiner Tür.

»Tataaaaaa!«, ruft sie triumphierend, als sie in meinen Flur hineinspringt, und drückt mir strahlend einen Kleidersack in die Hände, die ich eigentlich ausgestreckt hatte, um sie im Falle eines Falles (wortwörtlich) auffangen zu können. »Mach auf, mach auf!« Ungeduldig schiebt sie mich samt Plastikumhüllung in mein Schlafzimmer. »Probier's an, und sag mir, was du denkst!«

»Okay ...« Etwas überrumpelt beginne ich, mich umzuziehen, und stehe nur einen Moment später in meinem Traum von Kleid vor dem Spiegel. Hm, sieht sensationell aus! Aber, hm, eben wie vorher. »Also ...«, ratlos schaue ich zu Franzi, die erwartungsvoll dreinblickend auf meinem Bett sitzt. »Ich sag's ja nur ungern, aber: Was ist da jetzt anders?« Franziska rollt mit den Augen.

»Na, dreh dich doch mal!« Ich tue wie mir geheißen und erblicke einen tiefen Rückenausschnitt, der nur eine Handbreit über meinem Steißbein endet und statt »Hui« mehr »H-h-h-heiß« ist!

»Du hast mein Kleid aufgeschlitzt???«, rufe ich und verbiege meinen Arm, um fassungslos die freie Haut auf meinem Rücken zu betasten.

»Du tust so, als wäre ich Jack the Ripper!«, antwortet sie und verschränkt entrüstet die Arme. »Ich habe es ja nicht getötet, ich habe es verändert! Also, ich find's super!«

»Hm.« Ich schlucke. Eigentlich sieht es wirklich ziemlich gut aus, und es ist toll genäht. So merkt man gar nicht, dass das Kleid bei Geburt eigentlich noch keinen Ausschnitt auf dessen Rückseite hatte. »Hast du das selber gemacht?« Sie schüttelt den Kopf.

»Quatsch, das war Frau Matuschek, die Schneiderin meines Vertrauens! Toll gemacht, nicht?« Ich nicke.

»Ja, das hat sie wirklich toll gemacht. Aber findest du echt, ich sollte *so* auf die Feier gehen?«

»Klar, warum denn nicht?«

»Ich dachte, billig ist was für das Managersegment?«

»Schätzchen, billig wäre es, wenn solch ein Ausschnitt *vorne* wäre!«

»Okay, da hast du wohl recht.«

»Was du jetzt noch brauchst, sind passende Schuhe, möglichst schlicht, aber mit schwindelerregenden Absätzen. Und eine kleine Tasche, am besten eine Clutch oder so etwas. Hast du da was?« Wir wühlen nochmal gemeinsam in meinen Sachen und finden noch ein Paar perfekt geeignete High Heels, die ich an Silvester vor zwei Jahren getragen habe, und eine schwarze und mit Pailletten besetzte Clutch, die genau den gleichen Farbton trifft wie Schuhe und Kleid. Ich bin beglückt.

»Danke, Süße, du hast mich gerettet!«, jubele ich und falle meiner Freundin um den Hals, was prima funktioniert, solange wir beide auf dem Boden knien wie jetzt gerade auf meinem Schlafzimmerfußboden, zwischen all meinen Habseligkeiten, die kreuz und quer verteilt liegen wie nach einem Tornado in der Münchener Fußgängerzone.

»Dafür bin ich doch da. So, jetzt lässt du dir von deinem Paul noch ein paar glitzernde Ohrringe schenken, und dann bist du die Königin des Abends!«

»Du meinst die Königin im Paragraphendschungel.«

»Stimmt, Dschungel passt besser zwischen all den Menschenfressern.« Franzi grinst zufrieden, und als sie mich nochmal in meinem fertigen Outfit betrachtet, klopft sie sich zufrieden selbst auf die Schulter.

Um sich selbst zu feiern, lädt mich Franzi auf einen Kaffee ins Café Jasmin ein.

»Und? Wie läuft es sonst so zwischen dir und dem Anwalt deines Vertrauens?«, fragt meine beste Freundin, nachdem wir uns ein gemütliches Plätzchen gesichert und uns aus Jacken und Schals geschält haben.

»Du hältst immer noch nicht viel von unserer Beziehung, oder?«

»Ach was.« Franzi macht eine abwehrende Handbewegung. »Hätte ich dir sonst bei deinem Outfit für seine Feier geholfen? Du kennst die rabenschwarzen Abgründe meiner Seele; ich hätte dir sonst einen Aufzug verpasst, mit dem er dich nach diesem Abend nie wiedersehen wollen würde.« Sie grinst.

»Ja, da hast du wohl recht.«

»Siehst du. Außerdem bist du meine beste Freundin, und alles, was ich will, ist, dass du glücklich bist. Und scheinbar bist du das derzeit, zumindest erweckst du nicht den Eindruck, als würdest du besonders leiden.«

»Nein, leiden tue ich nicht wirklich. Das mit Paul und mir läuft inzwischen super! Er könnte vielleicht noch ein bisschen weniger mit anderen Vertreterinnen des weiblichen Geschlechts flirten, aber vielleicht tut er das wirklich nicht mit Absicht und es ist einfach nur seine zuvorkommende Art Frauen gegenüber …«

»›Zuvorkommende Art‹?« Franzi schüttelt den Kopf. »So habe ich das auch noch nie gehört. Aber nett ausgedrückt!«

»Du weißt schon, was ich damit meine!«

»Er ist ein Womanizer, und das wird er wohl auch bleiben, Laura. Keiner ändert sich über Nacht, und erst recht nicht so jemand wie Paul, der diesen Lebensstil schon so lange Zeit pflegt. Tröste dich einfach damit, dass er es nur mit dir ernst meint und dir tatsächlich treu zu sein scheint, und genieße diesen Zustand! Mehr kann man nicht verlangen.« Einen Moment lang bin ich wegen dieser ehrlichen Worte beinahe ein bisschen beleidigt, aber im Grunde hat sie absolut recht, und ich kann ihr ihre

Ehrlichkeit nicht übel nehmen. Dafür hat man ja schließlich Freunde, oder? Schönreden kann man sich das Leben selbst jeden Tag, und das kann ich für meinen Teil prima. Die Kellnerin bringt uns unseren Kaffee, und ich lehne mich in meinem Stuhl zurück, um ihr Platz zu machen.

»Dein Handy klingelt«, macht mich Franzi auf das dumpf klingende Läuten in meiner Handtasche aufmerksam und streut Zucker auf den Milchschaum ihres Cappuccinos. Ich beginne zwischen Schlüsselbund, Autoschlüsseln, Labello, Taschenspiegel, Haar- und Kaugummis nach meinem immer noch drängend klingelnden Handy zu wühlen und dessen bläulichem Leuchten nachzugehen.

»Warum höre ich nur zurzeit nie, wenn ich einen Anruf oder eine SMS bekomme?«, wundere ich mich und bekomme endlich das kleine Telefon zu fassen.

»Hallo?«, melde ich mich, doch keiner antwortet. Beinahe will ich schon auflegen, da ich davon ausgehe, zu spät rangegangen zu sein, als eine dünne Stimme antwortet:

»Laura?«

»Ja? Marlene??? Was ist los?« Besorgt lausche ich einige endlos wirkende Sekunden lang dem Schluchzen und Schniefen am anderen Ende der Leitung.

»Wo bist du denn?«

»Die Frage ist eher, wo bist *du* denn? Und was ist passiert? Ist was mit Clemens?«

»Nein, Clemens geht es prima.« Lautes Naseputzen. »Wir sitzen in deinem Hausflur auf der Treppe.«

»Wartet, ich bin gleich bei euch.« Ich lege auf und erkläre Franzi, die mich fragend und alarmiert ansieht: »Meine Schwester und mein Neffe sitzen bei mir daheim. Irgendwas ist passiert, ich muss jetzt schnell nach Hause fahren! Sei mir bitte nicht böse, ja? Ich rufe dich an!«

»Klar, kein Problem! Sag mir Bescheid, falls irgendwas ist und ich euch helfen kann oder so!«

»Mach ich.« Ich drücke meiner Freundin ein Bussi auf die Wange und sause dann schnell los, um zu meiner Familie zu eilen.

Auf dem Weg zu meiner Wohnung male ich mir die schlimmsten Szenarien aus. Marlene und Christoph hatten wieder einen schlimmen Streit, der dieses Mal eskaliert ist. Vielleicht hat er sie sogar geschlagen? Oder Christoph ist dieses Mal gar nicht mehr nach Hause gekommen. Hatte vielleicht sogar einen Unfall und liegt jetzt im Krankenhaus. Oder ist vielleicht sogar … Nein, daran darf ich auf gar keinen Fall denken! Oder etwas ist mit Marlene selbst. Sie hat ihren Job verloren. Oder sie ist krank. Oder Clemens ist krank? Aber sagte sie nicht, ihm ginge es prima? Mein Puls rast, und obwohl mir irgendwie schlecht ist und ich ganz weiche Knie habe, jagt mir Adrenalin durch die Adern und lässt mich schnell und kräftig werden; für einen Moment zu Superwoman, die jeden, der ihren Lieben Leid zufügen sollte, aus dem Weg zu räumen vermag. Schon völlig außer Atem renne ich die Stufen zu meinem Stockwerk hinauf, wo tatsächlich Marlene auf der Treppe sitzt, mit rot verquollenem Gesicht und schwarzen Mascara-Rinnsalen auf den Wangen, die Arme um ihre Knie geschlungen. Clemens steht neben ihr, guckt ein bisschen hilflos und hat eine Hand tröstend auf ihre Schulter gelegt. Als er mich um die Ecke biegen sieht, zeigt sich pure Erleichterung auf seinem Gesicht.

»Hallo, Tante Laura.«

»Hallo, Clemens!« Schwer schnaufend ziehe ich ihn in meine Arme und drücke ihn fest an mich. »Was ist denn los?« Fragend sehe ich zu meiner Schwester, die sich nur wieder wortlos die Nase mit einem schon ziemlich mitgenommenen Taschentuch putzt. »Na, kommt erst mal mit rein.«

Drinnen schiebe ich dem in einer Wachstumsphase steckenden Clemens ein Blech Pommes in den Ofen, koche meiner schniefenden großen Schwester einen großen Becher sehr starken Kaffee und werfe mir selbst eine Ladung Traubenzucker ein, denn irgendwie lassen meine Superkräfte gerade nach, und ich kann nach meinem eben zurückgelegten Marathon wieder ungesunden Zigarettenkonsum und meine so gut wie nie eingelöste Mitgliedschaft im Fitnessclub spüren.

»Darf ich ein bisschen KIKA gucken gehen?«, fragt mein Neffe und sieht mich mit einem Blick an, der so viel heißen soll wie: »Darf ich in ein anderes Zimmer gehen? Ich kann das Geheule nicht mehr länger mit ansehen!«

»Klar, du weißt ja, wie man den Fernseher bei mir anschaltet, oder? Ich bring dir deine Pommes rüber, wenn sie fertig sind.« Dankbar verschwindet mein Neffe im Wohnzimmer, und ich setze mich zu Marlene an den Tisch und schlinge einen Arm um sie.

»Jetzt erzähl mir doch bitte mal, was passiert ist!«, fordere ich sie auf, nicht ohne ihr vorher noch in weiser Voraussicht eine neue Packung Taschentücher auf den Tisch zu legen.

»Ich hab die ganze Zeit recht gehabt!« Marlene schluchzt laut auf, und ein neuer Schwall Tränen bricht sich seine Bahnen.

»Womit recht gehabt?«

»Mit Christoph und seiner Arbeit. Er hat nie Überstunden machen müssen, wenigstens nicht, um Geld zu verdienen oder seiner Firma einen Gefallen zu tun!«

»Sondern?«, frage ich und will die Antwort eigentlich gar nicht hören, denn ich weiß genau, wie sie lauten wird.

»Er hat an seiner Sekretärin gearbeitet, genau wie ich es all die Monate vermutet habe!« Ich schlucke schwer. Wusch, wusch, wusch rauscht das Blut in meinen Ohren, und wie im Schnelldurchlauf wechseln Bilder vor meinem inneren Auge. Marlenes und Christophs Hochzeit, beide Hand in Hand, sie drückt ihren Brautstrauß stolz an ihre Brust. Ein weiteres Bild, auf dem Marlene hochschwanger in Latzhosen im Garten unserer Cousine steht, Christoph neben ihr, die Hand auf ihre Babykugel gelegt, und sie anhimmelnd. Oder die beiden an ihrem ersten Tag im gemeinsamen Heim, nachdem Marlene mit dem kleinen Clemens aus dem Krankenhaus entlassen worden ist; die beiden stolzen Eltern liegen auf dem Bett und der frisch geschlüpfte Sohn zwischen ihnen, nicht größer als der Plüschteddy, den meine Mutter ihm zur Geburt geschenkt hatte. Und eigentlich hatte es auch die letzten Jahre nicht an glücklichen Momenten gemangelt. Angefangen hatte das ganze Elend eigentlich erst vor etwas über einem Jahr. Kaum zu glauben, dass so starke und schöne Gefühle einfach verschwunden sein sollen! Wie kann sich so viel Kraft in nichts auflösen? Für mich ist das einfach unbegreiflich. Das habe ich auch letztens erst Paul erklärt, als wir wieder mal über unsere Berufe stritten. Wo ist das alles hin, was ein Paar gefühlt hat, als es vor mir stand und sich von mir verheiraten ließ, wenn es ein paar Jahre später an Pauls Schreibtisch sitzt und sich nie wiedersehen will? Das ist irgendwie mit dem Sterben vergleichbar, finde ich. Da fragt man sich ja auch, wo die ganze Persönlichkeit und Seele eines Menschen hingeht, wenn dieser stirbt, denn ich kann mir auch hier nicht vorstellen, dass sich so eine geballte Ladung Charakter voller Eigenarten und Erfahrungen einfach auflöst, irgendwo muss das doch alles bleiben?! Bei der Liebe ist das genauso. Gibt es vielleicht für solche Gefühle auch so einen Ort? Eine Art Himmel für

Lieben, für die es keine Herzen, also keine Körper mehr gibt, in denen sie wohnen können?

»Was soll ich denn jetzt tun?«, schluchzt Marlene und reißt mich so aus meinen philosophischen Gedankengängen. Ich hole tief Luft und kann dann nur mit den Schultern zucken. Ich habe keine Ahnung, und das sage ich ihr auch. »Ich werde mich auf jeden Fall von Christoph scheiden lassen!«, erklärt sie daraufhin entschieden und zerknüllt ein Taschentusch zwischen den Fingern, an denen auch schon ihr schlichter Ehering fehlt, wie ich feststellen muss.

»Aber willst du das Ganze wirklich so einfach wegschmeißen?«, frage ich betroffen.

»Wer hat denn das Ganze einfach so weggeschmissen? Und wer hat immer gekämpft all die Monate? Wer?«

»Das weiß ich doch! Aber ... Ich meine, was ist mit Clemens? Der braucht doch seinen Papa!«

»Pah.« Meine große Schwester lacht verbittert auf. »Einen Papa hatte das arme Kind doch schon lange nicht mehr. Sein Vater existierte die letzte Zeit in unserem Haus nur noch als Hemden in der Bügelwäsche oder als Bartstoppeln im Waschbecken.«

»Hm. Und wenn ihr nochmal miteinander redet?«

»Laura! Kapierst du es denn nicht? Er hat mich betrogen! Nicht nur einmal, was schon schlimm genug wäre, sondern monatelang! Er hat eine Affäre gehabt, und er hat sie immer noch, und ich glaube, da gibt es nichts mehr zu sagen, oder?«

»Ja, du hast ja recht. Aber ich kann es irgendwie immer noch nicht ganz glauben. Ich meine, ihr habt euch doch so geliebt ...?!«

»Christoph weiß gar nicht mehr, was es heißt, jemanden zu lieben. Physisch vielleicht. Ja, das wird er inzwischen bestens wissen.« Wieder dieses verbitterte Lachen, das mir langsam beinahe Angst macht. Nicht, dass meine Schwester hier an meinem Küchentisch noch einen Austicker bekommt! Ich sehe zu dem großen und dem kleinen Koffer hinüber, die etwas verloren in meiner Küche herumstehen und wahrscheinlich abwartend mit den Armen hin und her schlackern würden, wenn sie denn welche hätten. Marlene ist meinem Blick gefolgt.

»Ich kann doch erst mal ein paar Tage bei dir bleiben, oder?«, fragt sie, und plötzlich klingt sie gar nicht mehr beängstigend, vielmehr schwach und verloren. »Ich hoffe, ich finde ganz schnell etwas Kleines für mich und Clemens, wo wir uns ein neues Zuhause einrichten können. Aber vorerst will ich nicht mehr nach … also dorthin zurück.« Sie schluckt, und ich lege tröstend meine Hand auf ihre, die immer noch das Taschentuch umklammert hält.

»Klar könnt ihr fürs Erste bei mir bleiben. Wir finden schon eine Lösung!« Ich stehe auf, bereite Clemens' Pommes mit einem Klecks Ketchup auf einen Teller, schnappe mir eine Serviette und mache mich auf den Weg ins Wohnzimmer, um sie ihm dort zu kredenzen. »Na, junger Mann? Ihre Kartoffelstäbchen wären jetzt fertig.«

»Du meinst Pommes«, korrigiert Clemens und steckt sich gleich eine in den Mund.

»Ach so, ja klar, Pommes«, lächele ich und lasse mich neben ihm auf die Couch sinken. Einen Moment lang sehen wir Bernd dem Brot dabei zu, wie es über den Bildschirm hüpft, schweigend, nur untermalt von Clemens' Kaugeräuschen. Schließlich traue ich mich doch, das miesepetrige Kastenbrot auf dem Kinderkanal zu unterbrechen.

»Ist denn bei dir alles okay?«

»Hm.« Er zuckt mit den Schultern. »Ich weiß nicht. Mich macht es traurig, wenn Mama so viel weinen muss. Ich will nicht, dass Mama weint!«

»Kann ich verstehen, ich will auch nicht, dass deine Mama weint. Aber manchmal ist es okay, wenn man traurig ist und das auch zeigt, dann geht es einem oft schon viel besser, findest du nicht?«

»Doch.« Er nickt und malt mithilfe einer Pommes und eines Kleckses Ketchup rote Männchen auf seinen Teller.

»Wenn du über irgendetwas reden willst, dann kannst du das jederzeit mit mir tun, ja?«, ermuntere ich ihn. »Oder wenn ich dir irgendwie helfen kann.« Mein Neffe hebt den Kopf.

»Du kannst mir helfen!«

»Ja?«

»Kannst du mit mir Schlunz holen gehen? Mama wollte vorhin nicht mehr umdrehen, und wir haben ihn zu Hause vergessen! Und Papa ist doch nie daheim, und wer kümmert sich dann um ihn, wenn Papa nicht da ist und Mama nicht und ich auch nicht?«

»Ist gut. Meinst du, Schlunz hält es bis morgen früh ohne dich aus? Jetzt ist es nämlich schon so spät, und wir müssen so weit fahren bis zu euch nach Hause.«

»Hm.« Clemens überlegt, dann nickt er zustimmend. »Ist gut. Schlunz geht nun bestimmt eh ins Bett.«

»Bestimmt. Gleich morgen früh fahren wir los, versprochen!« Hoffentlich steht er morgen nicht wieder um fünf vor meinem Bett, denke ich mir im gleichen Augenblick, aber was soll's, wenn ich so etwas für meine Lieben tun kann, dann fahre ich auch morgens um fünf eine Dreiviertelstunde mit dem Auto nach Landshut, um einen kleinen Mischling aus einem Scheidungshaushalt zu holen.

In all den wunderbaren Jahren,
in denen ich nur knapp,
ja nur um eine Haaresspitze breit
– ich war wohl noch nicht bereit –
daran vorbeigeschlittert bin,
mit geschlossenen Augen und eingesperrtem Sinn.
Mit einem Herz, das wohl zu lang
auf Eis gelegen hat.

Irgendwie ist es ja nicht unangenehm, wenn man morgens aufwacht und weiß, dass da noch anderes Leben in der eigenen Wohnung ist, und wenn man noch einen Moment lang liegen bleibt, dem Röcheln der Kaffeemaschine und dem Tapsen kleiner nackter Füße auf warmem Holzboden ein Zimmer weiter zuhören kann. Aber ungewohnt ist es trotzdem und ich muss lernen umzudenken. So zum Beispiel, dass ich jetzt immer zusperren muss, wenn ich im Badezimmer bin und nicht will, dass mein kleiner Neffe erste Anatomiekenntnisse ausgerechnet an seiner duschenden Tante sammelt oder mich auf dem Klo erwischt und mich voller Interesse fragt, ob ich gerade groß oder klein muss. Und auch Paul sollte vielleicht vorerst nicht bei mir schlafen. Vielleicht sollte ich ihm rechtzeitig Bescheid sagen, nicht dass er eines Nachts nackt in meinem Flur steht und ihn Marlene aus dem Schock heraus mit meiner glitzernden Stehlampe von KARE bewusstlos schlägt.

»Hallo, schönste Frau der Welt«, begrüßt mich seine warme Stimme am anderen Ende der Leitung.

»Hallo, größter Schmeichler der Welt«, grüße ich ihn zurück und muss lächeln.

»Was gibt es denn?«

»Ich wollte dir nur sagen, dass du in nächster Zeit von Überraschungsbesuchen bei mir absehen solltest, denn meine große Schwester und mein Neffe wohnen zurzeit bei mir.«

»Hm, also sollte ich nicht nackt und mit Sushi bedeckt auf deinem Küchentisch liegen, um dich nach der Arbeit zu überraschen? Oder mit einer Rose im Mund in deiner Schlafzimmertür stehen und mit meinem besten Stück Hubschrauber spielen? Und auch nicht im Bad meine so gut einstudierte Paul-Potts-Imitation schmettern?« Er lacht sich kaputt, und ich muss bei der Vorstellung all dieser Dinge ebenfalls schmunzeln.

»Davon solltest du besser absehen, ja! Zumindest solange du nicht gewillt bist, für meine Familie die Therapiesitzungen zu bezahlen, die danach fällig sein werden!«

»Ach so, ich dachte, du meinst die Krankenhausrechnung wegen Blendung und Tinnitus.«

»Die auch.«

»Dann benehme ich mich wohl besser.«

»Denke ich auch.«

»Warum sind deine Schwester und ihr Sohn denn bei dir? Ist etwas passiert?« Jetzt klingt Pauls Stimme leicht besorgt, und dafür liebe ich ihn gerade umso mehr. Ich seufze.

»Ja, leider.« Soll ich ihm den Grund sagen? Aber wahrscheinlich wird hierzu eh nur ein dummer Spruch kommen à la »Prima, wieder jemand zur Vernunft gekommen!« oder Ähnliches. Ich glaube, dann müsste ich mein Telefon an die Wand werfen. Doch ehe ich michs versehe, hole ich schon Luft und sage: »Sie und ihr Mann lassen sich wohl scheiden.«

»Oh. Das tut mir leid!«, höre ich Pauls Stimme nach einem Moment ruhig sagen, und tatsächlich, er meint es dem Klang nach wirklich ernst. Kein flapsiger Text und kein Scherz auf Kosten ehemaliger Heiratswilliger. Ich weiß nicht, ob ich erstaunt oder erfreut sein soll. »Dann braucht dich deine Familie jetzt. Ich bin dir auch nicht böse, wenn du nicht mit auf die Feier meiner Kanzlei kommen kannst. Ich meine, ich hätte dich wirklich gerne dabei und würde mich sehr freuen, aber das musst du entscheiden!«

»Das ist wirklich lieb von dir. Ich werde Marlene fragen, ob es ihr recht ist, wenn ich feiern gehe. Und mein Gewissen, ob es mich denn auch den Abend über in Ruhe lässt.« Ich bedanke mich bei Paul, verabschiede mich und mache zum Abschied ein Kussgeräusch in den Hörer.

»Natürlich kannst du dort hingehen!« Marlene sieht mich vorwurfsvoll an, als wir später in der Küche stehen und ich sie über Pauls Feier informiere. »Wie kannst du nur glauben, ich würde dich davon abhalten?«

»Klar wirst du mich nicht davon abhalten! Aber ich finde, ich sollte dir jetzt eigentlich den Rücken stärken, dir die Taschentücherbox halten und so. Und stattdessen werfe ich mich dann in Schale und gehe Longdrinks schlürfen. Irgendwie finde ich das nicht richtig!«

»Es ist ja keiner gestorben! Und ich bin schon groß, du musst dir also keine Sorgen um mich machen!« Sie geht an mir vorbei, während sie Teller zum Geschirrschrank trägt, und fährt mir dabei kurz über den Kopf. Ich zucke leicht zusammen. Wie ich diese Gesten großzügiger Schwesterlichkeiten hasse! Und jetzt spielt sie wieder die Starke, dabei sieht es in ihr drinnen ganz anders aus, und das wissen wir beide. Warum macht sie das bloß? Sie tut doch damit keinem einen Gefallen! Früher oder später kommt sowieso wieder alles hoch, was sie nun unterdrückt und nicht verarbeitet! Ich lehne mit dem Rücken an meiner Anrichte und beobachte Marlene dabei, wie sie meine Küchenschränke auswischt und neu einsortiert. Ich muss schon sagen, ich hatte noch nie so eine saubere Wohnung wie jetzt, seitdem sie hier wohnt. Selbst bei meinem Einzug und als die Möbel noch neu waren, war es hier nicht so lupenrein. Sogar meinen Mülleimer hat sie ausgewaschen, und wenn man den Deckel aufklappt, weht einem eine Brise Sommerbouquet entgegen.

»Dann gehe ich hin. Es wird unserer Beziehung mit Sicherheit guttun, wenn ich ihn dort hinbegleite«, überlege ich laut und bereue es im selben Augenblick schon wieder, denn bestimmt will Marlene jetzt nicht über Dinge nachdenken, die einer Beziehung guttäten und welche nicht. Tatsächlich zuckt sie für einen Wimpernschlag zusammen, hat sich aber schnell wieder gefangen und schrubbt weiter an meinem Backofen herum, als wäre nichts gewesen.

»Soll ich mit Schlunz Gassi gehen?«, biete ich an, als mein Blick auf den kleinen Fellhaufen fällt, der zusammengerollt unter meinem Küchentisch liegt.

»Nein, das soll Clemens machen, wenn er von der Schule kommt. Meistens ist er sogar ärgerlich, wenn es jemand anderes macht; er nimmt seine Aufgabe als Herrchen sehr ernst.« Sie lächelt kurz, und für einen Moment sieht sie wieder aus wie die alte Marlene.

»Okay, dann fahre ich jetzt zu Attila. Bist du dir sicher, dass ich dir nichts helfen kann oder du etwas Gesellschaft haben willst?«

»Ja, ganz sicher«, antwortet sie und fügt dann in versöhnlicherem Tonfall hinzu: »Aber danke. Lieb, dass du fragst!« Ich beuge mich zu ihr hinüber, drücke ihr ein Bussi auf die Wange und suche dann nach Handy und Schlüsseln.

Attila und ich machen heute einen *Sex-and-the-City*-Abend und gucken uns die beiden Kinofilme der Serie auf DVD an, trinken selbstgemixte Cosmopolitans und lackieren uns dabei die Nägel (also ich) oder machen Gesichtsmasken (also er) und diskutieren nebenher über Männer und unsere von Ups und Downs geprägten Beziehungen (also wir). Nicht selten entdeckt man auch bestimmte Parallelen zwischen den Geschichten von Carrie Bradshaw & Co. und unseren eigenen, die wir täglich erleben und mit denen wir zu kämpfen haben.

»Das mit deiner Schwester tut mir leid!«, sagt Attila gerade und leert den Rest seines Drinks, der vor ihm auf dem gläsernen Couchtisch steht. »Ich hatte wirklich gedacht, das mit ihr und ihrem Mann hält ewig.« Ich nicke und seufze schwer.

»Ja, das haben wir alle gedacht.« Einen Moment lang sitze ich nachdenklich auf Attilas blutroter Couch und starre gedankenverloren in den Fernseher. »Vielleicht haben ja doch alle recht, und ich bin einfach nur naiv mit meiner Vorstellung perfekter Romantik und einem Sinn des Lebens, der irgendwo auf einen wartet und mit dem alles perfekt läuft.« Attila sieht mich erstaunt an.

»Wie kommst du denn jetzt darauf?«

»Na ja, wenn sich sogar so ein Paar wie die beiden scheiden lässt … Vielleicht gibt es das Ganze, woran ich immer geglaubt habe, wirklich nicht?! Und ich habe immer meine Walt-Disney-Mentalität gelebt und jedem versucht einzureden, dass er ebenfalls daran festhalten muss! Ich bin echt bekloppt! Warum haben du und Franzi mir das nie gesagt?«

»Wir haben dir oft genug gesagt, dass du bekloppt bist!«, lächelt Attila und stößt mich in die Seite. »Hey, jetzt krieg dich wieder ein! Genau deine Walt-Disney-Mentalität, wie du es nennst, macht dich doch zu dem, was du bist, und zu der Laura, die wir so gernhaben! Ich finde, es reicht völlig aus, dass man jeden Tag den Tatsachen ins Auge sehen muss, und die knallharte Realität ist doch schon kalt und ernüchternd genug! Ich finde es wichtig, dass es solche Leute wie dich gibt, die einem auch gerne mal die rosarote Brille auf die Nase drücken und einen dazu zwingen, anstatt auf Beton auch mal auf fluffigen Wölkchen herumzulaufen. Ein bisschen Verklärtheit macht das Leben ab und an bestimmt erträglicher. Und schau mal ...« Er nickt zum Fernseher hinüber, auf dem Carrie gerade nach ihrer Trennung erstmals wieder auf Mr Big trifft. »Carrie glaubt doch auch immer noch daran, dass es die große Liebe gibt, mit der man bis ans Ende seines Lebens zusammen glücklich wird! Und das, obwohl sie auch schon genug Erfahrungen gesammelt hat, die eigentlich dagegen sprechen müssten!«

»Hm.« Da hat er wohl recht. Überzeugt bin ich trotzdem noch nicht. »Vielleicht habe ich mit meinem Gerede aber auch mehr kaputt gemacht als heil? Vielleicht hätte Marlene gar nicht so lange bei Christoph ausgehalten, hätte ich nicht immer versucht, die Sache zu beschönigen, und dann wäre sie vielleicht längst schon wieder glücklich und hätte sich nicht so lange von diesem Mistkerl betrügen lassen müssen!« Meinen Schwager, den ich einst wirklich gernhatte und dem ich eine Affäre nie zugetraut hätte, jetzt laut »Mistkerl« zu nennen, erschreckt mich selber, und plötzlich brechen bei mir Dämme, die ich die ganzen Tage zuvor immer sorgsam mit Sandsäcken zugebaut hatte.

»Och, Süße, komm mal her!« Attila zieht mich in seine Arme, sorgsam darauf bedacht, mir nichts von seiner Avocadomaske in die Haare zu schmieren. Er schnappt sich eines der Kosmetiktücher vom Tisch und versucht damit vergeblich, meinen Tränenstrom zu trocknen, der mir über das Gesicht läuft und in meinen Cosmopolitan tropft. Toll, auch das noch!

»Hör mal auf, dir immer die Verantwortung für alles und jeden aufzubürden! Sich um andere kümmern zu wollen ist gut und richtig, aber trotzdem muss man die anderen auch mal selber Fehler machen und sie damit umzugehen lernen lassen! Das sind alles erwachsene Menschen, und was soll aus ihnen werden, wenn sie nichts dazulernen und sie keine Chance kriegen, sich zu entwickeln? Und schau mal, durch die ganzen negativen Erfahrungen kriegt man doch auch erst so richtig mit, wo man eigentlich hin will, was gut für einen ist und was nicht, und nur so kann man irgendwann mal tatsächlich glücklich werden! In Watte gepackt ist nie gut, glaub es mir! Also hör auf, dir den schwarzen Peter zuzuschieben, wenn bei anderen etwas schiefläuft! Du bist nicht Mutter Teresa!«

»Aber die Godmother of Love!«, versuche ich unter Tränen zu scherzen und wische mir übers Gesicht.

»Ja, das stimmt.« Der Hunnenkönig lacht. »Geht's dir jetzt wieder ein bisschen besser?« Ich nicke.

»Ich glaube schon.«

»Gut. Dann mache ich dir mal noch schnell einen neuen Drink, deiner ist ja schon ganz wässrig!«

All the things you'd say,
they were never true, never true.
And the games you'd play,
you would always win, always win.

Sich mal bei jemandem ein bisschen auszuheulen und selbst zu bemitleiden hat ganz gutgetan. Ebenso Attilas klare Ansage. Ab und zu braucht man so etwas. Ich finde, auch Marlene sollte ihrem Frust etwas mehr Luft machen oder sich zumindest mal selbst etwas Gutes tun, aber egal wie oft ich ihr anbiete, sich bei mir auskotzen zu können oder ihr Clemens abzunehmen, damit sie etwas unternehmen kann, sie lehnt es ab, und irgendwann gebe ich auf. Wie Attila schon sagte, ich muss lernen, andere ihr eigenes Ding machen zu lassen. That's it.

Außerdem muss ich jetzt auch mein eigenes Ding machen und mich auf meinen Abend mit Paul vorbereiten. Heute ist er gekommen, der Abend, für den mein Kleid aufgeschlitzt, mein Haaransatz frisch nachgefärbt und meine Hände extra von der Nageltante manikürt und auf Hochglanz gebracht wurden. Ein bisschen fühle ich mich, als würde ich mich auf einen Abiball oder Ähnliches vorbereiten – und es macht Spaß!

»Hoffentlich wird das Ganze kein Reinfall! Ist doch meistens so, dass man sich auf irgendwas besonders freut und aufgeregt ist, und dann ist das Ereignis letztendlich voll für die Tonne!« Ich telefoniere mit Franzi und habe auf Lautsprecher geschaltet, damit ich die Hände frei habe, um mich nebenbei schminken und frisieren zu können.

»Stimmt. Und wenn man dann auf irgendwas überhaupt keinen Bock hat und irgendwo hingeschleift wird, werden diese Abende dann meistens total der Hit!«, stimmt mir meine beste Freundin zu.

»Ja, komisch nicht?«

»Wann holt dich Paul denn ab?«

»Um sieben.«

»Dann hast du ja noch ein bisschen Zeit. Denk dran, dir eine Ersatzstrumpfhose in die Handtasche zu packen! Und Fettaufsaugeplättchen, falls deine T-Zone glänzt!«, rät mir Franzi, und ich überlege ernsthaft, ob ich sie mir nicht als Knopf ins Ohr packen und mir über den Abend heimlich ihre hilfreichen Ratschläge zuwispern lassen soll.

»Den Knopf im Ohr würde man sehen, du hast ja die Haare hochgesteckt!«, sagt Franzi trocken, und ich erschrecke.

»Woher weißt du, was ich gerade gedacht habe?«

»Weil ich dich nicht erst seit gestern kenne und weil du dir immer Hilfe an deiner Seite wünscht, wenn du irgendeiner wichtigen Aufgabe gegenüberstehst! Aber hey, das heute ist keine Prüfung! Na ja, höchstens für die anderen anwesenden Männer, für die es ernsthaft schwierig werden wird, ihre eigenen Frauen zu beachten, sobald du den Raum betrittst!«

»Haha! Ich glaube nicht, dass deren Frauen zu verachten sein werden! Ich meine, das sind keine Arztgattinnen! Das sind Gespielinnen von Anwälten, die werden regelmäßig ausgetauscht, sobald sie das Alter erreichen, deren Jaguar fahren und führende Politiker wählen zu dürfen!«

»Die Achtzehnjährigen heutzutage sind auch nicht mehr das, was sie mal waren!«, erklärt meine Freundin am anderen Ende bestimmt. »Die Zeiten der knackigen Blondinen mit Rehaugen und Klimperwimpern sind vorbei. Da kann man froh sein, wenn man sie mal aus ihren aufgerissenen Schlaghosen und Kapuzenpullis rauskriegt, die unter achtzig Kilo Kampfgewicht bleiben und die wissen, dass man einen Tampon nicht den ganzen Tag in der Hand hält, so wie es die Frau in der Werbung macht.«

»Ach, Franzi«, seufze ich und schüttele den Kopf. »Du hättest anstatt deinem Bürojob doch lieber eine Tätigkeit als Talkshowmoderatorin oder Hauptschullehrerin ergreifen sollen!«

»Findest du?« Sie lacht.

»Unbedingt.«

»Vielleicht kann ich mich ja noch umschulen lassen. Sooo alt bin ich ja auch noch nicht.«

»Apropos umschulen: Meinst du, ich kann mich mit denen da heute Abend überhaupt unterhalten? Ich meine, ich mit meinem popeligen Beamtenjob werde zwischen den ganzen Studierten da ziemlich abkacken, meinst du nicht?«

»Wenn du mal nichts zu erwidern weißt, nickst du einfach nur freundlich und lächelst! Was anderes sind die ja schließlich auch nicht gewohnt! Und wenn du doch mal punkten willst, dann erzählst du ihnen ein paar abgeänderte Anekdoten, die du aus den Geschichten aus *Verbrechen* von Ferdinand von Schirach geklaut hast! Das merken die eh nicht, dafür leben die viel zu sehr in ihrer eigenen kleinen Welt.«

»Okay. Also, Süße, ich geh mich jetzt umziehe und dann holt Paul mich schon ab. Danke für deine Unterstützung!«

»Gerne doch! Viel Spaß mit deinen Schlipsträgern! Und bring mir was von der Tischdeko oder vom Büfett mit!«

»Alles klar! Bis morgen!«

»Ciao!«

»Wow, mir fehlen die Worte!«, staunt Paul, als ich die Haustür hinter mir ins Schloss fallen und mich in den Sitz seines Autos sinken lasse.

»Ich hoffe, das ist positiv! Dir als beruflichen Vielredner sollten doch eigentlich nie die Worte fehlen!«

»Tja, also, du hast es gerade geschafft! Du siehst echt hübsch aus. Hoffentlich will mich dir keiner streitig machen!«

»Ach Quatsch! Erzähl ihnen einfach, ich wäre professionelle Heiratsschwindlerin und du würdest mich durch meine letzten fünf Scheidungen kennen, die du für mich geregelt hast und durch die meine Exmänner um Unsummen ärmer geworden sind. Ich denke, das wird sie abschrecken.«

»Ist gut.« Paul lacht.

»Oh Mann, bin ich froh, dass ich heute mal ein bisschen Ablenkung kriege.« Ich strecke meine Hand aus und streichle das Stück freie Haut zwischen seinem Haaransatz und seinem Hemdkragen. »Das mit meiner Schwester und ihrem Mann geht mir doch ziemlich nahe.«

»Hm, glaube ich dir.« Plötzlich lächelt Paul nicht mehr.

»Vor allem für meinen Neffen tut es mir so leid! Der braucht doch seinen Papa!«, fahre ich fort. »Und ich kann auch Christoph nicht verstehen, dass er ihn so im Stich lässt! Ich meine, es ist doch sein Sohn! Das mit seiner Frau ist ja schon schlimm genug, aber das eigene Kind ...«

»Hm«, macht mein Fahrer nur wieder und sieht angestrengt auf die Straße.

»Vielleicht wird ja doch wieder alles gut! Vielleicht hat sich Marlene doch nur getäuscht, und Christoph hatte gar keine Affäre? Oder vielleicht können sie sich erst mal nur eine Zeit lang nicht sehen und ein bisschen Gras über die Sache wachsen lassen?«

»So, jetzt sind wir gleich da«, sagt Paul, ohne auf mich

einzugehen, und setzt den Blinker. Na ja, wahrscheinlich ist er auch nervös, immerhin wird ein Haufen wichtiger Leute da sein, und er muss dort einen besonders guten Eindruck machen.

Als mir am Eingang des Restaurants, das extra für den Zweck der Feier angemietet worden ist, mein Mantel abgenommen und ein Glas Sekt angeboten wird, geht mir mein Mut von daheim allmählich flöten.

»Die haben ja sogar Hostessen hier«, raune ich eingeschüchtert.

»Klar, unsere Kanzlei will möglichst viel Show für die Gäste anderer Kanzleien machen! Hier muss man sich auf die Hinterbeine stellen und sich auf die Brust trommeln, damit gleich klar ist, wer das nächste Mal im Gericht das Sagen hat!«

»Aha«, kann ich nur erwidern und hake mich bei ihm unter. Nervös zupfe ich an meinem Kleid herum. Ob der Ausschnitt am Rücken nicht doch zu tief ist? Und was, wenn mein Make-up verschmiert ist? Gibt es hier nicht irgendwo einen Spiegel? Silberne Löffel? Irgendwas? Wie wusste schon Marilyn Monroe? *You never get a second chance to make a first impression.* Kluge Frau, die Marilyn.

Doch ehe ich mich von Pauls Arm losreißen und in die Toiletten flüchten kann, zieht er mich schon in Richtung eines grauhaarigen Mannes im perfekt sitzenden Anzug und mit einem Blick, der einem gleich von vornherein klarmacht, dass jegliche Szenarien überflüssig und Lügen zwecklos sind.

»Das hier ist Herr Gebhardt, der Gründer unserer Kanzlei. Und das hier ist meine Lebensgefährtin Laura Lowe, sie ist Standesbeamtin hier in München«, macht Paul uns miteinander bekannt.

»Freut mich, Sie kennenzulernen«, sage ich artig und erwidere Herrn Gebhardts festen Händedruck.

»Mich auch!« Pauls Chef lächelt freundlich und sieht gleich viel weniger Respekt einflößend aus. »Schön, dass Sie gekommen sind!« Ich lächele zurück, und, wie von Franzi angeraten, spare nicht mit kokettem Wimperngeklimper. Und schon werde ich von Paul sanft, aber bestimmt von einem Menschengrüppchen zum anderen gezogen und vorgestellt, und bei jedem »Lebensgefährtin«, das er dabei sagt, wachse ich gefühlt um mindestens zehn Zentimeter. Schließlich sitzen wir endlich an einem der langen Tische, und ich kann über die Deko, das teure Geschirr und den Hofstaat an Personal nur staunen. Pauls Kanzlei scheint es wirklich nicht schlecht zu gehen. Aber na ja, ist ja auch kein Wunder bei dessen eigenartigen PR-Aktionen ...

Unauffällig mustere ich die anderen anwesenden Frauen, die von ihren Männern mitgebracht worden sind. Tatsächlich sind fast alle von ihnen auffallend jung, auffallend still und auffallend dauergrinsend. Anscheinend trauen auch sie sich nicht, durch dumme Fragen oder unangebrachte Kommentare aufzufallen und so ihre mangelnden Kenntnisse über Latein, Jura, Golf sowie Pferdestärken und Beschleunigungsrekorde verschiedener Sportwagen kundzutun. Das erste Mal fühle ich mich gleich von Anfang an mit anderen Frauen durch ein unsichtbares Band verbunden und plötzlich gar nicht mehr so verloren wie noch zu Beginn des Abends.

»Du siehst wirklich bezaubernd aus!«, flüstert Paul neben mir und drückt meine Hand unter dem Tisch. »Danke, dass du mitgekommen bist und mich in dem Wahnsinn hier nicht alleine lässt.« Er zwinkert mir zu.

»Dafür bin ich doch da!«, erwidere ich und lächle.

»Soll ich dir noch eine Kleinigkeit zu essen vom Büfett holen?«, bietet er mir mit Blick auf meinen fast leeren Vorspeisenteller an. Ich nicke.

»Wenn ich damit nicht als zu verfressen gelte, ja bitte!«

»Ach was, schau dir doch mal an, was meine Kollegen und deren Begleiterinnen alles auf ihren Tellern anhäufen! Dagegen isst du wie bei einem Staatsbankett im Weißen Haus!«

»Genauso fühle ich mich gerade auch«, gestehe ich und nehme einen Schluck aus meinem Wasserglas. Paul lacht und steht auf.

»Na?« Einer von Pauls Partnern aus der Kanzlei, den er mir als Florian Rossmann vorgestellt hatte und der uns genau gegenübersitzt, lächelt mir freundlich zu. »Wie finden Sie es bisher?«

»Nett«, sage ich und hoffe, dass er das jetzt nicht so auslegt, wie ich es tun würde: Nett ist die kleine Schwester von Scheiße! Doch ich habe Glück.

»Das freut mich«, entgegnet er nämlich und schmiert etwas Krabbensalat auf ein Stück Baguette. »Bestimmt ist es für Sie auch mal schön, wenn Sie mit Paul ein bisschen Zeit verbringen können?! Der Mann ist ja ständig im Stress, nehme ich an?«

»Ja, Sie kennen das ja selber.«

»Das stimmt, und meine Frau beschwert sich auch immer darüber.« Er lacht. »Aber Ihr Paul ist auch wirklich extrem fleißig und noch dazu auch sehr beliebt bei den Mandanten, die ihn anderen immer wieder weiterempfehlen. Die Arbeit geht ihm ja nie aus.«

»Was geht mir nie aus?«, fragt Paul, der sich gerade eben wieder auf seinen Stuhl sinken lässt und vor mir einen Teller voller Leckereien platziert. Begeistert strahle ich ihn an und weiß gar nicht, was ich zuerst probieren soll.

»Die Arbeit. Du hast ja in den letzten zwei Wochen wieder extrem viele Anfragen gekriegt!«

»Ja, das stimmt.«

»Aber du machst das schon«, antwortet der Kollege und fügt an mich gewandt hinzu: »Es gibt kaum Prozesse, die Ihr Paul nicht gewonnen hätte! Er ist sozusagen eine Koryphäe auf seinem Gebiet!«

»Ich habe gar nicht gewusst, dass du wieder so viel Zuwachs unter deinen Mandanten bekommen hast?!«, wundere ich mich und sehe zu Paul. »Erzähl doch mal, da sind doch bestimmt spannende Fälle dabei!«

»Ach, weißt du …« Mein Freund runzelt die Stirn. »Eigentlich ist da nichts Besonderes dabei. Das Gleiche wie immer.«

»Ja, jeder zerfleischt jeden.« Dieser Florian lacht. »Was war denn letzte Woche noch mit diesem wutschnaubenden Ehemann, den du jetzt betreust? Wie hieß der Fall nochmal?«

»Ich weiß gerade nicht, welchen du meinst!«, entschuldigt sich Paul und räuspert sich nervös.

»Doch, doch. Es ist irgendwas mit einem Insekt im Namen! Motte … oder so ähnlich!«

»Was? Du hast Dr. Motte als Mandanten? Ich dachte, der lebt gar nicht mehr?! Das ist ja fast wie in dieser Serie, *Cold Case – Kein Opfer ist je vergessen* oder wie die heißt!« Ich lache und lege meine Hand auf Pauls Knie, der unruhig auf seinem Stuhl hin und her rutscht. Was ist nur heute mit ihm los?

»Jetzt hab ich's!« Florian Rossmann fuchtelt mit seiner Gabel in der Luft herum. »Faltermeyer hieß der Fall!«

»Was? Faltermeyer?«, frage ich, plötzlich hellhörig geworden. »Sie meinen Marlene Faltermeyer?«

»Nein, nein! Das war ein Herr, keine Frau!«

»Sie meinen *Christoph* Faltermeyer?« Ich kann die Entgleisung meiner Gesichtszüge förmlich spüren. Mein Gegenüber nickt zufrieden.

»Ja genau, Christoph hieß der Mann.«

»Du vertrittst Christoph Faltermeyer? Paul???« Ich hoffe inständig, dass sich das Ganze als großes Missverständnis oder zumindest als blöder Scherz entpuppt und wir gleich alle darüber lachen werden. Abwartend sehe ich meinen Freund an, der meinem Blick beim besten Willen nicht standhalten kann und nervös an seiner Serviette herumknibbelt. »Also?«, frage ich nach, als keine Reaktion auf meine Frage kommt. »Du vertrittst Christoph? Habe ich das gerade richtig verstanden?« Paul seufzt.

»Laura, es ist doch nur ein Job! Reg dich bitte nicht auf!« Ich kann es einfach nicht glauben! Einen Moment lang kann ich Paul einfach nur fassungslos anstarren, dann schiebe ich mit lautem Quietschen meinen Stuhl zurück, greife nach meiner Tasche und springe auf. Die ersten Gäste sehen schon verwundert zu uns herüber, doch es ist mir egal.

»Ich rege mich nicht auf! Ich bin stocksauer! Wie kannst du das tun? Wie kannst du die Scheidung meiner Schwester regeln? Und dann auch noch zugunsten ihres Exmannes in spe? Bist du noch bei Trost?«

»Laura, es ist …«

»So viel zum Thema ›die große Kohle machen ist nur Quatsch‹, ja? Du gehst doch echt über Leichen, damit du immer mehr Prestige, Kohle und Weiber haben kannst, oder? Du bist wirklich armselig!« Jetzt ist mir die Meinung der anderen Anwesenden auch schon egal. Sollen sie doch ruhig mitkriegen, was für einen skrupellosen Eisklotz sie da in ihrer Kanzlei sitzen haben! Paul steht ebenfalls auf, aber es scheint ihm an Worten zu fehlen, denn er sieht mich einfach nur mit einer Mischung aus Wut, Hilflosigkeit und Reue an, hebt zwischendurch mal die Hand und lässt sie dann wieder sinken.

»Ich kann es mir nicht leisten, Kunden abzuweisen! Es ist ja nichts Persönliches! Es ist …«, hebt er schließlich an.

»Doch! Du kannst es dir sehr wohl leisten, Kunden

abzuweisen! Nämlich dann, wenn diese Kunden die Schwester deiner ›Lebensgefährtin‹ betrogen haben! Aber ist schon klar, dass du mit ihm sympathisierst, du bist ja selbst auch kein Stück besser! Weißt du was, gib ihm doch gleich noch ein paar Tipps für die nächste Affäre mit auf den Weg!« Mittlerweile ist es still geworden im Raum, und jeder, aber wirklich jeder, starrt uns gebannt an.

»Du musst als meine Partnerin Verständnis für meine Arbeit aufbringen, anders geht es nicht.« Pauls Stimme klingt hart, und er presst seine Kieferknochen aufeinander. Anscheinend ist er jetzt ernsthaft sauer auf mich. Aber was soll *ich* bitte schön sagen?

»Und du musst erst mal eine Portion Verstand aufbringen! Und Herz, und nichts davon scheinst du zu haben! Es tut mir leid, dass ich mich auf dich eingelassen habe! Ich hätte es echt besser wissen müssen, dass ich auch nur einer deiner blöden Betthasen bin, genauso wie all die anderen vor und nach mir!«, rufe ich wütend. Wir stehen einfach nur da, Auge in Auge. Schließlich schüttele ich den Kopf und hole mit einem Seufzen Luft. »Mach's gut, Paul!« Ich verlasse schnellen Schrittes das Lokal und bleibe noch nicht einmal stehen, um meinen Mantel von der Garderobe zu holen. Dann friere ich eben. Kälter als in Pauls Nähe kann es draußen auch nicht sein.

Ich trage dich bei mir
in meiner Brust.
Hätt alle Wege verändert,
hätt ich sie vorher gewusst.
Wer achtet auf mich jetzt,
dass ich mich nicht verlauf?
Und wenn ich jetzt falle,
wer fängt mich dann auf?

»So, ich glaube, das war alles.« Ich stelle den letzten Umzugskarton in den Flur und puste mir eine Haarsträhne aus dem Gesicht. »Jetzt könnt ihr an den gemütlichen Teil gehen, nämlich die Dekoration.«

»Danke!« Marlene schiebt den Karton ein Stück zur Seite und sieht sich mit in die Hüften gestemmten Händen um. »Na ja, erst mal müssen die Kisten aus- und die Schränke eingeräumt werden. Und *dann* geht es an den gemütlichen Teil.«

»Ist doch eh schon so viel gemacht! Attila, Sven und dieser Arbeitskollege von dir bauen schon seit ein paar Stunden Möbel auf, und Franzi räumt doch auch mit Clemens und seinem Klassenkameraden die Küchenschränke ein. Du wirst sehen, das geht jetzt alles ratzfatz!«

»Das Ganze hat ja auch lange genug gedauert. Tut mir leid, dass sich das mit der Wohnungssuche so hingezogen hat!« Meine Schwester schaut mich zerknirscht an, und ich lege ihr aufmunternd eine Hand auf die Schulter.

»Ach Quatsch, war doch ganz nett, mal wieder mit der großen Schwester unter einem Dach zu leben.«

»Ja, aber *so* lange?« Marlene guckt kritisch. Ich zucke mit den Schultern.

»In München eine Wohnung zu finden, die groß genug und gleichzeitig bezahlbar ist, ist eben kein Kinderspiel! Und hey, jetzt kann ich meine Junggesellenbude und deren Vorzüge erst so richtig genießen!«

»Das stimmt wohl.« Und dann stehen wir da in dem hellen Flur von Marlenes neuer Altbauwohnung in Thalkirchen herum und hängen unseren Erinnerungen an die vergangenen elf Monate nach. Es war bestimmt keine einfache Zeit. Zum einen war meine Wohnung auf Dauer einfach zu klein für zwei Frauen, einen kleinen Jungen und einen Hund. Und dann waren da noch die ganzen Dinge, die wie dunkle Wolken unter der Decke entlangschwebten und die Luft statisch aufluden. Clemens' zunehmende Erkenntnis darüber, dass sich seine Eltern wohl wirklich ein für alle Mal getrennt hatten, zum Beispiel. Marlenes gebrochenes Herz und all die Verpflichtungen, denen sie trotzdem nachzukommen hatte, wie ihren Sohn zu trösten, sich um eine neue Wohnung und um die Abholung ihrer Sachen aus dem alten Zuhause zu kümmern, Christoph weiträumig aus dem Weg zu gehen und gleichzeitig einen guten Job im Theater zu machen, ohne Tränen in die Puderdosen tropfen zu lassen. Und dann war da noch mein Liebeskummer wegen Paul. 345 Tage habe ich ihn nicht mehr gesehen. Das sind 8280 Stunden, also 496 800 Minuten. Früher hätte ich es nicht für möglich gehalten, dass ich auch nur zwei Tage ohne ihn aushalten könnte. Und ehrlich gesagt war es auch alles andere als einfach, egal wie wütend ich auf ihn gewesen bin. Und ich war *sehr* wütend; wahrscheinlich war es zeitweise glühende Lava, die durch meine Adern strömte. Aber dann war da auch noch das Gefühl großer Enttäuschung gepaart mit Selbstvorwürfen (»Du hast es ja mal wieder besser wissen müssen! Warum hast du nicht einfach auf all die anderen gehört und die Finger von ihm gelassen?«), nicht zu vergessen die Sehnsucht, die sich mal durch leises Nagen, mal durch schmerzhaftes Dröhnen bemerkbar machte und auch jetzt einfach nicht weniger wird. Okay, der Schmerz hat ein bisschen nachgelassen in den letzten zwei Monaten, aber vielleicht habe ich mich auch schon so an ihn gewöhnt, dass mir dessen Intensität nur noch als monotones Summen im Hintergrund bewusst ist. So schlecht ist es mir bei noch keinem Mann vorher gegangen. Klar, da war immer dieser Herzschmerz, aber nach ein paar Wochen war derjenige auch nur noch ein Jemand, den ich mal gekannt habe. Einer von vielen Fischen in einem großen Aquarium; ein Farbtupfer, nur ein Stück Deko in meinem Leben. Dieses Mal ist das anders. Jeder männliche Blondschopf in München bereitet mir Herzaussetzer und Atemstillstand, bis sich derjenige umdreht und einfach nur ein Mann mit gleicher oder ähnlicher Haarfarbe wird. Zu einem Mann, der nicht angewidert die Stirn in viele kleine Falten legt, wenn ich erst Butter und dann Nutella aufs Brot schmiere und das für eine Gräueltat an dem Nougataufstrich hält. Ein Mann, der sich nicht über jede meiner Zigaretten beschwert und mich daran erinnert, dass er mich auch die nächsten fünfzig Jahre noch bei sich braucht, weil er sich sonst vor Sehnsucht in den Fluten des Eisbaches ertränken werde – und sich dann selbst eine anzündet. Jemand, der nicht immer wieder aufs Neue vergisst, auf welcher Seite sein Auto den Tankdeckel hat, und den Schlauch der Zapfsäule einmal um das halbe Fahrzeug wickeln muss – und dabei trotzdem nicht wie ein Vollidiot aussieht, sondern total lässig. Ach, Paul. Vielleicht sollte ich auch endlich aufhören, bei jedem Drogeriebesuch an seinem Lieblingsduschgel zu schnüffeln oder meine Bettwäsche mit seinem Waschmittel zu waschen, damit wenigstens ein Hauch Paul an den Kissen und Decken haftet. Ich glaube, das ist einem erfolgreichen Entzug nicht dienlich.

»Hey!« Franzi, die neben mir auf dem Boden hockt und Gardinenringe auf eine Stange schiebt, stößt mich in die Seite. »Du hast schon wieder diesen bestimmten Blick! Hör auf, an diesen Typen zu denken!«

»Tu ich doch gar nicht!«

»Tust du wohl!«

»Nein! Aber … meinst du, dass er noch ab und zu an mich denkt?« Franzi überlegt einen Moment und seufzt dann.

»Er wird auf jeden Fall merken, dass keine deiner zig Nachfolgerinnen auch nur ansatzweise Laura Lowe das Wasser reichen kann!« Hm, irgendwie ist ihre Antwort nicht wirklich befriedigend. Ehrlich gesagt tut sie sogar weh, denn die Vorstellung der Nachfolgerinnen ist schier unerträglich. Klar, jede Frau hofft, dass nach ihr keine mehr kommt; dass sie solch einen tiefen Eindruck hinterlassen hat und er deswegen keine mehr an sich ranlässt. Aber mal ehrlich? Welcher Mann tröstet sich nicht innerhalb kürzester Zeit mit einer flüchtigen Affäre??

»So, ich glaube, ihr könnt jetzt nach Hause gehen. Ich habe euch heute wirklich genug für mich beansprucht.« Marlene steht hinter uns und faltet den letzten leeren Umzugskarton zusammen.

»Sicher? Gibt es nichts mehr, wobei wir dir noch helfen können?«

»Nein, ihr habt doch eh schon so viel gemacht! Außerdem kann meine kleine Schwester dann noch etwas von ihrem Feierabend in ihrer sturmfreien Wohnung genießen!« Sie lacht.

»Stimmt, ab heute ist es ja wieder ganz offiziell ›meine‹ Wohnung! Hach, wie ich das vermisst habe, tun und lassen zu können, was ich will!«

»Glaube mir, ich bin auch nicht unglücklich darüber, wieder eine eigene Wohnung zu haben und nicht mehr zur Untermiete bei dir wohnen zu müssen!«

»Meint ihr das ernst?«, fragt Franzi verunsichert und blickt zwischen uns hin und her.

»Hm, zur Hälfte schon«, erwidere ich und zwinkere meiner Schwester zu. Na ja, irgendwie hat es mir schon gefehlt, Herr meiner Bude sein zu können. Vor allem begann mir langsam mein Chaos zu fehlen. Wird wirklich Zeit, dass sich wieder altvertraute Bügelwäscheberge stapeln und sich dreckiges Geschirr anhäuft. Und wer will schon nach jedem Duschen mit einem Abzieher, den man eigentlich fürs Fensterputzen benutzt, die Kabine streifenfrei saubermachen? Also, ich will mich mit Bodylotion einschmieren, mir die Haare föhnen oder meinetwegen Mitesser im Vergrößerungsspiegel ausdrücken – aber doch nicht gleich schon wieder anfangen zu putzen?!

Und dann, eine halbe Stunde später, bin ich da, wieder zurück in meiner noch sterilen und mit einem Dampfgerät gereinigten Wohnung, in der es nach Sagrotan und noch ein wenig nach Clemens' Fischstäbchen riecht. Ich mache die Tür hinter mir zu, gehe durch den Flur und stehe dann einen Moment lang im Wohnzimmer herum und lasse den Blick schweifen. Ich fühle mich so, als wäre ich wieder sechzehn, meine Eltern wären außer Haus, und ich müsste meine plötzlich gewonnene Freiheit jetzt unbedingt sinnvoll nutzen. Hurra, Party! Ich gehe zu meiner Stereoanlage hinüber, lege meine Foo-Fighters-CD ein und drehe laut auf, dann hole ich mir einen Stapel ungelesen liegengebliebene Zeitschriften und eine Packung Kekse (juhu, endlich wieder bröseln!). Jetzt werde ich mich auf den Boden fläzen, ohne erst einen pupsenden Mischling beiseiteschieben zu müssen und mich versehentlich auf ein Spielzeugauto zu setzen, das mir mit unerwarteten Motorengeräuschen einen halben Herzinfarkt beschert. Dabei werde ich so lange wildes E-Gitarren-Geschrammel anhören und mitgrölen, wie ich will, ohne dass jemand nach wenigen Minuten »etwas Friedlicheres mit weniger Schlagzeuggekloppe« verlangt. Endlich kann ich wieder ich sein.

Nur zehn Minuten später hat sich mein Plan in Luft aufgelöst, denn ich lasse mich heulend in die frisch aufgeschüttelten Kissen meiner mit Textilreiniger bearbeiteten Couch sinken und stütze meinen Kopf schwer in meinen Händen auf. Was für eine beschissene Idee, wieder ich sein zu wollen: Paul gehört einfach zu selbstverständlich zu dem »ich« dazu, und kaum ist Letzteres wieder zurück, ist auch der Schmerz wieder voll da. Ach verdammt, mir fehlt dieser Mistkerl so! Mit niemandem würde ich meine Wohnung lieber wieder schmutzig machen als mit ihm. Singleleben und -bude werden eindeutig überbewertet. Realität und Vernunft auch. Vielleicht fahre ich doch wieder besser damit, meine rosarote Brille aufzusetzen und mir das Leben schöner zu machen, indem ich an Märchen glaube. Aber damit der Prinz vor meinem Turm steht und Einlass und Kuschelabend auf der Couch fordert, muss wohl schon mehr her als Naivität und Gutglaube. Diesmal hilft nur noch ein Wunder. Und die gibt es doch auch im echten Leben, oder?

Und der Mensch heißt Mensch,
weil er irgendwann erkämpft
und weil er hofft und liebt,
weil er mitfühlt und vergibt.

Ich weiß nicht, wer aufgeregter ist: Marlene oder ich. Heute ist der Tag X, der Tag, an dem meine Schwester wieder zu einer Lowe und zu einer freien Frau werden soll. Für mich als ihren seelischen Beistand bedeutet das ebenfalls etwas Schwerwiegendes, wenn auch nichts Lebensveränderndes, denn ich werde das erste Mal nach fast einem Jahr wieder auf Paul treffen. Ich habe Angst, dass er so tun wird, als würde er mich nicht kennen, oder dass meine Befürchtung wahr wird, er wäre schnell und schmerzlos über mich hinweggekommen und würde mich jetzt wie eine nette Bekannte von früher behandeln, oberflächlich und höflich. Ich habe keine Ahnung, wie ich auf ihn reagieren soll, aber vermutlich wird mein Körper eh nicht auf die Ansagen meines Innersten reagieren und früher oder später einfach kollabieren. Marlene oder ich, eine von uns beiden wird heute noch im Gericht zusammenklappen, davon bin ich überzeugt. Auf dieses steuern wir im Übrigen gerade zu; händchenhaltend wie früher als Kinder und Marlene aufbauende Mantras aufsagen lassend.

»Gut, dass Clemens in der Schule ist.« Meine Schwester holt tief Luft. »Reicht ja, wenn wir beide als nervliche Wracks da antanzen müssen!«

»Ja, finde ich auch.« Wir gehen die Stufen zum Haupteingang hinauf, und ich muss mich ehrlich zusammenreißen, nicht mit den Zähnen zu klappern. »Wo triffst du dich denn mit deinem Anwalt?«

»Vor der Tür des Gerichtssaals.«

»Ist da Pa…, also wartet Christoph da auch?«

»Ja.«

»Aha.« Marlene sieht mich prüfend von der Seite her an.

»Willst du lieber im Aufgang warten anstatt oben vor der Tür?« Ich schüttele den Kopf.

»Ich bin doch dein seelischer Beistand!«, rufe ich empört. »Was bin ich für ein Schutzengel, wenn ich, anstatt auf dich aufzupassen, irgendwo anders herumflattere und mir die Zeit vertreibe? Nein, nein, da müssen wir jetzt zusammen durch!«

Wir biegen um die Ecke und betreten den Flur, auf dem der Saal liegt, und schon von Weitem kann ich Pauls blonde Haare zwischen Christophs schwarzem Schopf und der Halbglatze des anderen Anwalts erkennen. Normalerweise hätte ich jetzt schon allein wegen dieses Anblicks einen halben Herzinfarkt, mindestens aber schwitzige Hände gekriegt. Doch erstaunlicherweise passiert: nichts! Marlene neben mir holt hörbar Luft und umklammert meine Hand noch ein bisschen fester, und ich erinnere mich wieder daran, weshalb wir eigentlich hier sind.

»Alles wird gut!«, murmele ich ihr zu. »Denk immer daran! Ab und zu müssen wir mal das glauben, was uns unsere Mama immer wieder einzutrichtern versucht.« Meine Schwester lächelt zaghaft, und dann treten wir schon zu dem kleinen Grüppchen dazu, das da wartend im Flur herumsteht. Da stehe ich also jetzt, nach schier endlosen Monaten endlich wieder nur wenige Zentimeter von Paul entfernt. Ich kann seinen Blick auf mir spüren, ihn riechen, und wenn ich mich noch ein wenig weiter nach links schieben würde, könnte ich vermutlich sogar schon ein wenig seine Körperwärme spüren. Ich begrüße Christoph mit einem eisigen »Hallo«, schüttele Marlenes Anwalt die Hand und hebe dann den Blick, um Paul anzusehen.

»Hallo, Paul«, sage ich ruhig.

»Hallo, Laura.« Er streckt mir seine Hand hin, und ich ergreife sie, um deren festen Druck als Begrüßung kurz zu erwidern. Und es passiert in diesen Sekunden etwas für mich schier Unbegreifliches: Ich spüre immer noch nichts. Rein gar nichts. Kein übermäßiges Herzklopfen, kein Schweiß auf dem Rücken, während mir Gänsehaut über die Arme läuft, kein Kribbeln unter der Kopfhaut, keine Schnappatmung. Auch das klare Denken ist mir nicht wie sonst in seiner Nähe abhandengekommen. Ich bin dieses Mal ganz klar und plötzlich auf unerklärliche Weise bis in jede kleinste Zelle hinein tief entspannt. Kein Vergleich mehr zu dem zitternden Nervenbündel, das wenige Minuten zuvor noch die Treppe heraufgeklappert kam!

»Na, dann wären wir ja alle da. Frau Lowe, ich muss Sie bitten, hier draußen auf der Bank Platz zu nehmen und zu warten. Die anderen Anwesenden folgen mir bitte hinein!« Marlenes Anwalt hält die Tür des Gerichtssaals auf, und schon sitze ich auf einer Holzbank, ganz alleine mit mir und meiner Verwirrung, und starre auf die schwere Tür vor mir, auf deren anderen Seite gerade Leben umgeschrieben und Sterbeurkunden für ehemalige Gefühle erstellt werden.

Und was ist eigentlich mit meinen Gefühlen für Paul los? Wo sind die plötzlich hin? Haben sie auch einfach aufgehört zu leben, und ich habe es nur nicht mitbekommen? Vielleicht haben sie aufgrund meiner Aufregung vorhin einen Atemstillstand erlitten? Oder vielleicht waren ihnen die Schmerzen der letzten Monate einfach zu viel gewesen? Da habe ich also mein ganzes Leben immer so sorgsam auf mein Herz und mein Gefühlsleben achtgegeben, damit ihnen nichts zustößt, und dann habe ich sie einfach eingehen lassen wie einen vergessenen Goldfisch? Herzlichen Glückwunsch, Laura Lowe, das haben Sie ja wirklich prima hingekriegt!

Auf einmal geht die Tür vor mir wieder auf (wie lange habe ich jetzt eigentlich schon hier gesessen?), und ich springe wie von der Tarantel gestochen hoch. Marlenes Anwalt kommt heraus und schüttelt nur immer wieder fassungslos mit dem Kopf. Verwirrt sehe ich ihm hinterher, wie er Richtung Ausgang geht und schließlich, immer noch kopfschüttelnd, aus meinem Sichtfeld verschwindet. Nanu? Ist das ganze Prozedere etwa so chaotisch abgelaufen? Sind sie sich etwa zuletzt noch an die Gurgel gegangen? Das hätte ich doch gehört, oder etwa nicht? Als Nächster kommt Paul heraus, schmunzelnd und gedankenverloren die Stoppeln an seinem Kinn kratzend. Als er mich sieht, fängt er laut zu lachen an. Hat er jetzt völlig den Verstand verloren? Immer noch lachend lässt er sich auf die Holzbank sinken.

»Hab ich irgendwas verpasst?«, frage ich argwöhnisch. Paul verschränkt die Arme hinter seinem Kopf und sieht mich an, jetzt ohne zu lachen, aber immer noch breit grinsend.

»Oh ja, das kann man sagen! Allerdings!«

»Und das soll bedeuten?«

»So etwas wie das da drinnen habe ich in meiner ganzen Laufbahn noch nie erlebt! Das ist wirklich unglaublich! Laura ...« Paul klopft sich mit einer Hand auf den Oberschenkel. »Ich muss mich vor dir verbeugen! Du hast das ganze Spiel gewonnen!«

»Ich habe was? Kannst du mir bitte mal erklären, worum es hier eigentlich geht? Und was passiert ist?«

»Die Lieeeeebe, die Lieeeebe ist eine Hiiiimmmelsmacht!«, singt Paul nur. »Eben so, wie du es immer gesagt hast! Und hier kommt der Beweis!« Er macht eine Kopfbewegung zur Tür hinüber, aus der gerade Marlene und Christoph herauskommen. Arm in Arm!!! Ich kann meinen Augen nicht trauen.

»Ähm, Marlene?«, stottere ich und kann nur immer wieder von ihr zu Christoph sehen. Wahrscheinlich blinkt gerade ein riesiges Fragezeichen über meinem Kopf. Ist das hier etwa die versteckte Kamera?

»Ja, Laura?« Marlene lächelt.

»Du … du hast dich doch da drinnen scheiden lassen, oder?« Christoph schüttelt den Kopf.

»Nein, hat sie nicht.«

»Hat sie nicht?«, hake ich ungläubig nach.

»Wir haben uns doch noch ziemlich gern, haben wir beide über die letzten Monate hinweg festgestellt. Und jetzt wollen wir es erst einmal mit einer Paartherapie versuchen und das alles ganz langsam angehen lassen.«

»Ihr … ihr habt euch nicht scheiden lassen?«, frage ich nochmal nach. Da beide zufrieden nicken und sich selig anlächeln, kann ich nicht anders, als mich zu Paul auf die Bank fallen zu lassen. »Also, damit hätte ich nicht gerechnet«, gebe ich schließlich zu, und nun ist es an mir, fassungslos den Kopf zu schütteln.

»Damit hätte keiner gerechnet«, stimmt er mir zu. Und Marlene fügt an:

»Wir selbst ja auch nicht. Aber so ist es doch viel besser! Mama hatte recht: Alles wird gut!« Sie lacht. Sie lacht? Das erste Mal nach, ach keine Ahnung wie lange, dass Marlene lacht! »Christoph und ich gehen jetzt erst mal einen Kaffee trinken. Kommt ihr mit?« Wir schütteln einstimmig den Kopf.

»Nein, geht ihr mal schön. Ich werde hier nicht länger gebraucht«, erklärt Paul und zwinkert den beiden zufrieden zu.

»Und ich muss zurück in die Arbeit«, sage ich. Und füge dann hinzu: »Die anscheinend doch sinnvoller und tiefgründiger ist als immer alle behaupten!« Damit meine ich natürlich Paul, ohne ihn anzusehen, aber er weiß genau, dass es auf ihn bezogen ist.

»Okay. Dann macht's gut.« Und schon sind Marlene und Christoph weg, um das Ende vom Ende und den Anfang vom Neuanfang mit Kaffee zu begießen.

»Ich kann es immer noch nicht glauben«, seufze ich und stütze meinen Kopf in den Händen auf.

»Hm.« Paul lacht leise. »Das war auch wirklich unglaublich! Aber keiner von beiden konnte beim besten Willen der Scheidung zustimmen, weil sie sich eben doch noch lieben und das Ganze nicht aufgeben wollen. Ohne ihrer beider Zutun wird sich zwar nichts ändern, aber ich denke, dass sie das inzwischen begriffen haben. Und wer weiß, vielleicht haben sie das eine Jahr Bedenkzeit einfach mal gebraucht?!«.

»Ja, vielleicht.« Ich starre auf den frisch gewischten und noch leicht glänzenden Boden vor mir. Langsam stehe ich auf. »Ich werde dann auch mal gehen.«

»Warte!« Plötzlich ist jegliches Lächeln aus seinem Gesicht verschwunden, und er springt ruckartig von der Bank hoch, wobei seine Hand nach meinem Oberarm greift. Irgendwie erscheint mir dabei ein Déjà-vu. »Du kannst jetzt nicht einfach wieder abhauen!« Ich sehe auf seine Hand hinab, lasse meinen Blick seinen Arm hinauffolgen und schaue ihm schließlich unverwandt in seine flehenden grünen Augen; das tiefe Wasser der Isar an einem kalten Wintertag.

»Doch, kann ich. Das müsstest du doch schon einmal gemerkt haben!«, erwidere ich schließlich ruhig. Mann, warum in Gottes Namen bin ich dieses Mal so cool? Ist denn da wirklich gar nichts mehr???

»Ja, das habe ich.« Pauls Griff lässt nicht locker. »Aber ich habe nicht vor, dir noch einmal dabei zuzusehen und dich einfach gehen zu lassen! Das war ein großer Fehler!« Wow! Hatte ich nicht all die Monate von genau diesem Satz aus seinem Mund geträumt? Gehofft, gewünscht, gebangt?

»Egal, wie die Sache jetzt hier ausgegangen ist, du hast mich damals wirklich schwer enttäuscht!«

»Ich weiß! Aber doch nur das eine Mal! Sonst war doch alles perfekt zwischen uns, oder?« Ich denke einen Moment nach, dann nicke ich, und ich kann Hoffnung in seinem Blick aufflackern sehen. »Lass es uns doch nochmal probieren, Laura, bitte!«

»Dafür bräuchte es, glaube ich, einen kompletten Neuanfang.«

»Dann lass uns nochmal von vorne anfangen! Okay?« Ich zögere, schüttele aber traurig den Kopf.

»Ich glaube, ein Neuanfang an einem Tag reicht. Man sollte das Glück nicht überfordern, vielleicht geht es sonst nach hinten los!« Plötzlich öffnen sich seine Finger, und er lässt seine Hand sinken.

»Okay«, murmelt er. »Schade.«

»Mach's gut, Paul.« Ich stelle mich auf die Zehenspitzen und drücke ihm einen Kuss auf die kratzige Wange, nicht ohne noch einmal tief den ganz speziellen Paul-Duft einzuatmen, den ich die ganze Zeit über vergeblich zu imitieren versucht hatte, um meine Sehnsucht nach ihm zu stillen. Dann drehe ich mich um und verlasse das Gebäude, in dem gestorbene Gefühle ihre letzte Ruhe zwischen dicken Ledereinbänden in staubigen Regalen finden. Ich muss jetzt dafür sorgen gehen, dass die meiner Paare unsterblich werden.

It's a beautiful night,
we're looking for something dumb to do.
Hey baby,
I think I wanna marry you.

– Epilog –

»Hättest du je gedacht, dass du irgendwann mal nicht diejenige sein würdest, die das zukünftige Ehepaar miteinander verheiratet, sondern diejenige bist, die im Kleid vor dem Standesbeamten oder dem Pfarrer steht?«, fragt er lachend und greift nach meiner Hand.

»Klar, jedes Mädchen träumt doch davon, einmal hier stehen zu dürfen!«, erwidere ich lächelnd und erwidere den Druck von Pauls Hand zärtlich.

»Und? War dir auch klar, dass wir beide hier irgendwann einmal stehen würden?«, fragt er leise weiter. Ich schüttele den Kopf.

»Nein, das war mir nicht klar. Das war nur immer reines Wunschdenken!«

»Pssst! Unterhaltet euch nach der Zeremonie oder geht raus!«, kann ich meine Mutter von der ersten Kirchenbank hinter mir zischen hören. Paul und ich lächeln uns verschwörerisch an und wenden uns dann wieder dem Geschehen vor uns zu, wo ich die Atempause des Pfarrers schnell nutze, um Marlenes cremefarbene Schleppe ordentlicher zu drapieren. Dann trete ich einen Schritt beiseite, um Clemens Platz zu machen, der seinen Eltern die Eheringe auf einem Kissen nach vorne trägt. Meine Schwester und Christoph haben sich nach den Turbulenzen der letzten Zeit dazu entschlossen, sich auch kirchlich trauen zu lassen. Es ist wirklich ein prima Gefühl, Brautjungfer zu sein. Sogar noch besser als Standesbeamtin! Und noch schöner ist es, wenn man als keines von beiden, sondern einfach nur als Mensch, einen Scheidungsanwalt zu einer etwas romantischeren Sichtweise bekehren konnte und ihn sogar jetzt, bei dieser doch so »überflüssigen und kitschigen Angelegenheit« neben sich stehen und ihn deutlich gerührt sehen darf. Ja, man kann sich eben auch mal irren. Apropos irren: Ich hatte mich ebenfalls getäuscht, denn meine Gefühle für Paul waren keineswegs tot, das hatte ich nur leider etwas spät erkannt! Meine Liebe zu ihm war kein Stück kleiner geworden. Ich hatte mich nur so unsäglich entspannt und ausgeglichen gefühlt, weil ich endlich, endlich wieder meine fehlende Hälfte in meiner Nähe hatte und nach all den Monaten der Zerrissenheit wieder komplett und ganz ich selbst sein konnte! Gut, dass mir das wenige Tage nach unserem Treffen doch noch bewusst geworden ist, und noch besser, dass ich kurz darauf in eine seiner Scheidungen geplatzt und an das Paar Fotos ihrer damaligen Eheschließung bei mir ausgeteilt habe … Sonst wären Paul und ich wohl nie wieder dazu gekommen, uns mal so richtig miteinander auszusprechen. Und einen Neuanfang zu wagen.

»Ach ja, ich heiße übrigens Paul«, wispert er zu mir herüber, als sich Marlene und Christoph vor uns einen innigen Kuss geben und die Hochzeit somit ihren Höhepunkt erreicht.

»Freut mich, ich heiße Laura«, flüstere ich zurück und versuche, nicht zu kichern.

»Angenehm. Sagen Sie, wollen Sie mich heiraten?«

»Hm. Lassen Sie uns doch erst mal miteinander essen gehen. Ich weiß da was, wo es eine ganz tolle Currywurst gibt …«

I have to praise you.
(Fatboy Slim)

– Danksagung –

Als Erstes möchte ich meiner Mama danken, die immer als Zeitvertreib für ihre Enkelin herhalten musste und ohne deren große Hilfe ich dieses Buch niemals fertig bekommen hätte. Danke auch an »Tante Susi«, die beste Biene-Maja-Imitatorin der Welt. Bedanken möchte ich mich auch bei Frau Hilscher für ihre Nervennahrung, die mir das Schreiben versüßt hat. Eine Umarmung für Vanessa, meinen liebsten Motivationscoach. Ein dickes *Grazie* für »Schorschl«, den besten und menschlichsten Agenten der Welt. Ein dickes Bussi für meine Tochter, der süßesten Ablenkung, die man sich vorstellen kann und deren Lächeln einfach unbezahlbar ist. Bussi an Steffi, die mich auf die Idee des Scheidungsanwalts und der Standesbeamtin gebracht hat und die mir während der Buchmesse als Chauffeurin im Frankfurter Großstadtdschungel gedient hat. Ein Danke auch an Christine, der ich ihren Attila »geklaut« habe. Und natürlich auch lieben Dank an Frau Andres, für ihre Geduld.

– Liedverzeichnis–

1. ›Mensch‹ von Herbert Grönemeyer
2. ›Everything's not lost‹ von Coldplay
3. ›Don't get me wrong‹ von The Pretenders
4. ›You and me‹ von Milow
5. ›Haus am See‹ von Peter Fox
6. ›Regen und Meer‹ von Juli
7. ›Der Titel vom nächsten Kapitel‹
   von Sportfreunde Stiller
8. ›Eiserner Steg‹ von Philipp Poisel
9. ›Lasse Redn‹ von Die Ärzte
10. ›Haus am See‹ von Peter Fox
11. ›Oil and Water‹ von Incubus
12. ›Just the way you are‹ von Bruno Mars
13. ›Lullaby‹ von The Cure
14. ›Gekommen, um zu bleiben‹
    von Wir sind Helden
15. ›End over End‹ von Foo Fighters
16. ›Still‹ von Jupiter Jones
17. ›Regen und Meer‹ von Juli
18. ›Das allererste Mal‹ von Fettes Brot
19. ›Lass mich nie mehr los‹ von Sportfreunde Stiller
20. ›Glaub dran‹ von Fettes Brot
21. ›Nur in meinem Kopf‹ von Andreas Bourani
22. ›Wovon sollen wir träumen‹ von Frida Gold
23. ›You and me‹ von Milow
24. ›Rockstar‹ von Stefan Dettl
25. ›Lass mich nie mehr los‹ von Sportfreunde Stiller
26. ›Moves like Jagger‹ von Maroon 5
27. ›Sky and sand‹ von Paul Kalkbrenner
28. ›Tanz der Moleküle‹ von Mia

29. ›Don't get me wrong‹ von The Pretenders
30. ›Nothin' on you‹ von B.O.B.
31. ›Heroes‹ von David Bowie
32. ›Wunderbare Jahre‹ von Sportfreunde Stiller
33. ›Set Fire to the Rain‹ von Adele
34. ›Eiserner Steg‹ von Philipp Poisel
35. ›Mensch‹ von Herbert Grönemeyer
36. ›Marry you‹ von Bruno Mars
37. ›Praise you‹ von Fatboy Slim

Mina Wolf

Kann denn Lüge Sünde sein?

Roman. 256 Seiten.
Piper Taschenbuch

Vicky ist durchs Studium gerasselt und steht nun ohne Geld da. Ein Job muss her, und zwar schnell. Sie bekommt eine Stelle als Putzfrau in der Redaktion eines legendären Modemagazins. Tja, hier hätte sie gerne nach ihrem Studium als Redakteurin angefangen. Doch wer sagt, dass man seine Träume nicht auch leben soll? Vicky beginnt, heimlich Texte in den Computern der Redakteurinnen zu hinterlassen. Schon bald gilt sie als geniales Phantom der Redaktion und bekommt sogar eine eigene Kolumne. Die Frage ist nur: Wann fliegt alles auf?

05/2611/01/L

Erin Kaye

Wunderherzen

Roman. Aus dem Englischen
von Ursula C. Sturm. 512 Seiten.
Piper Taschenbuch

Schon immer treffen sich Kirsty, Clare, Janice und Patsy regelmäßig in ihrem Lieblingscafé in Ballyfergus. Sie haben gemeinsam geweint, vor Kummer wie vor Glück, unzählige Tassen Tee und ebenso viele Gläser Wein geleert. Doch jetzt wird die Freundschaft auf eine harte Bewährungsprobe gestellt: Die verwitwete Kirsty verliebt sich in den falschen Mann. Patsys Tochter macht ein erschütterndes Geständnis. Janice muss sich ihrer Vergangenheit stellen. Und Clare will ihr Leben endlich selbst in die Hand nehmen …

»Wunderschön geschrieben – über die Herausforderungen und Bewährungsproben dieser Frauen zu lesen, ist ebenso fesselnd wie bewegend.«
Closer Magazine

05/2703/01/R